10|18

12, avenue d'Italie — Paris XIIIe

Sur l'auteur

Né en 1903 au Bengale, mort à Londres en 1950, George Orwell, de son vrai nom Eric Blair, est issu d'une famille anglo-indienne. Après ses études au collège d'Eton, il s'engage dans la police indienne impériale de Birmanie, mais en démissionne six ans plus tard afin de se consacrer à l'écriture. À son retour en Europe, il publie ses premières œuvres, dont notamment *Dans la dèche à Paris et à Londres,* inspiré par un séjour très difficile en France. En 1936, Orwell prend part à la guerre civile espagnole dans les rangs des milices trotskistes du P.O.U.M. (Parti ouvrier d'unification marxiste) et sert sur le front d'Aragon. Mais l'attitude des communistes espagnols prêts à tout pour prendre le contrôle absolu des forces républicaines ébranlent ses convictions politiques d'homme de gauche, ce qu'il décrit dans *Hommage à la Catalogne*. C'est avec *La Ferme des animaux,* publié en 1945 et surtout *1984*, publié en 1949, dramatique vision du monde démocratique et totalitaire de demain que George Orwell se fait connaître du grand public.

HOMMAGE A LA CATALOGNE (1936-1937)

PAR

GEORGE ORWELL

Traduit de l'anglais
par Yvonne DAVET

10|18

« Domaine étranger »
dirigé par Jean-Claude Zylberstein

ÉDITIONS IVRÉA

Du même auteur
aux Éditions 10/18

Et vive l'aspidistra ! n° 3146
Un peu d'air frais, n° 3148

Titre original : *Homage to Catalonia*

La première édition française de *Homage to Catalonia*, traduite par Yvonne Davet, a été publiée par les Éditions Gallimard en 1955, sous le titre *La Catalogne libre.*

ISBN 2-264-03038-0

Ne réponds pas à l'insensé selon sa folie, de peur de lui ressembler toi-même.

Réponds à l'insensé selon sa folie, afin qu'il ne s'imagine pas être sage.

Proverbes, XXVI, 4-5.

NOTE DE LA TRADUCTRICE

L'ordonnance des chapitres dans la traduction française diffère de celle de l'édition anglaise initiale.

Selon le désir de George Orwell (exprimé dans ses lettres à Yvonne Davet du 29 juillet 1946 et du 13 janvier 1947), les chapitres V et XI ont été reportés à la fin du livre, en appendice *. « Ils traitent de la politique intérieure de la révolution espagnole, écrivait Orwell, et il me semble que le lecteur ordinaire les trouverait ennuyeux. Mais, en même temps, ils ont une valeur historique, surtout le chapitre XI, et il serait dommage de les supprimer. En écrivant ce livre, j'ai tâché de concentrer mes réflexions politiques dans ces deux chapitres, et on peut les mettre à la fin sans interrompre le récit. »

Y. D.

---

* Cf. pp. 235 et 263.

SIGNIFICATION DES PRINCIPAUX SIGLES

P.S.U.C. : « *Partido Socialista Unificado de Cataluña* » : « Parti socialiste unifié de Catalogne ». (A cette époque, dirigé par les communistes et affilié à la IIIe Internationale.)

P.O.U.M. : « *Partido Obrero de Unificación Marxista* » : « Parti ouvrier d'unification marxiste ».

F.A.I. : « *Federación Anarquista Ibérica* » : « Fédération anarchiste ibérique ».

U.G.T. : « *Unión General de Trabajadores* » : « Union générale des travailleurs ». (Centrale syndicale socialiste, dominée à cette époque par les communistes.)

C.N.T. : « *Confederación Nacional del Trabajo* » : « Confédération nationale du travail ». (Centrale syndicale anarchiste.)

J.S.U. : Union des Jeunesses du P.S.U.C.

J.C.I. : Union des Jeunesses du P.O.U.M.

I.L.P. : « *Independent Labour Party* » : Parti travailliste indépendant (en Angleterre).

I

Dans la caserne Lénine, à Barcelone, la veille de mon engagement dans les milices, je vis, debout devant la table des officiers, un milicien italien.

C'était un jeune homme de vingt-cinq ou vingt-six ans, de forte carrure, les cheveux d'un jaune roussâtre, l'air inflexible. Il portait sa casquette à visière de cuir farouchement inclinée sur l'œil. Je le voyais de profil : le menton touchant la poitrine, les sourcils froncés comme devant un casse-tête, il contemplait la carte que l'un des officiers avait dépliée sur la table. Quelque chose en ce visage m'émut profondément. C'était le visage de qui est capable de commettre un meurtre et de donner sa vie pour un ami, le genre de visage qu'on s'attend à voir à un anarchiste — encore que cet homme fût peut-être bien un communiste. Il reflétait, ce visage, la bonne foi en même temps que la férocité, et ce pathétique respect aussi, que les illettrés vouent à ceux qui sont censés leur être supérieurs. On voyait aussitôt que ce milicien ne comprenait rien à la carte et qu'il en considérait la lecture comme un prodigieux tour de force intellectuel. Je ne sais trop pourquoi, mais j'ai rarement vu quelqu'un — j'entends, un homme — pour qui je me sois ainsi pris d'une sympathie instantanée. Au cours de la conversation, une quelconque remarque révéla incidemment mon identité d'étranger. L'Italien releva la tête et dit vivement :

« *Italiano ?*

En mon mauvais espagnol je répondis :

— *No. Inglés. Y tú ?*

— *Italiano.* »

Lorsque nous fûmes sur le point de sortir, il vint à moi et me serra la main très fort. C'est étrange, l'affection qu'on peut ressentir pour un inconnu ! Ce fut comme si la fougue de nos deux cœurs nous avait momentanément permis de combler l'abîme d'une langue, d'une tradition différentes, et de nous rejoindre dans une parfaite intimité. J'ai plaisir à croire qu'il éprouva pour moi une sympathie aussi vraie que celle qu'il m'inspira. Mais je compris aussi que si je voulais conserver de lui ma première impression, il me fallait ne point le revoir ; et il va sans dire que je ne l'ai jamais revu.

C'était courant en Espagne, des contacts de ce genre. Si je parle de ce milicien italien, c'est que j'ai gardé de lui un souvenir vivace. Avec son uniforme minable et son visage farouche et pathétique, il est demeuré pour moi le vivant symbole de l'atmosphère toute particulière de ce temps-là. Il est lié à tous mes souvenirs de cette période de la guerre : drapeaux rouges flottant sur Barcelone, trains lugubres bondés de soldats loqueteux roulant lentement vers le front, villes grises ravagées de l'arrière, tranchées boueuses et glaciales dans les montagnes.

On était en décembre 1936. Il y a de cela, au moment où j'écris, moins de sept mois, et cependant il me semble déjà qu'il s'agit d'une époque très lointaine. Les événements postérieurs la font oublier, bien plus complètement qu'ils ne font oublier 1935, ou 1905 aussi bien. J'étais venu en Espagne dans l'intention d'écrire quelques articles pour les journaux, mais à peine arrivé je m'engageai dans les milices, car à cette date, et dans cette atmosphère, il paraissait inconcevable de pouvoir agir autrement. Les anarchistes avaient toujours effectivement la haute main sur la Catalogne et la révolution battait encore son plein. Sans doute, quiconque était là depuis le début devait avoir l'impression, même déjà en décembre et en janvier, que la période révolutionnaire touchait à sa fin ; mais pour qui arrivait alors directement d'Angleterre, l'aspect saisissant de Barcelone dépassait toute attente. C'était bien la première fois dans ma vie que je me trouvais dans une ville où la classe ouvrière avait pris le dessus. A peu près tous les immeubles de quelque importance avaient été saisis par les ouvriers et sur tous flottaient des drapeaux rouges ou les drapeaux rouge et noir des anarchistes ; pas un mur qui ne portât, griffonnés, le marteau et la faucille et les sigles des partis révolutionnaires ; il ne restait de presque toutes les églises que les murs, et les images saintes avaient été brûlées. Çà et là, on voyait des équipes d'ouvriers en train de démolir systématiquement les églises. Tout magasin, tout café portait une inscription vous informant de sa collectivisation ; jusques aux caisses des cireurs de bottes qui avaient été collectivisées et peintes en rouge et noir ! Les garçons de café, les vendeurs vous regardaient bien en face et se comportaient avec vous en égaux. Les tournures de phrases serviles ou même simplement cérémonieuses avaient pour le moment disparu. Personne ne disait plus *Señor* ou *Don*, ni même *Usted* : tout le monde se tutoyait, on s'appelait « camarade » et l'on disait *Salud* au lieu de *Buenos días*. Il n'y avait pas d'automobiles privées : elles avaient été réquisitionnées ; et tous les trams, taxis, et bon nombre d'autres véhicules étaient peints en rouge et noir. Partout des placards révolutionnaires, avec leurs rouges et leurs blancs, se détachaient de façon éclatante sur les murs, et, par contraste, les quelques affiches de naguère qui y étaient demeurées avaient l'air de barbouillages de boue. Sur les Ramblas, large artère centrale de la ville constamment animée par le va-et-vient de flots de gens, les haut-parleurs beuglaient des chants révolutionnaires tout le long du jour et jusqu'à une heure avancée de la nuit. Et le plus étrange de tout, c'était l'aspect de la foule. A en croire les apparences, dans cette ville les classes riches n'existaient plus. A l'exception d'un petit nombre de femmes et d'étrangers, on ne voyait pas de gens « bien mis ». Presque tout le monde portait des vêtements de prolétaires, ou une salopette bleue, ou quelque variante de l'uniforme de la milice. Tout cela était étrange et émouvant. Une bonne part m'en demeurait incompréhensible et même, en un sens, ne me plaisait pas ; mais il y avait là un état de choses qui m'apparut sur-le-champ comme valant la peine qu'on se battît pour lui. C'est que je crus que la réalité répondait à l'apparence, qu'il s'agissait réellement d'un Etat prolétarien, et que des bourgeois ne restaient — beaucoup ayant fui ou ayant été tués — que ceux qui s'étaient de leur plein gré rangés aux côtés des ouvriers ; je ne me rendis pas compte que, tout simplement, en grand nombre les bourgeois aisés se terraient ou, provisoirement, se déguisaient en prolétaires.

L'atmosphère sinistre de la guerre y était aussi pour quelque chose. La ville avait un aspect lugubre et négligé ; les routes, les maisons étaient mal entretenues ; les rues, la nuit, n'étaient que faiblement éclairées par crainte de raids aériens ; les magasins, pour la plupart, avaient pauvre apparence et étaient à moitié vides. La viande se faisait rare, il était à peu près impossible de se procurer du lait ; on manquait de charbon, de sucre et d'essence, et très sérieusement de pain. Déjà à cette époque les queues aux portes des boulangeries s'allongeaient sur des centaines de mètres. Cependant, autant qu'on en pouvait juger, les gens étaient contents, emplis d'espoir. Le chômage était inexistant et le coût de la vie encore extrêmement bas ; on ne voyait que très peu de personnes vraiment dans la misère et pas de mendiants, à part les bohémiens. Et surtout il y avait la foi dans la révolution et dans l'avenir, l'impression d'avoir soudain débouché dans une ère d'égalité et de liberté. Des êtres humains cherchaient à se comporter en êtres humains et non plus en simples rouages de la machine capitaliste. Dans les boutiques des barbiers, des « Avis au public », rédigés par des anarchistes — les barbiers étaient pour la plupart anarchistes —, expliquaient gravement que les barbiers n'étaient plus des esclaves. Dans les rues, des affiches bariolées conjuraient les prostituées de ne plus se prostituer. Pour qui venait juste de quitter les durs à cuire sarcastiques et cyniques des pays anglo-saxons, c'était assez pathétique de voir ces Espagnols idéalistes prendre à la lettre les clichés révolutionnaires les plus rebattus. A cette époque, on vendait dans les rues, pour quelques centimes, des romances révolutionnaires des plus naïves, célébrant toutes la fraternité prolétarienne et honnissant la méchanceté de Mussolini. Maintes fois j'ai vu un milicien presque illettré acheter une de ces chansons, en épeler laborieusement les mots, et, lorsqu'il en avait saisi le sens, se mettre à la chanter sur l'air approprié.

Pendant tout ce temps j'étais à la caserne Lénine, sous prétexte d'entraînement pour le front. Le jour où je m'étais engagé dans les milices on m'avait dit que le lendemain même je serais envoyé au front, mais en fait il me fallut attendre qu'une « centurie » nouvellement formée fût suffisamment entraînée. Les milices ouvrières, levées en toute hâte par les syndicats au début de la guerre, n'avaient pas été organisées sur la base d'une armée ordinaire. Les unités de commandement étaient : la « section » d'environ trente hommes, la « centurie » d'une centaine d'hommes, et la « colonne », terme appliqué en pratique à toute troupe nombreuse. Auparavant quartier de cavalerie, dont on s'était emparé au cours des combats de juillet, la caserne Lénine était un superbe bâtiment en pierre, avec un manège et d'immenses cours pavées. Ma « centurie » dormait dans l'une des écuries, sous les mangeoires de pierre qui portaient encore les noms des chevaux de bataille. On avait réquisitionné et envoyé sur le front tous les chevaux, mais tout demeurait imprégné de l'odeur du pissat et de l'avoine pourrie. Je suis resté dans cette caserne environ une semaine. Je garde surtout souvenir des odeurs chevalines, des sonneries de clairon chevrotantes (nos clairons étaient tous des amateurs — je n'ai connu les véritables sonneries espagnoles qu'en entendant celles qui nous parvinrent des lignes fascistes), du martèlement de la cour par de lourdes bottes à semelles cloutées, des longues revues, le matin, sous un soleil hivernal, des parties forcenées de football, à cinquante par camp, sur le gravier du manège. Il devait y avoir dans la caserne un millier d'hommes et une vingtaine de femmes, outre les épouses des miliciens qui faisaient la cuisine. Il y avait alors des femmes enrôlées dans les milices, en faible nombre, il est vrai. Dans les premiers temps de la guerre elles avaient, comme de juste, combattu côte à côte avec les hommes. En temps de révolution, cela paraît tout naturel. Déjà pourtant l'état d'esprit avait changé ; il fallait à présent retenir les hommes à l'extérieur du manège pendant que les femmes y faisaient l'exercice, car ils se moquaient d'elles et les gênaient. Peu de mois auparavant, aucun d'eux n'eût rien trouvé de comique à voir une femme manier un fusil.

La caserne tout entière était dans l'état de saleté et dans la pagaille où les miliciens mettaient tout local qu'ils occupaient, à croire que c'était là un sous-produit inévitable de la révolution. Dans tous les coins vous tombiez sur des amas de meubles brisés, de selles fendues, de casques de cavalier en cuivre, de fourreaux de sabres vides, et de vivres gâtés. Il se faisait un gaspillage scandaleux de vivres, surtout de pain : rien que dans ma chambrée on en jetait une pleine corbeille après chaque repas — c'était une honte en un temps où la population civile en manquait ! Nous mangions à de longues tables sur tréteaux, dans des écuelles étamées constamment graisseuses, et il nous fallait, pour boire, nous servir d'un affreux récipient nommé *porrón*. C'est une espèce de bouteille en verre, à goulot effilé ; quand vous l'inclinez, le liquide jaillit en jet fluet, ce qui permet de boire à distance, sans la toucher des lèvres, et on se la passe de main en main. Je fis la grève de la soif et réclamai une timbale dès que je vis le *porrón* ; pour mon goût, cela ressemblait par trop à un urinal, surtout lorsqu'il y avait dedans du vin blanc.

Peu à peu on distribuait des uniformes aux recrues : mais comme on était en Espagne, tout était distribué pièce à pièce et au petit bonheur, de sorte que l'on ne savait jamais avec certitude qui avait reçu, et quoi ; et bien des choses, parmi celles qui nous étaient le plus nécessaires, par exemple les ceinturons et les cartouchières, ne nous furent distribuées qu'au tout dernier moment, alors qu'allait démarrer le train nous emportant vers le front. J'ai parlé d' « uniforme » des milices ; peut-être eût-il été plus juste de dire « multiforme ». L'équipement était pour tous du même type général, mais jamais tout à fait le même chez deux miliciens. A peu près tout le monde, dans l'armée, portait des culottes courtes de velours à côtes, mais à cela se bornait l'uniformité. Certains portaient des bandes molletières, d'autres des guêtres de velours côtelé, d'autres encore des jambières de cuir ou de grandes bottes. Tout le monde portait un blouson à fermeture Eclair, mais certains blousons étaient en cuir, d'autres en laine, et ils étaient de toutes les couleurs imaginables. Il y avait autant de sortes de casquettes qu'il y avait d'hommes. Il était d'usage d'orner le devant de sa casquette de l'insigne de son parti ; en outre, presque tout le monde portait, noué autour du cou, un foulard rouge ou rouge et noir. Une colonne de miliciens en ce temps-là était une cohue d'aspect surprenant. Mais il faut dire qu'on ne pouvait distribuer de vêtements qu'au fur et à mesure que telle ou telle usine, exécutant d'urgence des commandes, en sortait ; et, compte tenu des circonstances, ce n'étaient pas de mauvais vêtements. A l'exception toutefois des chemises et des chaussettes, misérables articles de coton qui ne protégeaient pas du froid. Je me représente avec horreur ce que les miliciens ont eu à endurer, les premiers mois, quand rien n'était organisé. Il me tomba entre les mains, je m'en souviens, un journal vieux alors de deux mois à peine et où je lus que l'un des dirigeants du P.O.U.M., de retour d'une tournée d'inspection sur le front, promettait de tâcher d'obtenir que « chaque milicien eût sa couverture » : c'est une phrase qui vous fait frissonner s'il vous est arrivé de dormir dans une tranchée !

Le lendemain de mon arrivée à la caserne commença ce à quoi il était comique de donner le nom d'« instruction ». Il y eut au début des scènes de pagaille consternantes. Pour la plupart, les recrues étaient des garçons de seize ou dix-sept ans, issus des quartiers pauvres de Barcelone, tout animés d'ardeur révolutionnaire mais ignorant complètement ce que signifie la guerre. On ne parvenait même pas à les faire s'aligner. Et la discipline était inexistante : si un ordre n'avait pas l'heur de plaire à un milicien, celui-ci sortait des rangs et discutait véhémentement avec l'officier. Le lieutenant-instructeur était un vaillant et charmant jeune homme au frais visage, qui avait été officier de l'armée régulière et en gardait l'allure : il avait un maintien distingué et était toujours tiré à quatre épingles. Et, bien que cela puisse paraître singulier, il était un socialiste sincère et ardent. Plus encore que les hommes eux-mêmes, il tenait à une égalité sociale absolue entre les officiers et la troupe. Je me souviens de son air surpris et peiné lorsqu'une recrue non au courant l'appela *Señor.* « Comment ! Señor ! Qu'est donc celui qui m'appelle Señor ? Ne sommes-nous pas tous des camarades ? » Je ne crois pas que cela rendît sa tâche plus facile. En attendant on ne soumettait les bleus à aucun entraînement militaire qui pût leur être de quelque utilité. On m'avait informé que les étrangers n'étaient pas tenus de suivre « l'instruction » (les Espagnols, à ce que je remarquai, avaient la touchante conviction que n'importe quel étranger s'y connaissait mieux qu'eux pour tout ce qui avait trait au métier militaire), mais naturellement je fis comme les autres. J'avais le vif désir d'apprendre à me servir d'une mitrailleuse ; je n'avais jamais eu l'occasion d'en manier une. Mais je m'aperçus avec consternation qu'on ne nous enseignait aucun maniement d'armes. La prétendue instruction militaire consistait purement et simplement à faire l'exercice sur la place d'armes, et le genre d'exercice le plus désuet, le plus stupide : demi-tour à droite, demi-tour à gauche, marche au commandement, en colonne par trois, etc., bref toutes les inutiles idioties qu'on m'apprenait à quinze ans. Drôle de manière d'entraîner une armée de guérillas ! C'est pourtant l'évidence même que si vous ne disposez que de quelques jours pour instruire un soldat, c'est ce qu'il a le plus besoin de savoir que vous devez lui enseigner : à se protéger, à avancer en terrain découvert, à monter la garde et à construire un parapet — et, avant tout, à se servir de ses armes. Or, à cette troupe d'enfants ardents qu'on allait sous peu jeter en première ligne, on n'apprenait même pas à tirer un coup de feu, ni à arracher la goupille de sûreté d'une grenade. Sur le moment je ne me rendis pas compte que c'était parce qu'on n'avait pas d'armes à distribuer. Dans les milices du P.O.U.M. le manque de fusils était tel que les troupes fraîches étaient toujours obligées, à leur arrivée au front, d'emprunter ceux des unités qu'elles relevaient. Dans toute la caserne Lénine, je crois qu'il n'y avait pas d'autres fusils que ceux des sentinelles.

Au bout de peu de jours, bien que nous ne fussions encore vraiment qu'une cohue, comparés à toute troupe digne de ce nom, on nous estima prêts à paraître en public ; on nous mena, le matin, aux Jardins publics, sur la colline au-delà de la place d'Espagne. C'était l'habituel terrain de manœuvres de toutes les milices de partis et aussi des carabiniers et des premiers contingents de l'armée populaire tout nouvellement formée. C'était, là-haut, un spectacle étrange, exaltant. Dans tous les chemins et toutes les allées, parmi les parterres de fleurs, des hommes par escouades et compagnies marchaient, dans un sens, puis dans l'autre, raidis, bombant le torse, s'efforçant désespérément d'avoir l'air de soldats. Nul n'avait d'arme, pas un ne portait, complet, l'uniforme des milices, si beaucoup en arboraient des pièces détachées. L'emploi du temps ne variait jamais. Pendant trois heures nous faisions des effets de torse au petit trot (le pas des Espagnols est très court et rapide), puis nous faisions halte, rompions les rangs et, assoiffés, nous allions en foule à mi-côte dans la boutique d'un petit épicier qui faisait des affaires d'or en vendant du vin à bon marché. Mes camarades me témoignaient tous beaucoup d'amitié. En qualité d'Anglais j'étais une espèce de curiosité ; les officiers des carabiniers faisaient de moi grand cas et m'offraient à boire. Cependant, chaque fois que je pouvais mettre notre lieutenant au pied du mur, je réclamais à cor et à cri qu'on m'apprît à me servir d'une mitrailleuse. Je tirais de ma poche mon dictionnaire Hugo et je l'entreprenais dans mon exécrable espagnol :

« *Yo sé manejar fusil. No sé manejar ametralladora. Quiero aprender ametralladora. Cuándo vamos aprender ametralladora ?* »

Et toujours je recevais en réponse un sourire tourmenté et la promesse qu'il y aurait maniement de mitrailleuse *mañana*. Inutile de dire que ce *mañana* ne vint jamais. Plusieurs jours passèrent et les recrues apprirent à marcher au pas, à se mettre presque avec promptitude au garde-à-vous, mais si elles savaient par quel bout du fusil sort la balle, c'était bien tout. Un jour, un carabinier armé vint à flâner de notre côté au moment de la pause et nous permit d'examiner son fusil. Il apparut que dans toute ma section, moi excepté, nul ne savait seulement charger un fusil, encore moins viser.

Pendant ce temps-là je me battais avec la langue espagnole. A part moi, il n'y avait qu'un autre Anglais dans la caserne, et personne, même parmi les officiers, ne connaissait un mot de français. Ce qui compliquait encore les choses pour moi, c'était le fait que mes compagnons d'armes, lorsqu'ils parlaient entre eux, employaient généralement le catalan. La seule façon de me tirer d'affaire était d'emporter partout avec moi un petit dictionnaire que je tirais vivement de ma poche dans les moments critiques. Mais c'est encore en Espagne que je préfère être un étranger plutôt que dans la plupart des autres pays. Que l'on se fait facilement des amis en Espagne ! Dans l'espace d'un jour ou deux à peine, il y eut déjà une vingtaine de miliciens pour m'appeler par mon prénom, me passer des tuyaux et me combler de gestes d'hospitalité. Ce n'est pas un livre de propagande que j'écris et je ne cherche pas à idéaliser les milices du P.O.U.M. Le système des milices tout entier présentait de graves défauts, et les hommes eux-mêmes formaient un ensemble hétéroclite, car à cette époque le recrutement volontaire était en baisse et beaucoup d'entre les meilleurs étaient déjà sur le front ou tués. Il y avait toujours parmi nous un certain pourcentage de bons à rien. Des garçons de quinze ans étaient amenés au bureau d'enrôlement par leurs parents, ouvertement à cause des dix pesetas par jour que touchait chaque milicien, et aussi du pain, reçu en abondance par les milices et qu'on pouvait sortir en fraude de la caserne et apporter chez soi. Mais je défie qui que ce soit de se trouver brusquement, comme il m'arriva, au sein de la classe ouvrière espagnole — je devrais peut-être dire : catalane, car hormis quelques Aragonais et quelques Andalous, je n'ai été qu'avec des Catalans — et de n'être pas frappé par le sens inné qu'ils ont de la dignité humaine, et surtout par leur droiture et leur générosité. La générosité d'un Espagnol, dans l'acception courante du terme, est parfois presque embarrassante : si vous lui demandez une cigarette, c'est tout le paquet qu'il vous force à prendre. Et aussi il y a en eux une générosité d'une nature plus profonde, une grandeur d'âme réelle dont j'ai rencontré maint et maint exemple sous les apparences les moins prometteuses. Certains journalistes et d'autres étrangers qui firent un voyage en Espagne durant la guerre ont déclaré qu'en secret les Espagnols éprouvaient une amère méfiance à l'égard de l'aide étrangère. Tout ce que je puis dire c'est que je n'ai jamais observé rien de tel. Je me rappelle que, peu de jours avant mon départ de la caserne, un certain nombre d'hommes arrivèrent du front, en permission. Ils parlaient avec une vive émotion de ce qu'ils avaient vu et ressenti et ils étaient enthousiasmés par des troupes françaises qui s'étaient trouvées dans le secteur voisin du leur devant Huesca. Les Français ont été très braves, disaient-ils ; et ils ajoutaient avec admiration : *Más valientes que nosotros !* — « Plus braves que nous ! » Naturellement je dis que j'hésitais à le croire ; alors ils expliquèrent que les Français en savaient plus long qu'eux pour ce qui était de l'art de la guerre et savaient mieux se servir des grenades, des mitrailleuses, etc. Mais la remarque était significative. Un Anglais se fût coupé la main plutôt que d'en faire une semblable.

Tout étranger qui servait dans les milices passait ses premières semaines à apprendre à aimer les Espagnols et à être exaspéré par certains de leurs traits de caractère. En ce qui me concerne, l'exaspération alla parfois jusqu'à la fureur. Les Espagnols sont capables de beaucoup de choses, mais pas de faire la guerre. Ils plongent dans la consternation tous les étrangers sans exception par leur incompétence et surtout par leur inexactitude, à rendre fou. Le seul mot espagnol qu'un étranger ne puisse pas ne pas apprendre, c'est *mañana* — « demain » (littéralement : « demain matin »). Dès qu'il en existe la moindre possibilité, les occupations du jour sont remises à *mañana*. Trait si notoire que les Espagnols eux-mêmes en plaisantent. Rien, en Espagne, qu'il s'agisse d'un repas ou d'une bataille, n'a jamais lieu à l'heure fixée. En retard, dans la généralité des cas, mais de temps en temps — si bien que vous ne pouvez même pas tabler sur le retard présumé — en avance. Un train qui doit partir à huit heures part normalement entre neuf et dix heures, mais une fois par semaine peut-être, en vertu de quelque caprice personnel du mécanicien, il part à sept heures et demie. Ce sont de ces choses qui risquent de vous contrarier un peu. En principe j'admire plutôt les Espagnols de ne pas partager notre nordique névrose du temps; mais, malheureusement, moi je la partage.

Après toutes sortes de faux bruits, de *mañana* et de remises, l'ordre de notre départ fut brusquement donné, ne nous laissant qu'un délai de deux heures pour être prêts, alors que la majeure partie de notre équipement ne nous avait pas encore été distribuée. Quelle bousculade dans le magasin de l'officier de détail ! Et en fin de compte, plus d'un homme dut s'en aller avec un équipement incomplet. La caserne s'était aussitôt emplie de femmes comme jaillies de terre ; chacune aidait son homme à rouler sa couverture et à rassembler son barda. A ma grande humiliation je dus me faire montrer la façon d'attacher ma cartouchière, reçue à l'instant, par une jeune Espagnole, la femme de Williams, l'autre milicien anglais. Douce, les yeux noirs, d'une extrême féminité, elle semblait faite pour n'avoir d'autre tâche dans la vie que de balancer un berceau ; mais en fait elle avait vaillamment combattu dans la guerre de rues en juillet. Elle était enceinte et l'enfant naquit juste dix mois après le début de la guerre : peut-être avait-il été conçu derrière une barricade.

Notre train devait partir à huit heures ; ce n'est que vers huit heures dix que les officiers, harassés, trempés de sueur, réussirent enfin à nous rassembler dans la cour. Quel vif souvenir je garde de cette scène ! Le tumulte et l'animation ; les drapeaux rouges flottant dans la lueur des torches ; en rangs serrés les miliciens, sac au dos et couverture roulée en bandoulière ; et les appels et les bruits de bottes et de gamelles ; puis un furieux coup de sifflet qui réclamait le silence et finalement l'obtint ; et alors l'allocution en catalan d'un commissaire politique qui se tenait sous les plis ondulants d'un immense étendard rouge. Enfin on nous mena à la gare, par le chemin le plus long — trois ou quatre kilomètres —, afin de nous faire voir à la ville entière. Sur les Ramblas on nous fit faire halte, cependant qu'une musique d'emprunt jouait quelques airs révolutionnaires. Une fois de plus toute la montre du héros-conquérant : acclamations et enthousiasme, drapeaux rouges ou rouge et noir partout, foules bienveillantes se pressant sur les trottoirs pour nous voir, adieux des femmes aux fenêtres. Comme tout cela paraissait alors naturel ! Que cela paraît à présent reculé dans le temps et invraisemblable !

Le train était à tel point bondé d'hommes qu'il ne restait guère d'espace inoccupé sur le sol — inutile de parler des banquettes. Au tout dernier moment la femme de Williams arriva en courant sur le quai et nous tendit une bouteille de vin et un demi-mètre de cette saucisse rutilante qui a goût de savon et vous donne la diarrhée.

Et le train se mit en devoir de sortir de la Catalogne et de gagner le plateau d'Aragon en rampant à la vitesse, normale en temps de guerre, d'un peu moins de vingt kilomètres à l'heure.

II

Barbastro, bien que située loin du front, avait l'air morne et saccagée. Des groupes de miliciens, en uniformes usés jusqu'à la corde, arpentaient les rues, tâchant de se réchauffer. Sur un mur en ruine je vis une affiche datant de l'année précédente, annonçant la date de la mise à mort dans l'arène de « six beaux taureaux ». Quelle impression désolante elle faisait avec ses couleurs fanées ! Où étaient à présent les beaux taureaux et les beaux toréadors ? Même à Barcelone, il y avait bien rarement à l'heure actuelle une course de taureaux ; je ne sais pour quelle raison tous les meilleurs matadors étaient fascistes.

Ma compagnie fut envoyée par camions d'abord à Sietamo, puis vers l'est à Alcubierre, juste à l'arrière-front de Saragosse. On s'était disputé Sietamo à trois reprises avant que les anarchistes ne s'en fussent finalement emparés en octobre, aussi la ville était-elle en partie détruite par les obus, et la plupart des maisons étaient grêlées de trous de balles. Nous étions à 1 500 pieds au-dessus du niveau de la mer. Il faisait bigrement froid, avec ce brouillard à couper au couteau qui montait on ne savait d'où en tourbillonnant. Entre Sietamo et Alcubierre le conducteur du camion s'égara (c'était là chose courante et une des particularités de cette guerre) et pendant des heures nous errâmes dans le brouillard. La nuit était avancée quand nous arrivâmes à Alcubierre. Quelqu'un nous pilota à travers les fondrières jusqu'à une écurie à mulets où nous nous laissâmes tomber sur de la balle et, nous y enfouissant, nous nous endormîmes immédiatement. La balle, quand elle est propre, n'est pas désagréable pour y dormir ; moins agréable que le foin, mais plus agréable que la paille. Ce n'est qu'à la lumière du jour que je me rendis compte que celle où nous avions dormi était pleine de croûtons de pain, de journaux déchirés, d'os, de rats morts et de boîtes de lait condensé vides aux bords déchiquetés.

Nous étions à présent à proximité du front, assez près pour sentir l'odeur caractéristique de la guerre : d'après mon expérience personnelle, une odeur d'excréments et de denrées avariées. Alcubierre n'avait jamais reçu d'obus et était moins endommagée que la plupart des villages de l'immédiat arrière-front. Mais je crois que, même en temps de paix, on ne devait pouvoir voyager dans cette partie de l'Espagne sans être frappé par la misère toute particulière et sordide des villages aragonais. Ils sont bâtis comme les places fortes, une agglomération de minables petites masures de pierre et de torchis se pressant autour de l'église, et même au printemps l'on n'y voit à peu près nulle part une fleur. Les maisons n'ont pas de jardins, seulement des arrière-cours où des volatiles étiques patinent sur des couches de crottin de mulet. Il faisait un sale temps, brouillard et pluie alternant. Les étroites routes de terre, comme barattées, étaient transformées en bourbiers, profonds par endroits de deux pieds, où les camions se débattaient, leurs roues affolées, tandis que les paysans les franchissaient avec leurs grossières charrettes qui étaient tirées par des mulets, six à la file parfois, toujours attelés en flèche. Les continuelles allées et venues de troupes avaient mis le village dans un état de saleté indescriptible. Il ne possédait pas, n'avait jamais possédé, quelque chose qui ressemblât à un water-closet ou à un égoût quelconque, et il ne restait nulle part un espace d'un mètre carré où pouvoir marcher sans devoir regarder où l'on posait le pied. L'église servait depuis longtemps de latrines, et de même tous les champs, sur quelques centaines de mètres à la ronde. Je ne peux me remémorer mes deux premiers mois de guerre sans me souvenir des chaumes hivernaux avec leurs lisières encroûtées d'excréments.

Deux jours passèrent et l'on ne nous distribuait toujours pas de fusils. Lorsqu'on était allé au siège du comité de la Guerre et qu'on avait contemplé la rangée de trous dans le mur — des trous faits par un feu de salve (c'était là qu'on avait fusillé plusieurs fascistes) — on avait tout vu des curiosités d'Alcubierre. Là-haut, en première ligne, tout était manifestement calme, on évacuait très peu de blessés. La principale distraction, c'était l'arrivée des déserteurs fascistes descendant du front sous bonne garde. Dans ce secteur, une bonne part des troupes du côté adverse n'étaient pas du tout fascistes, mais composées de malheureux conscrits qui étaient en train de faire leur service militaire au moment où la guerre avait éclaté et qui n'étaient que trop désireux de s'échapper. De temps à autre, par petites fournées, ils se risquaient à se glisser jusqu'à nos lignes ; sans doute eussent-ils été plus nombreux à le faire si leurs parents ne s'étaient pas trouvés en territoire fasciste. Ces déserteurs étaient les premiers « fascistes » en chair et en os que je voyais ; et ce qui me frappa c'est que la seule chose qui permît de les distinguer de nous, c'était le fait qu'ils portaient une salopette kaki. Ils avaient toujours une faim de loup quand ils arrivaient et c'était bien naturel après avoir passé un jour ou deux à faire des tours et des détours dans le *no man's land* — mais l'on ne manquait jamais de triomphalement citer cela comme une preuve que les troupes fascistes mouraient de faim. J'ai, un jour, eu l'occasion de voir, dans la maison d'un paysan, un déserteur manger. C'était un spectacle à faire pitié : un grand gars de vingt ans, très hâlé, les vêtements en loques, était accroupi tout près du feu et mangeait gloutonnement une pleine gamelle de ragoût en se hâtant le plus qu'il pouvait et sans cesser de faire aller son regard craintif de l'un à l'autre des miliciens qui, debout en cercle autour de lui, le regardaient manger. Je pense qu'il devait être encore à demi convaincu que nous étions des « rouges » assoiffés de sang et que nous allions le fusiller dès qu'il aurait terminé son repas ; les hommes armés qui le gardaient lui tapaient sur l'épaule et le rassuraient bruyamment. Certain jour mémorable, quinze déserteurs arrivèrent à la fois. On les mena en triomphe à travers le village, en les faisant précéder d'un homme monté sur un cheval blanc. Je trouvai moyen d'en prendre une photographie plutôt floue, que par la suite on me vola.

Au matin de notre troisième jour à Alcubierre, les fusils arrivèrent. Un sergent au visage rude et basané les distribua dans l'écurie à mulets. J'eus un accès de découragement quand je vis ce qu'on me donnait : un Mauser allemand qui portait la date de 1896 ! vieux de plus de quarante ans ! Il était rouillé, la culasse mobile fonctionnait mal, la sous-garde en bois était fendue, et il suffisait de jeter un seul coup d'œil dans l'âme pour voir qu'elle était irrémédiablement corrodée. La plupart des autres fusils, également, étaient mauvais, quelques-uns même pires encore ; et l'on ne chercha même pas à donner les meilleures armes aux hommes qui savaient s'en servir. Le meilleur fusil du lot fut donné à une petite brute de quinze ans, faible d'esprit, que tous appelaient le *maricòn* (la « tapette »). Le sergent nous octroya cinq minutes d'« instruction » ; ça consista à nous expliquer la manière de charger un fusil et de démonter la culasse. Bon nombre de miliciens n'avaient encore jamais eu un fusil entre les mains, et rares étaient, je pense, ceux qui savaient à quoi sert la mire. On nous distribua les cartouches, cinquante par homme, puis on nous fit mettre en rangs, barda au dos, et en route pour le front, à trois kilomètres de là.

La « centurie », quatre-vingts hommes et plusieurs chiens, se dévida irrégulièrement sur le chemin en montant la côte. A toute colonne de miliciens était attaché au moins un chien, comme mascotte. Un pauvre animal qui nous accompagnait avait été marqué au fer chaud, il portait l'inscription « P.O.U.M. » en énormes lettres, et il avait une manière furtive de se glisser le long de la colonne comme s'il se rendait compte qu'il y avait quelque chose dans son aspect qui clochait.

En tête de la colonne, à côté du drapeau rouge, allait Georges Kopp, notre commandant, un Belge corpulent, monté sur un cheval noir ; un peu en avant un jeune cavalier — de cette cavalerie des milices qui avait l'air d'une bande de brigands — caracolait, escaladait au galop chaque éminence de terrain et, arrivé au sommet, prenait des poses pittoresques. Les splendides chevaux de la cavalerie espagnole avaient été saisis en grand nombre au cours de la révolution et avaient été remis aux milices qui, bien entendu, étaient en train de les éreinter.

La route serpentait entre des champs jaunis, incultes, laissés à l'abandon depuis la moisson de l'année précédente. Devant nous s'étendait la basse sierra qui sépare Alcubierre de Saragosse. Nous approchions des premières lignes ; nous approchions des bombes, des mitrailleuses et de la boue. En secret j'avais peur. Je savais qu'actuellement le front était calme, mais, à la différence de la plupart de ceux qui m'entouraient, j'étais assez âgé pour me souvenir de la Grande Guerre, si je ne l'étais pas assez pour l'avoir faite. La guerre, pour moi, cela signifiait le rugissement des projectiles, et des éclats d'obus qui sautent ; cela signifiait surtout la boue, les poux, la faim et le froid. C'est curieux, mais j'appréhendais le froid beaucoup plus que je ne redoutais l'ennemi. L'idée du froid m'avait sans cesse hanté pendant que j'étais à Barcelone ; j'avais même passé des nuits blanches à me représenter le froid dans les tranchées, les alertes dans les aubes sinistres, les longues heures de faction avec dans les mains un fusil givré, la boue glaciale où je pataugerais.

J'avoue, aussi, que j'éprouvais une sorte d'effroi en considérant mes compagnons. On ne peut s'imaginer à quel point nous avions l'air d'une cohue. Nous marchions à la débandade, en gardant beaucoup moins de cohésion encore qu'un troupeau de moutons ; avant d'avoir fait deux kilomètres, l'arrière-garde de la colonne fut hors de vue. Et une bonne moitié de ces soi-disant hommes étaient des enfants — j'entends bien littéralement, des enfants de seize ans au plus. Et cependant ils étaient tous heureux et ne se sentaient pas de joie à la perspective d'être enfin sur le front. Comme nous en approchions, les jeunes garçons qui, en tête, entouraient le drapeau rouge, se mirent à crier : « *Visca P.O.U.M. ! — Fascistas-maricones !* » etc. Ils s'imaginaient pousser des clameurs guerrières et menaçantes, mais sortant de ces gosiers enfantins, elles produisaient un effet aussi attendrissant que des miaulements de chatons. Il me semblait affreux que les défenseurs de la République, ce fût cette bande d'enfants en guenilles portant des fusils hors d'usage et dont ils ne savaient même pas se servir ! Je me demandai, il m'en souvient, ce qui arriverait si un avion fasciste venait à nous survoler — si même l'aviateur se donnerait la peine de piquer sur nous et de nous envoyer une rafale de mitrailleuse. Sûrement, même de là-haut, il pourrait se rendre compte que nous n'étions pas de vrais soldats.

Comme la route s'engageait dans la sierra, nous obliquâmes vers la droite et grimpâmes par un étroit sentier muletier qui serpentait à flanc de montagne. Dans cette partie de l'Espagne, les monts sont de formation curieuse : en fer à cheval, avec des sommets assez plats et des versants très abrupts qui plongent dans de larges ravins. Sur les pentes supérieures rien ne pousse, que des arbustes rabougris et de la bruyère, et les ossements blancs du calcaire saillent partout. Le front, dans ce secteur, n'était pas une ligne continue de tranchées, mais tout simplement un cordon de postes fortifiés, uniformément appelés « positions », perchés sur chacun des sommets. De loin on pouvait voir notre « position » située à la courbe du fer à cheval : une barricade mal faite de sacs de terre, un drapeau rouge qui flottait, la fumée de feux de cagnas. D'un peu plus près l'on pouvait sentir une écœurante puanteur douceâtre qui m'est ensuite restée des semaines dans les narines. Dans la crevasse qui se trouvait juste derrière notre position on jetait depuis plusieurs mois toutes les ordures — il y avait là une épaisse couche putride de croûtons de pain, d'excréments et de boîtes de conserves rouillées.

Les hommes de la compagnie que nous relevions étaient en train de rassembler leur fourbi. Ils venaient de passer trois mois en ligne ; leurs uniformes étaient plaqués de boue, leurs bottes s'en allaient en morceaux, et ils avaient le visage envahi de barbe. Le capitaine commandant la position, qui se nommait Levinski mais que tous appelaient Benjamin, Juif polonais de naissance mais parlant le français comme sa langue maternelle, sortit en rampant de son abri pour nous accueillir. C'était un jeune homme d'environ vingt-cinq ans, de petite taille, avec des cheveux raides et noirs et un pâle visage ardent, toujours très sale en cette époque de guerre. On entendait claquer là-haut quelques balles perdues. La position était une enceinte semi-circulaire d'environ cinquante mètres de diamètre ; son parapet était fait à demi de sacs de terre, à demi de blocs de calcaire. Il y avait trente ou quarante abris qui s'enfonçaient dans le sol comme des terriers. Vite nous nous engouffrâmes, Williams, moi-même et le beau-frère espagnol de Williams, dans le plus proche abri inoccupé qui nous parut habitable. Quelque part sur le front en avant de nous, de temps en temps un coup de fusil claquait, éveillant d'étranges échos roulants parmi les collines rocailleuses. Nous venions de laisser tomber à terre notre barda et nous étions en train de ramper hors de l'abri quand il y eut à nouveau un claquement et l'un des enfants de notre compagnie, qui était au parapet, se rejeta en arrière, le visage ruisselant de sang. Il avait voulu tirer un coup de feu et, je ne sais comment, avait trouvé moyen de faire sauter la culasse ; les éclats de douille lui avaient déchiqueté le cuir chevelu. C'était notre premier blessé et, ce qui était caractéristique, il s'était blessé lui-même.

Dans le courant de l'après-midi nous prîmes notre premier tour de garde et Benjamin nous fit visiter la position. En avant du parapet courait un réseau de boyaux taillés dans le roc, avec des créneaux très primitifs faits d'entassements de blocs de calcaire. Il y avait douze sentinelles, postées de loin en loin dans la tranchée, derrière le parapet intérieur. En avant de la tranchée on avait disposé du barbelé ; au-delà, le versant montagneux dévalait dans un ravin qui semblait sans fond ; en face, des collines dénudées, par endroits simples escarpements rocheux, tout gris et hivernaux, sans trace de vie nulle part, sans même un oiseau. Je risquai un coup d'œil avec précaution par une meurtrière, cherchant à découvrir la tranchée fasciste.

« Où se trouve l'ennemi ?

Benjamin fit de la main un geste large :

— *Over zere* (Benjamin parlait anglais — un

anglais épouvantable) : Là-bas, de l'autre côté.
— Mais *où* ? »

D'après l'idée que je me faisais de la guerre de tranchées, les fascistes eussent dû se trouver à cinquante ou cent mètres. Or j'avais beau regarder, je ne voyais rien ; sans doute leurs tranchées étaient-elles bien camouflées. Mais tout d'un coup je découvris avec consternation ce que montrait le geste de Benjamin : au sommet de la colline en face, par delà le ravin, à sept cents mètres au moins, le minuscule tracé d'un parapet et un drapeau rouge et jaune — la position fasciste. Je fus indiciblement désappointé. Nulle part nous n'étions proches de l'ennemi ! A cette distance nos fusils n'étaient d'aucune utilité. Mais à cet instant nous entendîmes des cris de surexcitation : deux fascistes, semblables de loin à des figurines grisâtres, étaient en train de grimper à quatre pattes le versant dénudé de la colline en face de nous. Benjamin se saisit du fusil de l'homme le plus proche, visa, et pressa la détente. Clic ! La cartouche rata ; cela me parut de mauvais augure.

Les nouvelles sentinelles ne furent pas plutôt dans la tranchée qu'elles entamèrent une terrifiante fusillade au petit bonheur, sans rien viser en particulier. J'apercevais les fascistes, aussi infimes que des fourmis, qui se jetaient de côté et d'autre derrière le parapet ; parfois un point noir, qui était une tête, s'immobilisait un instant, s'exposant avec insolence. De toute évidence, il ne servait à rien de tirer. Mais au bout d'un petit moment la sentinelle à ma gauche, abandonnant son poste à la façon typique des Espagnols, se coula auprès de moi et se mit à me presser de tirer. J'essayai de lui expliquer qu'à cette distance et avec de tels fusils on ne pouvait toucher un homme que par le plus grand des hasards. Mais ce n'était qu'un enfant et il n'arrêtait pas de me faire signe avec son fusil de tirer sur un des points noirs, et il grimaçait en montrant les dents avec l'air de convoitise d'un chien qui attend qu'on lui jette un caillou. Je finis par mettre la hausse à sept cents mètres et je lâchai le coup. Le point noir disparut. J'espère que ma balle a passé assez près de lui pour lui avoir fait faire un saut. C'était la première fois de ma vie que je tirais un coup de feu sur un être humain.

A présent que j'avais vu ce qu'était le front, j'étais profondément rebuté. Ils appelaient cela la guerre ! Nous n'étions même pas à portée de l'ennemi ! Je n'eus plus souci de ne pas laisser ma tête dépasser du parapet. Mais un moment plus tard une balle passa près de mon oreille avec un claquement rageur et alla s'enfoncer derrière moi dans le parados. Hélas ! je « saluai ». Toute ma vie je m'étais juré que je ne « saluerais » pas la première fois qu'une balle passerait au-dessus de moi ; mais il paraît que c'est un geste instinctif, et presque tout le monde le fait au moins une fois.

III

Dans la guerre de tranchées, cinq choses sont importantes : le bois à brûler, les vivres, le tabac, les bougies, et l'ennemi. En hiver, sur le front de Saragosse, tel était bien leur ordre d'importance, l'ennemi venait bon dernier. Les fascistes n'étaient que de lointains insectes noirs que l'on voyait de temps à autre se déplacer par bonds. La préoccupation essentielle des deux armées était de se protéger le plus possible du froid.

Il me faut dire en passant que durant tout le temps que j'ai été en Espagne, je n'ai vu que très peu de combats. Je me trouvais sur le front d'Aragon de janvier à mai, or entre janvier et fin mars il n'y eut rien ou peu de chose à signaler dans ce secteur, excepté à Téruel. En mars on livra de sérieux combats autour de Huesca, mais personnellement je n'y ai guère participé. Plus tard, en juin, il y eut l'attaque désastreuse de Huesca au cours de laquelle plusieurs milliers d'hommes trouvèrent la mort en un seul jour ; mais j'avais été blessé, mis hors de combat auparavant. J'ai rarement eu l'occasion d'affronter ce que l'on considère habituellement comme les horreurs de la guerre. Aucun avion n'a jamais lâché de bombe dans mes alentours immédiats, je ne crois pas qu'un obus ait jamais éclaté à moins de cinquante mètres de moi, et je n'ai pris part qu'une seule fois à un corps à corps. (Une seule fois, c'est une fois de trop, je puis vous le dire !) Naturellement je me suis souvent trouvé sous le feu nourri d'une mitrailleuse, mais la plupart du temps d'assez loin. Même à Huesca on était en général relativement en sécurité, si l'on ne négligeait pas de prendre les précautions raisonnables.

Là-haut, sur les hauteurs autour de Saragosse, c'était seulement l'ennui combiné à l'inconfort de la guerre de tranchées. On menait une vie aussi peu mouvementée que celle d'un comptable de la City, et presque aussi réglée. Etre en faction, aller en patrouille, creuser ; creuser, aller en patrouille, être en faction. Au sommet de chaque éminence, des fascistes ou des loyalistes, un groupe d'hommes sales et loqueteux grelottant autour de leur drapeau et cherchant à avoir le moins froid possible. Et jour et nuit les balles perdues s'égarant dans les vallées désertes et ne se logeant dans un corps humain que par quelque rare et invraisemblable hasard.

Il m'arrivait souvent de contempler ce paysage hivernal en m'étonnant de l'inefficacité de tout cela. Quel caractère peu concluant a une guerre de ce genre ! Plus tôt, en octobre, on avait livré de furieux combats pour la possession de tous ces sommets ; puis, le manque d'hommes et d'armes, et surtout d'artillerie, rendant impossible toute opération de grande envergure, chaque armée s'était terrée et fixée sur les sommets qu'elle avait conquis.

Là-bas, à notre droite, se trouvait un petit avant-poste, également du P.O.U.M., et sur l'éperon à notre gauche, à sept heures de nous, une position du P.S.U.C. faisait face à un éperon plus élevé sur les pics duquel s'égrenaient plusieurs petits postes fascistes. La prétendue ligne faisait tant de zigzags qu'on ne s'y fût pas retrouvé si chaque position n'avait battu pavillon. Les drapeaux du P.O.U.M. et du P.S.U.C. étaient rouges, ceux des anarchistes, rouge et noir ; les fascistes faisaient généralement flotter le drapeau monarchiste (rouge-jaune-rouge), mais parfois celui de la République (rouge-jaune-violet). C'était un spectacle prodigieux — si l'on parvenait à oublier que chaque cime était occupée par des troupes, et donc jonchée de boîtes de conserves vides et encroûtée de déjections. Sur notre droite la sierra s'infléchissait vers le sud-est et faisait place à la large vallée veinée qui s'étendait jusqu'à Huesca. Au milieu de la plaine s'éparpillaient, tels des dés jetés, quelques cubes minuscules : c'était la ville de Robres, qui se trouvait en zone loyaliste. Souvent, le matin, la vallée disparaissait sous une mer de nuages d'où émergeaient, comme posées à plat dessus, les collines bleues, ce qui donnait au paysage une étrange ressemblance avec une épreuve négative de photographie. Au-delà de Huesca, il y avait encore des collines de même formation que la nôtre, et que la neige panachait de motifs variant de jour en jour. Au loin, les pics monstrueux des Pyrénées, où la neige ne fond jamais, semblaient flotter dans le vide. Même en bas, dans la plaine, tout paraissait mort et dénudé. Les collines, en face de nous, étaient grises et plissées comme la peau des éléphants. Presque toujours le ciel était vide d'oiseaux. Je ne crois pas avoir jamais vu de pays où il y eût si peu d'oiseaux. Les seuls qu'on voyait parfois étaient des sortes de pies, et les vols de perdrix dont les bruissements soudains vous faisaient tressaillir, le soir, et, mais très rarement, des aigles voguant lentement et généralement accueillis par des coups de feu qu'ils ne daignaient même pas remarquer.

La nuit et par temps brumeux, on envoyait des patrouilles dans la vallée qui nous séparait des fascistes. C'était une mission peu appréciée : il faisait trop froid et le risque de s'égarer était trop grand. Je vis bien vite que je pouvais obtenir l'autorisation d'aller en patrouille chaque fois que j'en avais envie.

Dans les immenses ravins aux arêtes vives il n'y avait ni sentiers ni pistes d'aucune sorte ; vous n'arriviez à trouver votre chemin qu'après y avoir été plusieurs fois de suite en reconnaissance, en prenant soin de relever chaque fois de nouveaux points de repère. A vol d'oiseau le poste fasciste le plus proche était à sept cents mètres de nous, mais à plus de deux kilomètres par l'unique voie praticable. C'était assez amusant d'errer dans les vallées obscures tandis qu'au-dessus de nos têtes, très haut, les balles perdues passaient en sifflant comme des bécasseaux. Mieux valait d'épais brouillards que l'obscurité de la nuit, et souvent ils persistaient tout le jour et s'accrochaient autour des sommets cependant que les vallées restaient claires. A proximité des lignes fascistes il fallait avancer à pas de tortue ; c'était très difficile de se déplacer sans bruit sur ces pentes, parmi les arbustes craquelants et les pierres calcaires qui tintaient. Ce ne fut qu'à la troisième ou quatrième tentative que je trouvai moyen de parvenir jusqu'aux lignes fascistes. Le brouillard était très épais et j'allai en rampant jusqu'aux barbelés pour écouter. J'entendis les fascistes parler et chanter à l'intérieur du poste. Soudain je fus alarmé d'entendre plusieurs d'entre eux descendre la pente dans ma direction. Je me blottis derrière un buisson qui me parut brusquement bien petit, et je tâchai d'armer sans bruit mon fusil. Mais ils obliquèrent et je ne les vis même pas. Derrière le buisson où je me cachai, je trouvai divers vestiges du combat antérieur : un tas de douilles vides, une casquette de cuir percée d'un trou de balle, et un drapeau rouge, un des nôtres de toute évidence. Je le rapportai à la position où, sans s'embarrasser de sentiment, l'on en fit des chiffons à nettoyer.

J'avais été nommé caporal ou, comme l'on disait, *cabo*, dès notre arrivée au front ; j'avais le commandement d'un groupe de douze hommes. Ce n'était pas une sinécure, surtout au début. La centurie était une bande non entraînée composée en majeure partie d'adolescents. Çà et là on trouvait dans les milices des enfants qui n'avaient pas plus de onze ou douze ans, en général des réfugiés des territoires fascistes, qu'on avait incorporés comme miliciens parce que c'était le moyen le plus simple de pourvoir à leur subsistance. En principe on les employait à l'arrière à de légers travaux, mais parfois ils parvenaient à se faufiler jusqu'en première ligne où ils étaient un danger public. Je me rappelle un petit imbécile qui ne trouva rien de mieux que de jeter une grenade à main dans le feu d'un abri « pour faire une farce » ! Au Monte Pocero je ne crois pas qu'il s'en trouvât ayant moins de quinze ans, mais néanmoins la moyenne d'âge était bien au-dessous de vingt ans. On ne devrait jamais faire servir des garçons de cet âge en première ligne, car ils sont incapables de supporter le manque de sommeil inséparable de la guerre de tranchées. Au début il était à peu près impossible d'obtenir que notre position fût convenablement gardée pendant la nuit. On n'arrivait à faire lever les pauvres enfants de ma section qu'en les tirant par les pieds hors de leurs abris, et dès qu'on avait tourné le dos, ils abandonnaient leur poste et se reglissaient dans la cagna ; ou bien, si même ils demeuraient appuyés contre la paroi de la tranchée, en dépit du froid terrible ils ne tardaient pas à succomber au sommeil. Heureusement l'ennemi était on ne peut moins entreprenant. Il y eut des nuits où notre position eût pu être prise d'assaut par vingt boy-scouts armés de carabines à air comprimé, ou tout aussi bien par vingt girl-guides armées de raquettes.

A cette époque et longtemps encore les milices catalanes restèrent constituées sur les mêmes bases qu'au début de la guerre. Dans les premiers jours de la rébellion de Franco elles avaient été levées à la hâte par les différents syndicats et partis politiques ;

chacune d'elles était au premier chef une organisation politique inféodée à son parti tout autant qu'au gouvernement central. Quand, au début de 1937, on leva l'armée populaire, qui était une armée « non politique » organisée tant bien que mal selon le type normal, les milices de partis y furent théoriquement incorporées. Mais longtemps encore il n'y eut de changements que sur le papier ; aucun contingent de la nouvelle armée populaire ne monta sur le front d'Aragon avant juin, et jusqu'à cette date le système des milices demeura inchangé. Le point essentiel en était l'égalité sociale entre les officiers et les hommes de troupe. Tous, du général au simple soldat, touchaient la même solde, recevaient la même nourriture, portaient les mêmes vêtements, et vivaient ensemble sur le pied d'une complète égalité. Si l'envie vous prenait de taper dans le dos du général commandant la division et de lui demander une cigarette, vous pouviez le faire et personne ne s'en étonnait. En théorie en tout cas, chaque milice était une démocratie et non une hiérarchie. Il était entendu qu'on devait obéir aux ordres, mais il était aussi entendu que, lorsque vous donniez un ordre, c'était comme un camarade plus expérimenté à un camarade, et non comme un supérieur à un inférieur. Il y avait des officiers et des sous-officiers, mais il n'y avait pas de grades militaires au sens habituel, pas de titres, pas de galons, pas de claquements de talons ni de saluts obligatoires. On s'était efforcé de réaliser dans les milices une sorte d'ébauche, pouvant provisoirement fonctionner, de société sans classes. Bien sûr, ce n'était pas l'égalité parfaite, mais je n'avais encore rien vu qui en approchât autant, et que cela fût possible en temps de guerre n'était pas le moins surprenant.

Mais j'avoue que, tout d'abord, je fus horrifié de la façon dont allaient les choses sur le front. Comment diable une armée de ce genre pourrait-elle gagner la guerre ? C'était ce que tout le monde disait alors, mais cette remarque, pour être juste, n'en était pas moins déraisonnable. Car, étant donné les circonstances, il n'était pas possible que les milices fussent sensiblement meilleures qu'elles n'étaient. Une armée moderne, mécanisée, ne surgit pas de terre, et si le gouvernement avait attendu d'avoir à sa disposition des troupes bien entraînées, Franco n'eût jamais rencontré de résistance. Par la suite, il devint de mode de dénigrer les milices et de prétendre que les imperfections, qui étaient dues au manque d'entraînement et d'armes, étaient la conséquence du système égalitaire. En fait, un contingent des milices nouvellement mis sur pied était bien une bande indisciplinée, non pas parce que les officiers appelaient les simples soldats « camarades », mais parce que toute troupe non aguerrie est *toujours* une bande indisciplinée. Dans la pratique la discipline de type démocratico-révolutionnaire est plus sûre qu'on ne pourrait croire. Dans une armée prolétarienne, la discipline est, par principe, obtenue par consentement volontaire. Elle est fondée sur le loyalisme de classe, tandis que la discipline d'une armée bourgeoise de conscrits est fondée, en dernière analyse, sur la crainte. (L'armée populaire qui remplaça les milices était à mi-chemin entre ces deux types.) Dans les milices on n'eût pas supporté un seul instant le rudoiement et les injures qui sont monnaie courante dans une armée ordinaire. Les habituelles punitions militaires demeuraient en vigueur, mais on n'y recourait que dans le cas de fautes très graves. Quand un homme refusait d'obéir à un ordre, vous ne le punissiez pas sur-le-champ ; vous faisiez d'abord appel à lui au nom de la camaraderie. Les gens cyniques, sans expérience du maniement des hommes, diront aussitôt que ce n'est pas possible que cela « marche » jamais ; mais, en fait, à la longue cela «marche ». Avec le temps la discipline même des pires contingents de milices s'améliora à vue d'œil. En janvier la tâche de maintenir à la hauteur une douzaine de recrues inaguerries faillit me donner des cheveux blancs. En mai, je fis pendant quelque temps fonction de lieutenant à la tête d'une trentaine d'hommes, Anglais et Espagnols. Nous avions tous plusieurs mois de front et je n'ai jamais rencontré la moindre difficulté à faire exécuter un ordre ou à trouver des volontaires pour une mission périlleuse. La discipline « révolutionnaire » découle de la conscience politique — du fait d'avoir compris *pourquoi* il faut obéir aux ordres ; pour que cela se généralise, il faut du temps, mais il en faut aussi pour transformer un homme en automate à force de lui faire faire l'exercice dans la cour de quartier. Les journalistes qui se gaussèrent du système des milices ont le plus souvent oublié que les milices eurent à tenir le front pendant que l'armée populaire s'entraînait à l'arrière. Et c'est un hommage à rendre à la solidité de la discipline « révolutionnaire » que de constater que les milices *demeurèrent* sur le champ de bataille. Car jusqu'en juin 1937 il n'y eut pour les y retenir que leur loyalisme de classe. Il était possible de fusiller des déserteurs individuels — il y en a eu parfois de fusillés — mais si un millier d'hommes eussent d'un commun accord décidé de quitter le front à la fois, il ne se trouvait aucune force pour les en empêcher. Une armée de conscrits dans les mêmes conditions — en l'absence d'une police militaire — eût fondu. Les milices, elles, tinrent le front et Dieu sait pourtant qu'elles remportèrent peu de victoires ; même les désertions individuelles furent rares. En quatre ou cinq mois dans les milices du P.O.U.M. je n'ai entendu parler que de quatre déserteurs, et encore est-il à peu près certain que deux d'entre eux étaient des espions qui s'étaient enrôlés pour recueillir des informations. Au début, l'état évident de confusion, le manque général d'entraînement, le fait d'avoir souvent à discuter cinq minutes avant d'obtenir l'exécution d'un ordre, me consternaient et me mettaient en fureur. Ma façon de concevoir les choses était celle de l'armée britannique et, évidemment, les milices espagnoles différaient extrêmement de l'armée britannique. Mais, à tenir compte des circonstances, elles se sont révélées des troupes meilleures qu'on n'était en droit d'attendre.

Pendant ce temps-là, la grande question c'était le bois à brûler — toujours le bois à brûler. Durant toute cette période il n'est probablement pas une page de mon journal intime qui ne parle du bois à brûler — ou plutôt du manque de bois à brûler. Nous étions entre deux et trois mille pieds au-dessus du niveau de la mer, en plein hiver, et le froid était indescriptible. La température n'était pas exceptionnellement basse, plus d'une nuit il ne gela même pas, et souvent un soleil hivernal brillait pendant une heure vers le milieu du jour ; et même si le thermomètre disait qu'il ne faisait pas froid, nous, nous avions bel et bien froid, je vous assure. Tantôt d'aigres coups de vent vous arrachaient votre casquette et vous ébouriffaient, tantôt des brouillards se répandaient dans la tranchée comme un liquide et vous pénétraient jusqu'à la moelle ; il pleuvait fréquemment, et il suffisait d'un quart d'heure de pluie pour rendre la situation insupportable. La mince couche de terre qui recouvrait le calcaire se transformait rapidement en glu glissante, et comme il fallait toujours marcher sur une pente, il était impossible de garder l'équilibre. Par les nuits sombres il m'est souvent arrivé de tomber une demi-douzaine de fois sur vingt mètres, et c'était dangereux parce que cela signifiait que de la boue enrayait la platine de votre fusil. Durant des jours et des jours, vêtements, bottes, couvertures et fusils demeuraient enduits de boue. J'avais apporté autant de vêtements chauds que j'en pouvais porter, mais beaucoup d'hommes étaient terriblement peu vêtus. Pour toute la garnison, une centaine d'hommes environ, il n'y avait que douze capotes que devaient se passer les sentinelles, et la plupart des hommes n'avaient qu'une seule couverture. Une nuit où l'on gelait, je dressai dans mon journal intime une liste des vêtements dont j'étais revêtu. Cela présente l'intérêt de montrer quel amas de vêtements un corps humain est capable de transporter. J'avais sur moi un tricot et un caleçon épais, une chemise de flanelle, deux pull-overs, une veste de lainage, une en cuir, une culotte de velours à côtes, des bandes molletières, d'épaisses chaussettes, des bottes, un trench-coat renforcé, un cache-nez, des gants de cuir fourrés et une casquette en laine. Et je n'en frissonnais pas moins comme gelée de viande. Je suis, il est vrai, singulièrement sensible au froid.

Le bois à brûler était la seule chose qui importât réellement. La question, au sujet du bois à brûler, c'était que, pratiquement, on ne pouvait pas s'en procurer parce qu'il n'y en avait pas. Notre triste montagne, même à la meilleure saison, n'offrait guère de végétation, et des mois durant elle avait été parcourue en tous sens par des miliciens transis, si bien que depuis longtemps tout ce qui était un peu plus gros que le doigt avait été brûlé. Tout le temps que nous ne passions pas à manger, à dormir, à monter la garde, à être de corvée, nous le passions dans la vallée, en arrière de notre position, à la recherche de combustible. Dans tous mes souvenirs de ce temps-là, je nous revois dégringolant ou grimpant à quatre pattes des pentes presque verticales dont le calcaire en dents de scie mettait nos bottes en pièces, et fondant comme des oiseaux de proie sur les plus minuscules brindilles. Trois hommes, après deux heures de recherches, parvenaient à rapporter assez de combustible pour entretenir pendant une heure un maigre feu d'abri. L'ardeur que nous apportions à notre chasse au bois nous transformait tous en botanistes. Nous classions, selon leur valeur comme combustibles, toutes les plantes qui poussaient sur ce versant : il y avait les bruyères et les herbes diverses qui étaient bonnes pour faire prendre le feu mais qui se consumaient en quelques minutes ; le romarin sauvage et de tout petits genêts épineux qui consentaient à brûler une fois que le feu était bien pris ; un chêne rabougri, plus petit qu'un groseillier, qui était pratiquement incombustible. Il y avait une sorte de roseau desséché qui était parfait pour allumer le feu, mais il ne croissait qu'au sommet d'une hauteur à notre gauche, et pour y arriver il fallait essuyer le feu de l'ennemi. Si les mitrailleurs fascistes vous apercevaient, ils ne lésinaient pas à vous envoyer pour vous tout seul une caisse de munitions. Généralement ils visaient trop haut et les balles passaient au-dessus de votre tête en chantant comme des oiseaux, mais parfois cependant elles crépitaient et faisaient voler le calcaire en éclats tout près de vous de façon inquiétante, et alors vous vous flanquiez le visage contre terre. Vous n'en continuiez pas moins à aller cueillir des roseaux ; rien ne comptait à côté du bois à brûler.

Comparées au froid, les autres incommodités semblaient insignifiantes. Naturellement nous étions tout le temps sales. Notre eau, de même que nos vivres, nous parvenait à dos de mulets d'Alcubierre, et la part de chacun se montait environ à un litre par jour. C'était une eau infecte, à peine plus transparente que du lait. En principe on devait la réserver toute pour la boisson, mais j'en resquillais toujours une pleine gamelle pour ma toilette du matin. Je me lavais un jour et me rasais le lendemain ; il n'y avait jamais assez d'eau pour faire les deux le même jour. La position puait abominablement et à l'extérieur de l'enceinte, à l'entour de la barricade, il y avait partout des déjections. Certains miliciens avaient pris l'habitude de se soulager dans la tranchée même, chose dégoûtante alors qu'il nous fallait aller et venir dans l'obscurité. Mais la saleté ne me fut jamais un tourment. On fait trop d'embarras au sujet de la saleté. C'est étonnant comme on s'habitue vite à se passer de mouchoir ou à manger dans la gamelle qui sert également à se laver. Et après un ou deux jours l'on ne trouve plus dur de dormir tout habillé. Nous ne pouvions naturellement pas ôter nos vêtements, ni surtout nos bottes, la nuit ; il fallait être prêt à sortir sur-le-champ en cas d'attaque. En quatre-vingts nuits je ne me suis déshabillé que trois fois, mais je m'arrangeais pour enlever mes vêtements dans la journée de temps à autre. Il faisait alors encore trop froid pour qu'il y eût des poux, mais les rats et les souris pullulaient. J'ai souvent entendu dire qu'on ne trouve pas en un même lieu rats et souris ; mais si, lorsqu'il y a assez à manger pour les deux espèces.

A d'autres égards nous n'étions pas mal lotis. La nourriture était assez bonne et nous avions du vin en abondance. Les cigarettes nous étaient distribuées à raison d'un paquet par jour, les allumettes tous les deux jours, et il y avait même une distribution de bougies. C'étaient des bougies très minces, comme celles du gâteau de Noël ; aussi supposions-nous qu'elles provenaient du pillage d'églises. Chaque abri en recevait trois pouces par jour, ce qui donnait environ vingt minutes de lumière. A cette époque il était encore possible d'acheter des bougies et j'en avais apporté plusieurs livres avec moi. Par la suite la privation d'allumettes et de bougies nous fut un supplice. On ne se rend pas compte de l'importance de ces choses tant qu'on n'en a pas été privé. Pendant une alerte de nuit, par exemple, alors que chacun dans l'abri est en train de chercher à quatre pattes son fusil en marchant sur le visage de son voisin, avoir la possibilité de battre le briquet peut devenir une question de vie ou de mort. Chaque milicien possédait un briquet à amadou et plusieurs mètres de mèche jaune. Après son fusil c'était ce qu'il possédait de plus important. Les briquets à amadou présentaient le grand avantage de pouvoir être battus en plein vent mais, brûlant sans flamme, on ne pouvait s'en servir pour allumer un feu. Au plus fort de la disette d'allumettes, le seul moyen que nous avions de faire jaillir une flamme, c'était de retirer la balle d'une cartouche et de faire exploser la cordite au contact du briquet à amadou.

C'était une vie singulière que nous vivions — une singulière façon d'être en guerre, si on peut appeler cela la guerre. Tous les miliciens sans exception lançaient des brocards contre l'inaction et continuellement demandaient à cor et à cri qu'on leur dît pour quelle raison on ne nous permettait pas d'attaquer. Mais il était on ne peut plus clair que de longtemps encore il n'y aurait aucune bataille, à moins que l'ennemi ne commençât. Georges Kopp, lors de ses tournées d'inspection périodiques, nous parlait sans ambages : « Ce n'est pas une guerre, disait-il souvent, c'est un opéra-bouffe avec morts. » A vrai dire, l'état de stagnation sur le front d'Aragon avait des causes politiques dont j'ignorais tout à cette époque ; mais les difficultés d'ordre purement militaire — sans parler du manque de réserves en hommes — sautaient aux yeux de tous.

Tout d'abord il y avait la nature du pays. Le front, le nôtre et celui des fascistes, consistait en des positions très fortes naturellement, qui n'étaient en général accessibles que d'un côté. Il suffit de creuser quelques tranchées pour rendre de telles places imprenables par l'infanterie, à moins que celle-ci ne soit en nombre accablant. Dans notre position ou dans la plupart de celles qui nous environnaient, une douzaine d'hommes avec deux mitrailleuses auraient pu tenir à distance un bataillon. Perchés sur les sommets comme nous l'étions, nous eussions fait de magnifiques cibles pour l'artillerie, mais il n'y avait pas d'artillerie. Parfois je contemplais le paysage alentour et me prenais à désirer — ah ! avec quelle passion ! — deux bons canons. On aurait pu détruire les positions de l'ennemi l'une après l'autre aussi facilement que l'on écrase des noix avec un marteau. Mais de notre côté il n'y avait absolument pas de canons. Les fascistes, eux, trouvaient moyen de temps à autre d'amener un ou deux canons de Saragosse et de lâcher quelques obus, si peu qu'ils ne parvinrent jamais à rectifier leur tir et les obus s'en allaient tomber dans les ravins déserts sans faire aucun mal. En face de mitrailleuses, lorsqu'on n'a pas d'artillerie, on n'a le choix qu'entre trois solutions : se terrer à distance respectable — disons à quatre cents mètres —, ou avancer à découvert et se faire massacrer, ou encore faire des attaques de nuit de faible envergure qui ne changeront rien à la situation générale. En fait, on se trouve en face de l'alternative : stagnation ou suicide.

Et en outre il y avait le manque total de toute espèce de matériel de guerre. On imagine difficilement à quel point les milices étaient mal armées à cette époque-là. N'importe quel bataillon scolaire d'un grand établissement d'enseignement secondaire en Angleterre ressemble bien davantage à une armée moderne. La mauvaise qualité de nos armes était si effarante que cela vaut la peine d'en parler en détail.

Dans ce secteur du front il n'y avait pour toute artillerie que quatre mortiers avec seulement *quinze coups* à tirer pour chacun. Naturellement on ne les tirait pas, ils étaient bien trop précieux, et l'on gardait les mortiers à Alcubierre. Il y avait des mitrailleuses dans la proportion d'une pour cinquante hommes environ ; elles étaient assez vieilles mais d'une précision approximative jusqu'à trois ou quatre cents mètres. En dehors de cela nous n'avions que des fusils, dont la plupart étaient de la ferraille. Il y en avait en service trois types. D'abord le long Mauser : les fusils de ce type-là dataient rarement de moins de vingt ans, leurs hausses étaient à peu près aussi utilisables qu'un indicateur de vitesse cassé, et le rayage de la plupart d'entre eux était irrémédiablement corrodé ; un fusil sur dix environ était acceptable, cependant. Puis il y avait le Mauser court, ou mousqueton, arme de cavalerie en réalité. Ceux-ci étaient plus appréciés que les autres, parce qu'ils étaient plus légers à porter et moins encombrants dans la tranchée, et aussi parce qu'ils étaient relativement récents et avaient l'air de bien fonctionner. En fait on ne pouvait à peu près pas s'en servir : ils étaient constitués de pièces détachées dépareillées ; aucun fusil n'avait sa propre culasse et les trois quarts d'entre eux s'enrayaient au bout de cinq coups. Il y avait enfin quelques Winchesters. Avec ces derniers il était agréable de tirer, mais leur tir était tout à fait déréglé, et comme ils étaient armés de cartouches sans chargeurs, on ne pouvait tirer qu'un coup à la fois. Les munitions étaient si rares que chaque homme, à son arrivée au front, ne touchait que cinquante cartouches dont la plupart étaient extrêmement mauvaises. Les cartouches de fabrication espagnole étaient toutes sans exception faites de douilles récupérées et rechargées, et elles auraient fait s'enrayer les meilleurs fusils. Les cartouches mexicaines étaient meilleures, aussi les réservait-on pour les mitrailleuses. Les meilleures de toutes étaient les munitions de fabrication allemande, mais comme elles nous étaient fournies uniquement par les prisonniers et les déserteurs, nous n'en avions pas beaucoup. Je gardais toujours dans ma poche un chargeur de cartouches allemandes ou mexicaines pour m'en servir en cas de situation critique. Mais, en fait, quand cela arrivait, je tirais rarement un coup de feu ; j'avais bien trop peur de voir ce sale engin s'enrayer et j'avais trop souci de me réserver la possibilité de faire à coup sûr partir une balle.

Nous n'avions ni casques ni baïonnettes, presque pas de pistolets ou de revolvers, et pas plus d'une bombe par groupe de cinq à dix hommes. La bombe employée à cette époque était une terrible chose connue sous le nom de « bombe de la F.A.I. », parce qu'elle avait été fabriquée par les anarchistes dans les premiers jours de la guerre. Elle était faite sur le même principe que la grenade Mills, mais le levier était maintenu baissé non par une goupille, mais par un bout de cordon. Il fallait rompre le cordon et vous débarrasser de la bombe au plus vite. L'on disait de ces bombes qu'elles étaient « impartiales » : elles tuaient l'homme sur qui on les lançait et l'homme qui les lançait... Il y avait plusieurs autres types de bombes, plus primitives encore, mais peut-être un peu moins dangereuses — pour le lanceur, j'entends. Ce ne fut qu'à la fin mars que je vis une bombe valant la peine d'être lancée.

Et en dehors des armes, il y avait également pénurie d'autres choses de moindre importance mais tout de même nécessaires à la guerre. Nous n'avions, par exemple, ni cartes ni plans ; le relevé topographique de l'Espagne n'avait jamais été complètement fait, et les seules cartes détaillées de cette région étaient les vieilles cartes militaires qui étaient presque toutes en la possession des fascistes. Nous n'avions ni télémètres, ni longues-vues, ni périscopes de tranchée, ni jumelles (à part quelques-unes qui étaient la propriété personnelle de miliciens), ni fusées ou étoiles éclairantes, ni cisailles, ni outils d'armurier, et même presque pas de matériel de nettoyage. Les Espagnols semblaient n'avoir jamais entendu parler d'écouvillons d'aucune sorte et ils restèrent là, à regarder, tout surpris, lorsque je me mis à en fabriquer un. Quand vous vouliez faire nettoyer votre fusil, vous l'apportiez au sergent qui possédait une longue baguette de fusil en laiton, laquelle étant invariablement tordue égratignait le rayage. On n'avait même pas d'huile de graissage pour fusil ; on se servait d'huile d'olive quand on pouvait en trouver ; à diverses reprises j'ai graissé mon fusil avec de la vaseline, avec du cold cream, et même avec du gras de jambon. Et de plus, on n'avait ni falots ni lampes électriques de poche — à cette époque il n'y avait, je crois, pas une seule lampe électrique de poche dans tout notre secteur de front, et il fallait aller jusqu'à Barcelone pour trouver à en acheter, et encore, non sans difficultés.

Et tandis que le temps passait et que parmi les collines crépitaient des coups de feu tirés au petit bonheur, j'en vins à me demander avec un scepticisme croissant s'il arriverait jamais rien qui mît un peu de vie, ou plutôt de mort, dans cette guerre de biais. C'était contre la pneumonie que nous luttions, non contre des hommes. Quand les tranchées sont séparées par une distance de plus de cinq cents mètres, si quelqu'un est touché, c'est pur hasard. Naturellement il y avait des blessés, mais le plus grand nombre d'entre eux s'étaient blessés eux-mêmes. Si j'ai bonne mémoire, les cinq premiers blessés que je vis en Espagne l'avaient été par nos propres armes — je ne veux pas dire délibérément, mais par accident ou étourderie. Nos fusils trop usés étaient en eux-mêmes un danger. Certains de ces fusils avaient la vilaine habitude de laisser le coup partir si l'on en tapait la crosse par terre ; j'ai vu un homme se faire ainsi traverser la main d'une balle. Et dans le noir, les recrues non aguerries étaient toujours en train de se tirer mutuellement dessus. Un soir, alors que le crépuscule tombait à peine, une sentinelle tira sur moi de vingt mètres, mais elle me manqua d'un mètre. Dieu sait combien de fois j'ai dû la vie au manque d'adresse au tir des Espagnols ! Une autre fois j'étais parti en patrouille dans le brouillard et j'avais pris soin, auparavant, d'avertir le commandant de garde. Mais en revenant je butai contre un buisson, la sentinelle alarmée se mit à crier que les fascistes arrivaient, et j'eus le plaisir d'entendre le commandant de garde donner l'ordre à tous d'ouvrir un feu continu dans ma direction. Naturellement je demeurai étendu à terre et les balles passèrent au-dessus de moi sans me faire la moindre égratignure. Il n'y a rien qui puisse convaincre un Espagnol, tout au moins un jeune Espagnol, que les armes à feu sont dangereuses. Une autre fois, assez longtemps après, j'étais en train de photographier un groupe de mitrailleurs avec leur mitrailleuse qui était pointée dans ma direction.

« Surtout ne tirez pas, dis-je à demi par plaisanterie, tout en mettant au point.

— Oh ! non, pas de danger qu'on tire ! »

L'instant d'après il y eut un terrible rugissement et un flot de balles passa en trombe si près de mon visage que j'eus la joue toute piquée par des grains de cordite. Ce n'avait pas été fait exprès, mais les mitrailleurs trouvèrent que c'était une bonne plaisanterie. Pourtant, peu de jours auparavant, ils avaient vu un muletier tué accidentellement par un délégué politique qui, en faisant l'imbécile avec un pistolet automatique, lui avait logé cinq balles dans les poumons.

L'emploi dans l'armée, à cette époque, de mots de passe difficiles était encore une autre source de dangers. Il s'agissait de ces fastidieux mots de passe doubles, où il faut répondre à un mot par un autre. D'ordinaire ils étaient de caractère exaltant et révolutionnaire, comme *Cultura — progreso,* ou *Seremos — invencibles,* et il était souvent impossible de parvenir à faire que les sentinelles illettrées se souviennent de ces mots pour intellectuels. Je me rappelle qu'une nuit le mot de passe était *Catalunya — heroica* et qu'un gars de la campagne à face de lune, nommé Jaime Domenech, vint, tout embarrassé, me demander de lui expliquer :

« *Heroica* — qu'est-ce que ça veut dire *heroica* ? »

Je lui répondis que cela voulait dire la même chose que *valiente*. Un peu plus tard, en revenant à la tranchée dans l'obscurité, il trébucha et la sentinelle l'interpella :

« *Alto* ! *Catalunya* !

— *Valiente !* » hurla Jaime, persuadé qu'il disait ce qu'il fallait.

Bing !

Mais la sentinelle le manqua. Dans cette guerre, on eût dit que c'était toujours à qui manquerait l'autre, dès que c'était humainement possible.

IV

J'étais depuis trois semaines sur le front quand un contingent de vingt à trente hommes, envoyé d'Angleterre par l'I.L.P., arriva à Alcubierre ; afin de grouper tous les Anglais du secteur, on nous envoya, Williams et moi, les rejoindre. Notre nouvelle position se trouvait au Monte Oscuro, de plusieurs kilomètres plus à l'ouest et en vue de Saragosse.

La position était perchée sur une sorte de colline calcaire en dos d'âne, et les abris étaient creusés horizontalement dans l'à-pic, comme des nids d'hirondelles de rivage. Ils s'enfonçaient dans le sol sur d'énormes distances, on n'y voyait goutte à l'intérieur et ils étaient si bas de plafond qu'on ne pouvait même pas s'y tenir agenouillé, quant à s'y tenir debout, inutile d'en parler. Sur les pics à notre gauche il y avait deux autres positions du P.O.U.M., dont l'une attirait tous les hommes du secteur parce que s'y trouvaient trois femmes qui faisaient la cuisine. Ces femmes n'étaient pas belles à proprement parler, mais il n'en fut pas moins nécessaire de consigner la position aux hommes des autres compagnies. A cinq cents mètres sur notre droite se trouvait un poste du P.S.U.C., à un coude de la route d'Alcubierre, à l'endroit précis où elle changeait de propriétaire. La nuit on pouvait suivre des yeux, grâce à leurs phares, nos camions de ravitaillement dans leur trajet sinueux depuis Alcubierre, et en même temps ceux des fascistes venant de Saragosse. On pouvait voir Saragosse elle-même, un grêle chapelet de lumière, tels les hublots éclairés d'un navire, à douze milles vers le sud-ouest. Les troupes gouvernementales la contemplaient de cette distance depuis août 1936, et à l'heure actuelle elles la contemplent toujours.

Nous étions, nous autres, à peu près une trentaine, y compris un Espagnol (Ramón, le beau-frère de Williams), et une douzaine de mitrailleurs espagnols. A part, inévitablement, un ou deux fléaux — car, tout le monde le sait, la guerre attire la racaille —, les Anglais formaient une troupe d'une exceptionnelle qualité, tant physiquement que moralement. Peut-être le meilleur de nous était-il Bob Smillie — le petit-fils du fameux leader des ouvriers mineurs — qui, plus tard, devait trouver dans Valence une mort sinistre et dénuée de sens. Que les Anglais et les Espagnols se soient toujours bien entendus ensemble, malgré les difficultés qu'entraînait le fait de ne pas parler la même langue, en dit long en faveur du caractère espagnol. Tous les Espagnols, à ce que nous découvrîmes, connaissaient deux locutions anglaises. L'une était : « *O.K. baby* », l'autre était un mot dont les prostituées de Barcelone se servaient dans leurs rapports avec les marins anglais, mais les typographes se refuseraient à l'imprimer, je le crains.

Rien ne se passait, ici non plus, tout le long du front : seulement le claquement de balles perdues et, mais très rarement, le fracas d'un mortier fasciste qui nous faisait accourir dans la tranchée la plus élevée pour voir sur quelle colline les obus éclataient. L'ennemi était ici un peu plus près de nous, peut-être à deux ou trois cents mètres. Leur position la plus proche était exactement en face de la nôtre, et les meurtrières du nid de mitrailleuse ne cessaient de nous induire à gaspiller des cartouches. Les fascistes se donnaient rarement la peine de tirer des coups de fusil, mais envoyaient avec précision des rafales de balles de mitrailleuse sur tout homme qui s'exposait. Néanmoins il se passa bien dix jours, ou même plus, avant que nous eussions un blessé. Les troupes en face de nous étaient des Espagnols, mais, à en croire les déserteurs, il y avait parmi eux quelques sous-officiers allemands. Quelque temps auparavant il y avait eu là aussi des Maures — pauvres diables, comme ils avaient dû souffrir du froid ! — car dans le *no man's land* il y avait un cadavre de Maure qui constituait l'une des curiosités de l'endroit. A un kilomètre ou deux sur notre gauche le front présentait une solution de continuité et il y avait un sentier de campagne, enfoncé et absolument couvert, qui n'appartenait ni aux fascistes ni à nous. Mais eux et nous avions l'habitude d'y aller patrouiller en plein jour ; comme jeu de boy-scout, c'était assez amusant, encore que je n'aie jamais vu une patrouille fasciste se risquer à moins de plusieurs centaines de mètres. En rampant un bon bout de temps sur le ventre on pouvait faire une partie du chemin en traversant le front fasciste, et même on pouvait voir la ferme, battant pavillon monarchiste, qui servait de quartier général aux fascistes de la région. Parfois nous lâchions sur elle une volée de coups de fusil, puis filions nous mettre à l'abri avant que les mitrailleurs aient eu le temps de nous repérer. J'espère que nous avons brisé quelques vitres, mais c'était à plus de huit cents mètres, et avec des fusils comme les nôtres on ne pouvait être sûr de toucher à cette distance même une maison.

Généralement le temps était clair et froid ; parfois ensoleillé vers midi, mais toujours froid. Çà et là, à travers la terre des pentes, des crocus sauvages et des iris dardaient leurs becs verts ; il était évident que le printemps venait, mais il venait très lentement. Les nuits étaient plus glaciales que jamais. Lorsque nous étions relevés de garde au petit jour, nous raclions, rassemblions tout ce qui restait du feu de la cuisine et nous tenions au milieu des braises ; c'était mauvais pour les bottes, mais rudement bon pour les pieds. Mais il y avait des matins où voir poindre le jour parmi les cimes valait presque la peine d'être hors de son lit à des heures impies. Je hais les montagnes, même du point de vue spectaculaire. Mais parfois, lorsque sur notre arrière les monts commençaient à se dessiner sur le ciel blanchissant de l'aube, que les premières minces lueurs dorées comme des épées fendaient la nuit, puis que la clarté allait croissant et que des mers de nuages carminés s'étendaient au loin sur des distances inconcevables, alors, oui, le spectacle valait la peine d'être contemplé, même si l'on avait été debout toute la nuit et si l'on avait les jambes, des genoux aux pieds, engourdies de froid et si l'on était en train de maussadement se dire qu'il n'y avait pas d'espoir de recevoir rien à manger avant encore trois bonnes heures. J'ai vu le lever du jour durant cette campagne plus souvent que pendant toute ma vie passée — et que, je l'espère bien, pendant tout le reste de ma vie à venir.

Nous étions à court d'hommes ici, ce qui signifiait des factions plus longues et davantage de corvées. Je commençais à souffrir un peu de la privation de sommeil qui est inévitable même dans la plus calme des guerres. Indépendamment des tours de garde et des patrouilles, il y avait constamment des alertes de nuit, et de toute manière il n'est pas possible de bien dormir dans un de ces sales trous dans la terre quand les pieds vous font mal de froid ! Pendant mes trois ou quatre premiers mois sur le front, je ne pense pas avoir passé plus d'une douzaine de fois vingt-quatre heures sans dormir ; mais en revanche je n'ai certainement pas eu douze nuits de sommeil ininterrompu. Vingt ou trente heures de sommeil au total par semaine étaient la quantité normale. Le résultat n'était pas si fâcheux qu'on pourrait le croire : on s'alourdissait beaucoup et on avait encore plus de mal à grimper et descendre les pentes montagneuses, mais on se sentait bien et l'on était constamment affamé — et bon Dieu, à quel point ! Toute nourriture nous paraissait bonne, même les sempiternels haricots qu'en Espagne on finit par ne plus pouvoir sentir ! Notre eau, le peu que nous en recevions, venait de plusieurs kilomètres à dos de mulets ou de petits ânes martyrs. Je ne sais pour quelle raison les paysans aragonais traitent bien leurs mulets, mais abominablement leurs ânes. Lorsqu'un âne refusait d'avancer, c'était la pratique courante de lui donner des coups de pied dans les testicules. On ne nous distribuait plus de bougies et les allumettes se faisaient rares. Les Espagnols nous apprirent à fabriquer des lampes à huile d'olive avec une boîte de lait concentré vide, un chargeur et un morceau de chiffon. Quand, par hasard, on avait un peu d'huile d'olive, on obtenait avec tout cela, au milieu de la fumée, une flamme vacillante, environ quatre fois moins éclairante que celle d'une bougie, tout juste assez pour vous permettre de trouver à côté de vous votre fusil.

Il ne semblait y avoir aucun espoir d'un combat véritable. A notre départ du Monte Pocero, j'avais compté mes cartouches et m'étais aperçu qu'en presque trois semaines je n'avais tiré que trois coups de feu. Tuer un homme demande, dit-on, un millier de balles ; à ce compte-là j'en avais pour vingt ans à tuer mon premier fasciste. Au Monte Oscuro les fronts étaient plus rapprochés et l'on tirait plus souvent, mais j'ai tout lieu de croire que je n'ai jamais touché personne. En fait, sur ce front, et durant cette période de la guerre, la véritable arme n'était pas le fusil, mais le porte-voix. Faute de pouvoir tuer l'ennemi, on s'adressait à lui en criant. Cette façon de faire la guerre est si extraordinaire qu'elle mérite une explication.

Chaque fois que les fronts étaient suffisamment rapprochés pour être à portée de voix, il y avait toujours grand échange de cris de tranchée à tranchée. Les nôtres criaient : « *Fascistas—maricones !* » Les fascistes : « *Viva España ! Viva Franco !* », ou, quand ils savaient qu'il y avait en face d'eux des Anglais : « Hé ! les Anglais ! Retournez chez vous ! Nous n'avons pas besoin d'étrangers ici ! » Du côté gouvernemental, dans les milices de partis, la propagande criée pour miner le moral de l'ennemi s'était forgé sa technique. Dans toute position qui s'y prêtait, on désignait pour cette tâche, parmi les mitrailleurs habituellement, des hommes que l'on munissait d'un porte-voix. En général ils clamaient une harangue préparée à l'avance, tout animée de sentiments révolutionnaires, qui expliquait aux soldats fascistes qu'ils n'étaient que les mercenaires du capitalisme international, qu'ils étaient en train de se battre contre leur propre classe, etc., et qui les pressait de passer de notre côté. Et tout cela était répété mille et mille fois, par des hommes qui se relayaient ; parfois même cette propagande se poursuivait durant presque toute la nuit. Il est à peu près certain qu'elle était efficace ; tout le monde s'accordait à y voir l'une des causes de l'arrivée par petits groupes de déserteurs fascistes. Et, à y bien réfléchir, quand un pauvre diable de sentinelle — très probablement un socialiste ou un anarcho-syndicaliste qu'on a enrôlé contre son gré — grelotte à son poste et qu'il entend retentir sans trêve dans l'obscurité le slogan : « Ne te bats pas contre ta propre classe ! », cela peut fort bien faire impression sur lui. Cela pouvait changer pour lui les choses du tout au tout, quant au fait de savoir quelle était la véritable désertion. Evidemment cette façon d'agir ne concorde guère avec la conception anglaise de la guerre. J'avoue que je fus stupéfait et scandalisé la première fois que je la vis en œuvre. En voilà une idée d'essayer de convertir son ennemi au lieu de lui tirer dessus ! A présent, je pense qu'à tous points de vue c'était une manœuvre légitime. Dans l'ordinaire guerre de tranchées, lorsqu'on n'a pas d'artillerie il est extrêmement difficile d'infliger des pertes à l'adversaire sans en subir tout autant. Si l'on parvient à rendre indisponibles un certain nombre d'hommes en provoquant leur désertion, c'est toujours cela de gagné ; et en fait les déserteurs sont plus utiles que les cadavres, parce qu'ils peuvent fournir des informations. Mais au début cela nous jeta tous dans la consternation : il nous semblait, à voir cela, que les Espagnols ne prenaient pas cette guerre, leur guerre, assez au sérieux. L'homme chargé de la propagande criée au poste du P.S.U.C., plus bas à notre droite, était passé maître en cet art. Parfois, au lieu de clamer des slogans révolutionnaires, il racontait tout bonnement aux fascistes que nous étions bien mieux nourris qu'eux. Dans son compte rendu des rations gouvernementales il avait tendance à être un peu imaginatif : « Des tartines beurrées ! » Et l'on entendait sa voix retentir en échos dans la vallée déserte : « Nous venons justement de nous asseoir pour beurrer copieusement nos tartines. Ah ! les délicieuses tranches de pain beurrées ! » Je suis sûr que, tout comme nous, il n'avait pas vu de beurre depuis des semaines ou des mois, mais, dans la nuit glaciale, cette évocation de tartines beurrées faisait probablement venir l'eau à la bouche à plus d'un fasciste. Elle me la faisait bien venir, à moi qui savais qu'il mentait !

Un jour, en février, nous vîmes un avion fasciste approcher. Comme d'habitude on tira une mitrailleuse à découvert, on la pointa vers le ciel et nous nous couchâmes tous sur le dos pour bien viser. Nos positions isolées ne valaient pas la peine d'un bombardement et, en général, les rares avions fascistes qui passaient par là faisaient un détour pour éviter le feu des mitrailleuses. Cette fois-là l'avion vint droit au-dessus de nous — trop haut pour que nous songions à tirer sur lui, et il en tomba non des bombes, mais des choses d'un blanc éclatant qui n'en finissaient pas de tournoyer dans l'air. Quelques-unes vinrent avec un frémissement d'ailes atterrir dans notre position. C'étaient des exemplaires d'un journal fasciste, le *Heraldo de Aragón,* annonçant la prise de Malaga.

Cette nuit-là il y eut une sorte d'attaque avortée des fascistes. J'allais justement me pieuter, à demi mort de sommeil, quand une violente rafale de balles passa au-dessus de nos têtes et quelqu'un dans l'abri cria : « Ils attaquent ! » Je saisis mon fusil et je grimpai, non sans glissades, à mon poste qui se trouvait au sommet de la position, derrière la mitrailleuse. L'obscurité était totale et le tintamarre infernal. Cinq mitrailleuses, je pense, nous arrosaient, et il y eut une série de lourdes explosions produites par des grenades que les fascistes lançaient sur leur propre parapet de la manière la plus stupide. Il faisait nuit noire. En bas dans la vallée, sur notre gauche, je voyais les lueurs verdâtres des coups de feu, là où un petit groupe de fascistes, probablement une patrouille, était en train d'intervenir. Les balles volaient autour de nous dans les ténèbres, crac-zip-crac ! Quelques obus passèrent en sifflant, mais il n'en tomba aucun près de nous et (comme à l'ordinaire, dans cette guerre) la plupart d'entre eux n'explosèrent pas. Tout de même je passai un sale moment lorsqu'une autre mitrailleuse ouvrit le feu du sommet de la colline sur notre arrière — en réalité c'en était une qu'on avait montée là pour nous soutenir, mais sur le moment nous pûmes nous croire encerclés. L'instant d'après, notre mitrailleuse s'enraya, comme cela ne manquait jamais d'arriver avec ces mauvaises cartouches, et n'y voyant goutte nous ne pouvions retrouver la baguette de fusil égarée. Manifestement il n'y avait plus rien d'autre à faire que se croiser les bras et se laisser tirer dessus. Les mitrailleurs espagnols dédaignèrent de se mettre à l'abri, s'exposèrent même délibérément, et je dus donc en faire autant. Si peu importante qu'elle ait été, cette affaire m'a cependant beaucoup appris. C'était la première fois que je me trouvais à proprement parler sous le feu, et à mon humiliation je découvris que j'étais terriblement effrayé. On éprouve toujours la même chose, je l'ai remarqué, sous un bombardement violent : ce n'est pas tant d'être touché que l'on a peur, on a peur parce qu'on ne sait pas *où* l'on sera touché. On ne cesse de se demander où le projectile va au juste pincer, et cela donne au corps tout entier une très désagréable sensibilité.

Au bout d'une heure ou deux la fusillade ralentit et s'éteignit. Nous n'avions eu qu'un homme de touché. Les fascistes avaient fait avancer deux mitrailleuses dans le *no man's land,* mais ils s'étaient tenus à distance prudente et n'avaient à aucun moment tenté de prendre d'assaut notre parapet. En réalité, ce n'était pas une véritable attaque ; ils avaient simplement voulu, en gaspillant des cartouches, faire joyeusement du bruit pour célébrer la chute de Malaga. L'intérêt principal de cette affaire, ce fut de m'apprendre à lire les nouvelles de la guerre dans les journaux d'un œil plus incrédule : un ou deux jours plus tard les journaux et la radio donnèrent des comptes rendus d'une offensive de grande envergure avec cavalerie et tanks (sur un versant à pic !) qui avait été magnifiquement repoussée par les héroïques Anglais !

Quand les fascistes nous avaient annoncé la chute de Malaga, nous n'y avions pas cru, mais le lendemain des bruits plus convaincants coururent et je crois que c'est un ou deux jours plus tard que la nouvelle fut officiellement reconnue vraie. Peu à peu toute la honteuse histoire transpira : on s'était retiré de la ville sans tirer un coup de feu, et l'acharnement des Italiens s'était porté non sur les troupes, qui étaient parties, mais sur la malheureuse population civile, et certains de ses habitants qui fuyaient avaient été poursuivis et mitraillés sur plus d'une centaine de kilomètres. Ces nouvelles firent passer un froid sur tout le front car, quelle qu'ait été la vérité, tous dans les milices pensèrent que la perte de Malaga était due à la trahison. C'était la première fois que j'entendais parler de trahison ou de désaccord quant aux buts poursuivis. Cela suscita dans mon esprit le premier doute, vague encore, au sujet de cette guerre dans laquelle, jusqu'alors, il m'avait semblé qu'il était si magnifiquement simple de voir qui était dans son droit, qui dans son tort.

Vers la mi-février nous quittâmes le Monte Oscuro pour aller, avec toutes les troupes du P.O.U.M. de ce secteur, renforcer l'armée qui assiégeait Huesca. Ce fut un voyage d'une cinquantaine de kilomètres, en camions, à travers la plaine hivernale où les vignes taillées ne bourgeonnaient pas encore et où les pampres de l'orge d'hiver commençaient tout juste à surgir entre les mottes de terre. A quatre kilomètres de nos nouvelles tranchées brillait Huesca, minuscule et claire comme une cité de maisons de poupées. Quelques mois auparavant, après la prise de Sietamo, le général commandant les troupes gouvernementales avait dit gaiement : « Demain, nous prendrons le café à Huesca. » Il apparut qu'il s'était trompé. Il y avait eu des attaques sanglantes, mais la ville ne tomba pas, et « Demain, nous prendrons le café à Huesca » était devenue une plaisanterie courante dans toute l'armée. Si jamais je retourne en Espagne, je me ferai un devoir d'aller prendre une tasse de café à Huesca.

V

Dans le secteur à l'est de Huesca, jusque fort avant en mars il ne se passa rien — à peu près littéralement rien. Nous étions à douze cents mètres de l'ennemi. Lorsqu'on avait refoulé les fascistes dans Huesca, les troupes de l'armée républicaine qui tenaient cette partie du front avaient avancé sans excès de zèle, aussi notre première ligne dessinait-elle une sorte de poche. Par la suite il faudrait bien se porter en avant en cet endroit — ce ne serait pas un boulot facile sous le feu de l'ennemi —, mais pour l'instant nous faisions comme si l'ennemi n'existait pas ; notre unique préoccupation était d'avoir chaud et suffisamment à manger.

Pendant ce temps, c'était la routine de tous les jours — de toutes les nuits surtout —, les tâches ordinaires. Etre en faction, aller en patrouille, creuser ; la boue, la pluie, les clameurs aiguës du vent, parfois la neige. Ce n'est que dans le courant d'avril que les nuits devinrent sensiblement moins froides. Ici en haut, sur ce plateau, les journées de mars ressemblaient beaucoup à celles d'un mois de mars d'Angleterre : un ciel bleu lumineux et des vents hargneux. L'orge d'hiver avait un pied de haut, des boutons pourpres se formaient sur les cerisiers (le front, ici, traversait des vergers abandonnés et des jardins potagers), et en cherchant dans les fossés, on trouvait des violettes et une espèce de jacinthe sauvage, parente pauvre de la jacinthe des prés. Immédiatement à l'arrière du front, coulait un merveilleux cours d'eau, vert, bouillonnant ; c'était la première eau limpide que je voyais depuis mon arrivée au front. Un jour, je m'armai de résolution et me glissai dans la rivière : mon premier bain depuis six semaines. Ce fut ce qu'on peut appeler un bain-éclair car cette eau provenait en majeure partie de la fonte des neiges et sa température n'était guère au-dessus de celle du point de congélation.

Et il ne se passait rien, jamais rien. Les Anglais avaient pris l'habitude de dire que ce n'était pas une guerre, mais une pantomime avec effusion de sang. Nous n'étions qu'à peine sous le feu direct des fascistes. Le seul danger, c'étaient les balles perdues qui, du fait que le front s'infléchissait en avant de chaque côté, venaient de plusieurs directions. Tous ceux qui furent blessés à cette époque, le furent par des balles perdues. Arthur Clinton reçut une mystérieuse balle qui lui fracassa l'épaule gauche et lui estropia le bras, définitivement, je le crains. Il y avait un peu de tir à obus, mais il était extraordinairement inefficace. Au vrai, nous considérions le sifflement aigu et le fracas d'explosion des obus comme une distraction innocente. Les fascistes n'envoyaient jamais leurs obus sur notre parapet. A quelques centaines de mètres en arrière de nous il y avait une maison de campagne, appelée La Granja et comprenant de vastes dépendances de ferme, qui servaient de magasin, de quartier général et de cuisine pour tout le secteur. C'était cette maison que les artilleurs fascistes tâchaient d'atteindre, mais ils en étaient distants de cinq ou six kilomètres et jamais ils ne pointaient assez juste pour faire plus que briser les vitres et écorcher les murs. Vous n'étiez en danger que si le début du tir vous surprenait approchant de la route ; alors les obus tombaient tout autour de vous dans les champs. On acquérait presque instantanément une curieuse aptitude à reconnaître au son à quelle distance de soi un obus allait éclater. Les obus que les fascistes tiraient à cette époque étaient vraiment bien mauvais. Ils étaient de cent cinquante millimètres et pourtant creusaient des cratères de seulement six pieds de large sur quatre de profondeur ; et au moins un obus sur quatre n'explosait pas. D'où, naturellement, des contes romanesques de sabotage dans les usines fascistes et d'obus non éclatés dans lesquels, au lieu de la charge, on aurait trouvé un chiffon de papier portant : « Front rouge » ; mais je n'en ai jamais vu un seul. La vérité, c'est que ces obus étaient de bien trop vieilles munitions ; un de mes camarades ramassa un coiffage de fusée en cuivre qui portait une date, et c'était 1917 ! Les canons fascistes étaient de la même fabrication et du même calibre que les nôtres, et souvent l'on remettait en état les obus non éclatés et on en faisait renvoi par tir aux fascistes. Il y avait, racontait-on, un vieil obus, gratifié d'un surnom, qui quotidiennement faisait ainsi l'aller-retour sans jamais éclater.

La nuit, on envoyait généralement dans le *no man's land* de petites patrouilles se coucher dans les fossés près des premières lignes fascistes pour écouter les bruits (appels de clairon, coups de klaxon d'auto, etc.) susceptibles de nous renseigner sur l'activité dans Huesca. Il y avait de constantes allées et venues de troupes fascistes et, jusqu'à un certain point, on pouvait se faire une idée de leur importance d'après les comptes rendus de ces patrouilles. En particulier, on nous recommandait toujours, si nous entendions les cloches de l'église sonner, de le signaler. Les fascistes, à ce qu'on disait, entendaient toujours la messe avant d'aller au feu. Au milieu des champs et des vergers il y avait des huttes aux murs de boue abandonnées qu'on pouvait explorer sans danger à la lueur d'une allumette, une fois qu'on avait bouché les fenêtres. Parfois on tombait sur un butin précieux, une hache par exemple, ou un bidon fasciste (qui, étant meilleur que les nôtres, était très recherché). On pouvait tout aussi bien explorer en plein jour, mais alors presque tout le temps à quatre pattes. Cela faisait une impression bizarre de ramper ainsi parmi ces champs fertiles et déserts où tout travail s'était arrêté juste à l'époque des récoltes. On n'avait pas fait la moisson. Les vignes non taillées serpentaient sur le sol ; les épis du maïs encore sur pied étaient devenus durs comme pierre, les betteraves fourragères et les betteraves à sucre s'étaient transformées, par hypertrophie, en d'énormes masses ligneuses. Comme les paysans durent maudire l'une et l'autre armée ! Parfois on envoyait des détachements ramasser des pommes de terre dans le *no man's land*. A un kilomètre et demi environ sur notre droite, là où les fronts étaient le plus rapprochés, il y avait un carré de pommes de terre qui était fréquenté à la fois par les fascistes et par nous. Nous y allions de jour, eux de nuit seulement, car le carré se trouvait sous le feu de nos mitrailleuses. Une nuit, à notre grande contrariété, ils y vinrent en nombre et nettoyèrent le carré de toutes ses pommes de terre. Nous découvrîmes un autre carré un peu plus loin, mais en un endroit qui n'offrait aucun couvert, aussi était-ce couchés à plat ventre qu'il fallait arracher les pommes de terre — une corvée épuisante ! Si l'on était repéré par les mitrailleurs fascistes, il fallait s'aplatir comme un rat qui se tortille pour passer sous une porte, tandis qu'à peu de mètres derrière soi les mottes de terre étaient hachées par les balles. Mais en ce temps-là on trouvait que ça en valait la peine : les pommes de terre se faisaient très rares. Si l'on parvenait à en avoir un plein sac, il était possible, en le portant à la cuisine, de le troquer contre un plein bidon de café.

Et il ne se passait toujours rien, il ne semblait pas devoir jamais rien se passer. « Quand donc attaquerons-nous ? Pourquoi n'attaquons-nous pas ? », telles étaient les questions qu'on entendait jour et nuit poser et par les Anglais et par les Espagnols. Quand on réfléchit à ce que se battre signifie, cela paraît singulier que des soldats souhaitent se battre, et pourtant il est indubitable qu'ils le souhaitent. Dans la guerre de tranchées il y a trois choses dont tous les soldats ont grande envie : un combat, davantage de cigarettes et une permission hebdomadaire. Nous étions alors un peu mieux armés qu'auparavant. Chaque homme avait cent cinquante cartouches au lieu de cinquante, et peu à peu on nous distribuait des baïonnettes, des casques d'acier et quelques bombes. Constamment le bruit courait qu'on se battrait prochainement, et j'ai depuis pensé qu'on devait intentionnellement le faire courir, pour maintenir le moral des troupes. Point n'était besoin d'être versé dans l'art militaire pour comprendre que l'engagement principal ne pourrait avoir lieu de ce côté de Huesca, tout au moins à l'heure actuelle. Le point stratégique, c'était la route menant à Jaca, du côté tout à fait opposé. Un peu plus tard, lorsque les anarchistes déclenchèrent leur offensive sur la route de Jaca, notre tâche à nous fut de livrer des attaques de diversion, afin d'obliger les fascistes à retirer des troupes de l'autre côté.

Pendant tout ce temps, six semaines environ, il n'y eut qu'un seul combat dans notre secteur : l'attaque, par la cavalerie de choc, du *manicomio,* asile d'aliénés désaffecté et transformé par les fascistes en forteresse. Il y avait plusieurs centaines de réfugiés allemands qui faisaient la guerre avec le P.O.U.M. Ils étaient organisés en un bataillon spécial, qu'on appelait le *batallón de choque ;* du point de vue militaire, ils étaient à un tout autre niveau que le reste des milices ; je dirais qu'ils étaient plus véritablement soldats que tous ceux que j'ai vus en Espagne, si l'on fait exception des gardes d'assaut et de certaines troupes des Brigades internationales. L'attaque fut bousillée, comme d'habitude ! Combien, dans cette guerre, y eut-il d'opérations du côté gouvernemental qui ne le furent pas, je me le demande ! Le bataillon de choc prit d'assaut le *manicomio,* mais les troupes de je ne sais plus quelle milice, qui avaient reçu mission de le soutenir en s'emparant d'une hauteur voisine qui commandait le *manicomio,* eurent un grave mécompte. Le capitaine qui était à leur tête était un de ces officiers de l'armée régulière, d'un loyalisme douteux, que le gouvernement s'obstinait à employer. Soit par un mouvement de peur, soit par trahison, il alerta les fascistes en lançant une bombe alors qu'ils étaient à deux cents mètres. Je suis bien aise de pouvoir dire que ses hommes immédiatement le tuèrent net. Mais l'attaque-surprise ne fut pas une surprise, et les miliciens furent fauchés par un feu nourri et chassés de la hauteur, et à la tombée de la nuit le bataillon de choc dut abandonner le *manicomio*. Toute la nuit les ambulances se suivirent à la file sur l'abominable route qui descend vers Sietamo, achevant les grands blessés à force de les cahoter.

Nous étions tous, à présent, pleins de poux ; bien qu'il fît encore froid, il faisait cependant assez chaud pour cela. J'ai acquis une large expérience personnelle de toutes les sortes de parasites du corps et, comme pure saloperie, je n'ai pas rencontré mieux que le pou. D'autres insectes, les moustiques par exemple, vous font bien plus mal, mais du moins ne sont pas une vermine *à demeure* sur vous. Le pou de l'homme ressemble assez à un minuscule homard, et c'est surtout dans votre pantalon qu'il élit domicile. A moins de brûler tous vos vêtements, il n'existe pas de moyen connu de s'en débarrasser. Dans les coutures de votre pantalon il dépose ses œufs d'un blanc brillant, semblables à de minuscules grains de riz, qui éclosent et fondent leurs propres familles avec une célérité horrifiante. Je crois que les pacifistes gagneraient à illustrer leurs brochures de photographies agrandies de poux. Ma foi, la voilà bien la guerre dans toute sa splendeur ! A la guerre *tous* les soldats sont pleins de poux, du moins dès qu'il fait suffisamment chaud. Les hommes qui ont combattu à Verdun, à Waterloo, à Flodden, à Senlac, aux Thermopyles, tous sans exception avaient des poux grouillant sur leurs testicules. Nous empêchions, jusqu'à un certain point, les bestioles d'augmenter en nombre en grillant leurs lentes et en nous baignant aussi souvent que nous pouvions l'endurer. Les poux seuls ont pu m'amener à entrer dans l'eau glaciale de cette rivière.

On commençait à manquer de tout — de bottes, de vêtements, de tabac, de savon, de bougies, d'allumettes, d'huile d'olive. Nos uniformes s'en allaient en lambeaux, et beaucoup d'hommes n'avaient pas de bottes, rien que des espadrilles à semelles de corde. Dans tous les coins on tombait sur des amas de bottes hors d'usage. Une fois nous avons pu alimenter le feu d'un abri pendant deux jours presque exclusivement avec des bottes ; ce n'est pas mauvais comme combustible. Dans l'intervalle ma femme était arrivée à Barcelone et m'envoyait régulièrement du thé, du chocolat, et même des cigares lorsqu'il y avait moyen de s'en procurer ; mais même à Barcelone on commençait à manquer de tout, et particulièrement de tabac. Le thé était une aubaine, mais nous n'avions pas de lait et presque pas de sucre. D'Angleterre on ne cessait d'envoyer des colis aux hommes du contingent, mais ces colis ne nous parvenaient jamais ; vivres, vêtements, cigarettes — tout était ou bien refusé à la poste, ou bien confisqué en France. Chose assez curieuse, la seule firme qui réussit à faire parvenir à ma femme des paquets de thé — et même, une fois, exception mémorable, une boîte de biscuits — fut *The Army and Navy Stores*. Pauvre vieille *Army and Navy* ! Elle s'acquitta noblement de son devoir, mais peut-être eût-elle éprouvé plus de satisfaction à voir ses marchandises prendre le chemin du camp de Franco. Le pire, c'était le manque de tabac. Dans les premiers temps on nous avait distribué un paquet de cigarettes par jour, ensuite ce ne fut plus que huit cigarettes par jour, puis cinq. Finalement il y eut dix mortels jours pendant lesquels on ne nous distribua pas de tabac du tout. Pour la première fois, en Espagne, je vis ce que l'on voit chaque jour à Londres : des gens ramassant des mégots.

Vers la fin de mars je me fis à la main une plaie qui s'envenima ; il devenait nécessaire d'y donner un coup de bistouri et de porter le bras en écharpe. Il me fallait aller dans un hôpital, mais ça ne valait pas la peine de m'envoyer à Sietamo pour une blessure si insignifiante ; je restai donc dans un prétendu hôpital, à Monflorite, qui était simplement un centre d'évacuation des blessés. Je séjournai là dix jours, une partie du temps au lit. Les *practicantes* (les infirmiers) me volèrent autant dire tous les objets de valeur que je possédais, y compris mon appareil photographique et toutes mes photos. Au front tout le monde volait, c'était la conséquence inévitable de la pénurie ; mais le personnel des hôpitaux damait le pion à tous. Plus tard, lorsque je fus hospitalisé à Barcelone, un Américain, volontaire des Brigades internationales, venu sur un bateau qui fut torpillé par un sous-marin italien, me raconta qu'il avait été transporté à terre blessé et qu'en le hissant dans la voiture d'ambulance les brancardiers lui avaient fauché sa montre-bracelet.

Tandis que je portais le bras en écharpe, je passai plusieurs jours sereins à me balader dans la région. Monflorite était, comme les autres bourgades, un fouillis de maisons de pierre et de torchis, avec d'étroites ruelles tortueuses qui, à force d'avoir été barattées par les camions, finissaient par offrir l'aspect des cratères de la lune. L'église avait été sérieusement maltraitée et servait de magasin militaire. Dans tout le voisinage il n'y avait que deux fermes tant soit peu grandes, la Torre Lorenzo et la Torre Fabián, et seulement deux maisons d'habitation réellement vastes, demeures, certainement, des propriétaires fonciers qui régentaient autrefois la contrée et dont les huttes misérables des paysans reflétaient la richesse. Immédiatement après avoir franchi la rivière, tout près du front, il y avait une grande minoterie avec, y attenant, une maison de campagne. Cela paraissait scandaleux de voir se rouiller, inutilisées, les énormes machines coûteuses et arracher, pour servir de bois à brûler, les trémies. A quelque temps de là, pour fournir en bois à brûler des troupes plus en arrière du front, on envoya en camions des détachements piller méthodiquement l'endroit. Ils démolissaient le plancher d'une pièce en y faisant éclater une grenade à main. Il est fort possible que La Granja, dont nous avions fait notre magasin et notre cuisine, ait été autrefois un couvent. Elle comprenait d'immenses cours et communs couvrant un demi-hectare ou davantage, avec des écuries pour trente ou quarante chevaux. Les maisons de campagne, dans cette partie de l'Espagne, n'offrent pas d'intérêt architectural, mais les fermes qui en dépendent, en pierres blanchies à la chaux, avec des arcs plein cintre et de splendides poutres de toit, sont des bâtiments empreints de grandeur, construits d'après un plan qui n'a pas dû varier depuis des siècles. Parfois il vous venait un sentiment de sympathie inavoué pour les ex-propriétaires fascistes, à voir de quelle manière les miliciens traitaient les demeures dont ils s'étaient emparés. Dans La Granja, toute pièce dont on ne se servait pas avait été transformée en latrines — en une sorte d'effroyable lieu de carnage où l'on ne voyait plus que meubles brisés et déjections. Le plancher de la petite chapelle aux murs percés de trous d'obus disparaissait sous une couche d'excréments épaisse de plusieurs pouces. Dans la grande cour, où les cuisiniers distribuaient à la louche les rations, il y avait de quoi être écœuré en voyant toutes les immondices, boîtes de fer rouillé, boue, crottin de mulets, aliments avariés, qui jonchaient le sol. C'était le cas ou jamais de chanter le vieux refrain militaire :

Il y a des rats, des rats,
Des rats aussi gros que des chats,
Dans le magasin de l'officier de détail !

Ceux de La Granja étaient réellement aussi gros, ou il s'en fallait de peu, que des chats ; grosses bêtes bouffies qui se dandinaient sur des lits de fumier, si impudentes qu'elles ne s'enfuyaient même pas à votre approche, à moins que vous ne leur tiriez dessus.

C'était bien le printemps, enfin ! Le ciel était d'un bleu plus tendre ; l'air était soudain d'une douceur délicieuse. Les grenouilles s'appariaient bruyamment dans les fossés. Autour de l'abreuvoir pour les mulets du village, je découvris d'exquises petites grenouilles, de la dimension d'un penny et d'un vert si brillant que l'herbe nouvelle, auprès, paraissait terne. Les petits campagnards s'en allaient, munis de seaux, à la chasse aux escargots qu'ils faisaient griller vifs sur des plaques de fer. Aussitôt qu'il avait commencé à faire meilleur, les paysans étaient sortis pour les labours de printemps. Un signe typique de l'extrême imprécision que revêt la révolution agraire espagnole, c'est que je ne pus jamais me rendre compte de façon certaine si la terre, dans cette région, avait été collectivisée ou si, simplement, les paysans se l'étaient partagée entre eux. J'ai idée qu'en principe elle était collectivisée, puisqu'on était en territoire du P.O.U.M. et des anarchistes. En tout cas, les propriétaires étaient partis, on était en train de cultiver les champs, et les gens paraissaient satisfaits. De la bienveillance que nous témoignaient les paysans, je m'étonne encore. A certains des plus vieux d'entre eux la guerre devait paraître dénuée de sens ; ce qu'il y avait d'évident, c'était qu'elle était cause de privations de toutes sortes et de la vie triste et morne que tout le monde menait. Du reste, même en des temps meilleurs, les paysans détestent avoir des troupes cantonnées chez eux. Et néanmoins ils se montraient invariablement amicaux — réfléchissant, je suppose, que, pour insupportables que nous fussions à d'autres égards, nous ne nous en dressions pas moins comme un rempart entre eux et leurs ex-maîtres. La guerre civile crée d'étranges situations. Huesca se trouvait à moins de cinq milles de là ; c'était la ville de marché de ces gens ; tous y avaient des parents ; durant toute leur vie, chaque semaine, ils étaient allés y vendre leurs volailles et leurs légumes. Et voici que depuis huit mois ils en étaient séparés par une infranchissable barrière de fils de fer barbelés et de mitrailleuses. Parfois cela leur sortait de la mémoire. Je parlais un jour à une vieille femme qui transportait une de ces petites lampes en fer dans lesquelles les Espagnols brûlent de l'huile d'olive. « Où puis-je en acheter une semblable ? demandai-je. — A Huesca », me répondit-elle sans réfléchir, puis nous nous mîmes tous deux à rire. Les jeunes filles du village étaient de splendides créatures, éclatantes de vie, aux cheveux d'un noir de jais, à la démarche balancée ; avec cela une façon de se comporter loyale, comme d'homme à homme, fruit indirect de la révolution probablement.

Des hommes, vêtus de chemises bleues en loques

et de pantalons de velours noir à côtes, coiffés de chapeaux de paille à larges bords, en train de labourer les champs, marchaient derrière des attelages de mulets dont les oreilles battaient au rythme des pas. Ils avaient de bien mauvaises charrues qui ne faisaient qu'ameublir superficiellement le sol, sans pouvoir y creuser quelque chose qui méritât le nom de sillon. Tous leurs instruments d'agriculture étaient déplorablement archaïques, car tout était commandé par le prix élevé du métal. On raccommodait un soc brisé, par exemple, et on le raccommodait à nouveau, et tant de fois qu'il finissait par n'être plus qu'un assemblage de morceaux. Les râteaux et les fourches étaient en bois. Les bêches, chez ces gens qui possédaient rarement des souliers, étaient chose inconnue ; pour creuser, ils avaient une houe grossière comme celles dont on se sert en Inde. Il y avait aussi une sorte de herse qui vous ramenait tout droit à la fin de l'âge de pierre. De la dimension environ d'une table de cuisine, elle était faite de planches jointes les unes aux autres et mortaisées de centaines de trous ; et dans chacun de ces trous était coincé un éclat de silex qu'on avait obtenu de la forme souhaitée en s'y prenant exactement comme les hommes s'y prenaient il y a dix mille ans. Je me souviens du sentiment presque d'horreur qui s'était emparé de moi lorsque j'étais pour la première fois tombé sur un de ces instruments, à l'intérieur d'une hutte abandonnée, dans le *no man's land*. Cela me rendit malade rien que de penser à la somme de travail qu'avait dû exiger la fabrication d'une telle chose, et à la misère à ce point profonde qui faisait employer le silex au lieu de l'acier. J'ai depuis lors ressenti plus de sympathie à l'égard de l'industrialisme. Cependant il y avait dans le village deux tracteurs agricoles modernes, saisis sans doute sur le domaine de quelque grand propriétaire foncier.

Une ou deux fois j'allai en me promenant jusqu'au

petit cimetière entouré de murs qui se trouvait à environ un mille du village. Les morts du front étaient en général transportés à Sietamo ; il n'y avait là que les morts du village. Il différait singulièrement d'un cimetière anglais. Ici, aucune piété envers les morts ! Des buissons et une herbe commune avaient tout envahi et des ossements humains étaient éparpillés partout. Mais ce qui était véritablement surprenant, c'était l'absence à peu près absolue d'inscriptions religieuses sur les pierres tombales, bien que celles-ci datassent toutes d'avant la révolution. Une seule fois, je crois, je vis le « Priez pour l'âme d'untel » qui est courant sur les tombes catholiques. La plupart des inscriptions étaient tout simplement profanes, célébrant en de risibles poèmes les vertus des défunts. Une tombe peut-être sur quatre ou cinq portait une petite croix ou une allusion de pure forme au ciel, et en général elle avait été plus ou moins grattée par le ciseau d'un athée zélé.

Il me parut que les gens, dans cette partie de l'Espagne, sont authentiquement dénués de sentiment religieux — j'entends de sentiment religieux au sens classique. Chose curieuse, pas une seule fois au cours de mon séjour en Espagne je n'ai vu quelqu'un se signer ; il eût été pourtant plausible qu'un tel geste fût devenu machinal, révolution ou non.

Evidemment l'Eglise espagnole sera un jour restaurée (comme dit le proverbe : la nuit et les Jésuites reviennent toujours), mais il n'est pas douteux qu'elle s'effondra lorsque la révolution éclata, et sa faillite fut telle qu'il serait inconcevable que même la moribonde Eglise d'Angleterre en connût une semblable dans des circonstances analogues.

Aux yeux du peuple espagnol, tout au moins en Catalogne et en Aragon, l'Eglise était purement et simplement une entreprise d'escroquerie. Il est possible que la foi chrétienne ait été remplacée dans une certaine mesure par l'anarchisme dont l'influence est largement répandue et qui a incontestablement quelque chose de religieux.

Le jour même où je revins de l'hôpital, on nous fit avancer afin d'établir la première ligne là où il était logique qu'elle fût, à un kilomètre environ plus en avant, le long d'un petit cours d'eau qui coulait parallèlement au front fasciste dont il était distant de deux cents mètres. Ce mouvement eût dû être mis à exécution des mois auparavant. S'il avait brusquement lieu à présent, c'est que les anarchistes attaquaient du côté de la route de Jaca et qu'en avançant de notre côté nous obligions les fascistes à diviser leurs troupes.

Nous passâmes de soixante à soixante-dix heures sans dormir, aussi mes souvenirs sombrent-ils dans une sorte de brouillard, ou plutôt ils se présentent discontinus, comme une suite d'images : la corvée d'écoute dans le *no man's land,* à une centaine de mètres de la Casa Francesa, ferme fortifiée qui faisait partie de la première ligne fasciste. Sept heures à rester dans un affreux marécage, dans une eau sentant le roseau où nos corps enfonçaient de plus en plus profond : l'odeur des roseaux, le froid qui engourdit, les étoiles fixes dans le ciel noir, les rauques coassements des grenouilles. On était en avril et cependant je me souviens de cette nuit comme de la plus froide que j'aie connue en Espagne. A cent mètres seulement en arrière de nous les équipes de terrassiers étaient en plein travail, mais, à part le chœur des grenouilles, rien ne trouait le silence. Une seule fois, au cours de la nuit, j'entendis un bruit — celui bien connu que fait un sac de terre lorsqu'on l'aplatit à la pelle. C'est curieux comme, une fois de temps à autre, les Espagnols peuvent réaliser des prouesses en matière d'organisation ! L'opération tout entière avait été magnifiquement concertée. En sept heures, à une distance de la première ligne fasciste variant entre cent cinquante et trois cents mètres, six cents hommes creusèrent une tranchée et construisirent un parapet sur douze cents mètres, et tout cela silencieusement, au point que les fascistes n'entendirent rien et qu'il n'y eut, au cours de la nuit, qu'un homme de touché. Il y en eut davantage le lendemain, naturellement. On avait assigné à chaque homme sa tâche, même aux plantons de la cuisine qu'on eut la surprise, une fois le travail achevé, de voir soudain arriver avec des seaux de vin additionné d'eau-de-vie.

Et puis le lever du jour et les fascistes découvrant brusquement que nous étions là ! Il nous semblait que la masse carrée et blanche de la Casa Francesa, bien que distante de deux cents mètres, nous dominait de tout près et que les mitrailleuses des fenêtres garnies de sacs de sable du dernier étage étaient braquées sur notre tranchée. Nous restions tous à la regarder, nous demandant comment il se faisait que les fascistes ne nous avaient pas vus. Et soudain un déferlement rageur de balles, et tout le monde de se jeter à genoux et de se mettre frénétiquement à creuser, afin de rendre la tranchée plus profonde et d'y aménager par excavation de petits abris latéraux. Portant encore le bras en écharpe, il ne m'était pas possible de creuser et je passai la plus grande partie de cette journée à lire un roman policier : *La Disparition de l'Usurier,* tel était le titre. Je ne me souviens pas de l'intrigue, mais je retrouve avec une parfaite netteté les sensations que j'éprouvai à être assis là en train de le lire : sous moi la glaise un peu humide du fond de la tranchée, le déplacement continuel de mes jambes pour laisser passer des hommes qui se hâtaient, courbés, le crac-crac-crac des balles à un ou deux pieds au-dessus de ma tête. Thomas Parker reçut une balle qui lui traversa le haut de la cuisse, manquant de bien peu de lui décerner, disait-il, un « D.S.O. »* auquel il ne tenait guère. Il y eut, sur toute la longueur du front, des morts et des blessés, mais ce ne fut rien en comparaison de ce que c'eût été si les fascistes nous avaient surpris la nuit pendant que nous nous portions en avant. Même encore à ce moment ils eussent pu nous massacrer s'ils avaient pris l'initiative de faire amener quelques mortiers. Ce fut une tâche malaisée de ramener vers l'arrière les blessés par l'étroite tranchée bondée d'hommes. Je vis râler un pauvre diable, la culotte noire de sang, renversé à bas de sa civière, agonisant. Il fallait porter les blessés sur un long parcours, un kilomètre ou plus, car, même lorsqu'il existait une route, les voitures d'ambulance ne venaient jamais très près des premières lignes. Quand elles en approchaient trop, les fascistes avaient la manie de les canonner — ce qui était du reste justifiable, car personne dans la guerre moderne ne se fait scrupule d'employer une ambulance pour transporter des munitions.

Et puis, la nuit suivante, l'attente, dans la Torre Fabián, de l'attaque dont le contrordre fut donné au dernier moment par sans-fil. Dans la grange où nous attendions, il y avait, par terre, sous une mince couche de menue paille, une épaisse litière d'ossements — ossements humains et ossements de vaches mêlés — et l'endroit était infesté de rats. Ces immondes bêtes sortaient du sol en foule, il en grouillait partout. S'il y a une chose entre toutes dont j'ai horreur, c'est bien qu'un rat me trotte dessus dans l'obscurité.

---

* Jeu de mots intraduisible en français : Le « D.S.O. » (*Distinguished Service Order*) est une médaille dont on ne décore que les officiers de l'armée et de la marine britanniques. Mais les soldats ont donné aux initiales D, S, O, une autre signification : « *Dickie shot off* », et lorsque quelqu'un a le sexe emporté par un obus, ils disent qu'il a reçu le « D.S.O. ».

J'eus en tout cas la satisfaction d'en atteindre un d'un bon coup de poing qui l'envoya en l'air.

Et puis l'attente, à cinquante ou soixante mètres du parapet fasciste, du signal de l'assaut. Une longue ligne d'hommes tapis dans un fossé d'irrigation, avec les baïonnettes qui émergent et le blanc des yeux qui luit dans le noir. Kopp et Benjamin accroupetonnés derrière nous, à côté d'un homme portant, attaché aux épaules par une courroie, un poste récepteur de T.S.F. A l'horizon, du côté de l'ouest, les éclairs roses des coups de canon suivis à intervalles de quelques secondes d'énormes explosions. Et puis un pip-pip-pip de la T.S.F. et l'ordre transmis en chuchotant de nous tirer de là pendant qu'il en était encore temps — ce que nous fîmes, mais pas assez promptement. Douze pauvres gosses des J.C.I. (l'Union des Jeunesses du P.O.U.M., correspondant aux J.S.U. du P.S.U.C.), qui avaient été postés à environ quarante mètres seulement des fascistes, furent surpris par l'aube et ne purent s'échapper. Tout le jour, sans autre protection que des touffes d'herbe, ils durent rester là, les fascistes leur tirant dessus chaque fois qu'ils bougeaient. A la tombée de la nuit sept d'entre eux étaient morts, les cinq autres parvinrent alors à s'enfuir en rampant dans l'obscurité.

Puis, durant des jours d'affilée, on entendit chaque matin le bruit des attaques livrées par les anarchistes de l'autre côté de Huesca. Toujours le même bruit, puis, brusquement, à un moment quelconque avant le point du jour, le fracas d'ouverture de plusieurs vingtaines de bombes explosant simultanément — même à des kilomètres de distance, un fracas infernal et qui déchirait l'air —, et ensuite le grondement continu d'un tir massif de fusils et de mitrailleuses, lourd roulement ressemblant curieusement à un roulement de tambours. Peu à peu la fusillade gagnait de proche en proche toutes les lignes de retranchement qui encerclaient Huesca, et sortant en trébuchant de nos abris nous nous ruions dans la tranchée, pour nous affaler contre le parapet où nous demeurions à somnoler, tandis qu'au-dessus de nos têtes tout était balayé par un feu désordonné et sans but.

Durant le jour les canons tonnaient par à-coups. La Torre Fabián, devenue notre cuisine, fut en partie détruite par les obus. Ce qui est drôle c'est que, lorsque vous observez à distance prudente un tir d'artillerie, vous souhaitez toujours que le canonnier atteigne le but, même si celui-ci renferme votre déjeuner et quelques-uns de vos camarades. Les fascistes pointaient bien ce matin-là ; peut-être y avait-il à l'œuvre des artilleurs allemands. Ils encadrèrent parfaitement la Torre Fabián : un obus au-delà, un en deçà, et puis wuizz-boum ! Les chevrons du comble qui éclatent et sautent en l'air, une plaque d'uralite qui tombe en vol plané comme une carte à jouer qu'on a projetée d'une chiquenaude. Par l'obus suivant, le coin d'un bâtiment fut tranché de façon aussi nette que s'il eût été coupé au couteau par un géant. Mais les cuisiniers n'en servirent pas moins le dîner à l'heure — exploit mémorable !

Au fur et à mesure que les jours passaient, les canons que nous ne pouvions voir mais que nous entendions commençaient chacun à prendre pour nous une personnalité distincte. Il y avait les deux batteries de canons russes de 75 mm qui tiraient de tout près, en arrière de nous, et qui, je ne sais pourquoi, évoquaient dans mon esprit l'image d'un gros homme en train de frapper une balle de golf. C'étaient les premiers canons russes que je voyais — ou, plutôt, que j'entendais. Leur trajectoire était basse et leur tir très rapide, aussi entendait-on presque simultanément l'explosion de la gargousse, le sifflement et l'éclatement de l'obus. En arrière de Monflorite il y avait deux très gros canons qui ne tiraient que quelques coups par jour ; leur grondement était profond et sourd comme l'aboiement au loin de monstres enchaînés. Là-haut, à Mont-Aragon, forteresse médiévale prise d'assaut l'année précédente par les troupes gouvernementales (c'était, paraît-il, la première fois dans son histoire qu'elle l'avait été) et qui gardait l'un des accès à Huesca, se trouvait une pièce d'artillerie lourde qui devait remonter loin dans le XIXe siècle. Ses gros obus passaient si lentement en sifflant que vous étiez certain de pouvoir courir à côté d'eux sans vous laisser distancer. On ne peut mieux comparer leur bruit qu'avec celui que fait un homme roulant à bicyclette tout en sifflant. Les mortiers de tranchée, pour petits qu'ils fussent, étaient les plus désagréables à entendre. Leurs obus sont en fait des sortes de torpilles à ailettes, de la forme de ces fléchettes qu'on lance dans les jeux de bistrots, et à peu près de la dimension d'une bouteille d'un litre ; ils faisaient, en partant, un fracas du diable, métallique, comme celui de quelque monstrueuse sphère d'acier cendreux que l'on ferait voler en éclats sur une enclume. Parfois nos avions laissaient tomber des torpilles aériennes dont l'épouvantable rugissement répercuté par l'écho faisait vibrer le sol même à deux kilomètres de distance. En éclatant, les obus des canons fascistes antiaériens parsemaient le ciel de taches blanches semblables aux petits nuages d'une mauvaise aquarelle, mais je n'en ai jamais vu s'épanouir à moins d'un millier de mètres d'un avion. Quand un avion pique de haut pour se servir de sa mitrailleuse, le bruit, d'en bas, ressemble à un battement d'ailes.

Dans notre secteur il ne se passait pas grand-chose. A deux cents mètres sur notre droite, là où les fascistes se trouvaient sur une éminence de terrain plus élevée, leurs canardeurs descendirent quelques-uns de nos camarades. A deux cents mètres sur notre gauche, au pont sur la rivière, une sorte de duel se poursuivait entre les mortiers fascistes et les hommes qui étaient en train de construire une barricade en béton en travers du pont. Ces satanés petits obus arrivaient en sifflant, bing-crac, bing-crac !, faisant un vacarme doublement diabolique quand ils atterrissaient sur la route asphaltée. A cent mètres de là, vous étiez en parfaite sécurité et pouviez contempler à votre aise les colonnes de terre et de fumée noire qui jaillissaient comme des arbres magiques. Les pauvres diables autour du pont passaient une bonne partie de la journée à se réfugier dans les petits abris qu'ils avaient creusés au flanc de la tranchée. Mais il y eut moins de pertes qu'on aurait pu s'y attendre, et la barricade continua de s'élever régulièrement : un mur de deux pieds d'épaisseur, avec des embrasures pour deux mitrailleuses et un petit canon de campagne. Pour armer le béton on devait se servir de vieux châlits, le seul fer, il faut croire, qu'on pût trouver pour cela.

VI

Un après-midi, Benjamin nous dit qu'il avait besoin de quinze volontaires. L'attaque de la redoute fasciste, qui avait été décommandée l'autre fois, devait avoir lieu cette nuit-là. J'huilai mes dix cartouches mexicaines, ternis ma baïonnette (car rien de tel qu'une baïonnette qui brille pour vous faire repérer) et empaquetai une miche de pain, trois pouces de saucisse rouge et un cigare que ma femme m'avait envoyé de Barcelone et que je gardais depuis longtemps en réserve. On nous distribua des bombes, trois à chacun. Le gouvernement espagnol était enfin parvenu à en fabriquer de convenables. D'après le principe des grenades de Mills, mais avec deux goupilles de sûreté au lieu d'une. Une fois que celles-ci étaient arrachées, il s'écoulait un intervalle de sept secondes avant l'explosion de la bombe. Leur principal inconvénient tenait à ce que l'une des goupilles était très dure à arracher, tandis que l'autre avait beaucoup de jeu : de sorte que l'on avait le choix entre ou ne pas toucher aux goupilles avant le moment critique et risquer de ne pouvoir alors enlever la dure à temps, ou retirer celle-ci à l'avance et, dès lors, être constamment sur le gril avec cette bombe dans la poche qui pouvait exploser à tout instant. Mais du moins c'était une petite bombe commode à lancer.

Un peu avant minuit nous descendîmes tous les quinze, sous la conduite de Benjamin, à la Torre Fabián. Depuis le début de la soirée il pleuvait à verse. Les fossés d'irrigation débordaient, et chaque fois qu'en faisant un faux pas l'on dégringolait dans l'un d'eux, on avait de l'eau jusqu'à la taille. Dans la nuit noire et sous les rafales de pluie, massés dans la cour de la ferme, indistincts, des hommes attendaient. Kopp nous harangua, d'abord en espagnol, puis en anglais, et nous expliqua le plan de l'attaque. La ligne fasciste, en cet endroit, faisait un coude comme un L, et le parapet que nous devions attaquer était situé sur une élévation de terrain à l'angle du L. Une trentaine d'entre nous, la moitié Anglais, la moitié Espagnols, devaient, sous le commandement de Jorge Roca, notre chef de bataillon (un bataillon, dans les milices, comptait à peu près quatre cents hommes), et de Benjamin, aller en rampant couper le barbelé fasciste. Jorge lancerait la première bombe comme signal ; tous, alors, nous en enverrions une volée, refoulerions les fascistes du parapet dont nous nous emparerions avant qu'ils n'aient pu se ressaisir. Simultanément, soixante-dix hommes des troupes de choc donneraient l'assaut à la position fasciste voisine, qui se trouvait à deux cents mètres à droite de la première et reliée à elle par un boyau. Afin que nous ne risquions pas de nous tirer mutuellement dessus dans l'obscurité, nous porterions des brassards blancs. Mais juste à ce moment un planton vint dire qu'il n'y avait pas de brassards blancs. On entendit dans le noir une voix suggérer sur un ton plaintif : « Ne pourrait-on s'arranger pour que ce soit les fascistes qui en portent ? »

Il restait une ou deux heures à tirer. Dans la grange située au-dessus de l'écurie à mulets, les obus avaient fait de tels dégâts qu'on n'y pouvait aller et venir sans lumière. La moitié du plancher ayant été arrachée par un feu plongeant, on courait le danger d'une chute de vingt pieds sur les pierres d'en bas. L'un de nous trouva un pic et, s'en servant comme d'un levier, dégagea du plancher une latte fendue ; en quelques minutes nous eûmes allumé un feu et nos vêtements trempés se mirent à fumer. Un autre camarade sortit de sa poche un jeu de cartes. Le bruit — un de ces mystérieux bruits que l'atmosphère de la guerre engendre fatalement — courut qu'on allait nous distribuer du café chaud arrosé d'eau-de-vie. Aussitôt, tous de descendre à la queue leu leu, impatiemment, l'escalier à demi effondré, et de faire le tour de la cour sombre en demandant çà et là où il fallait aller pour trouver ce café. Hélas ! on ne nous distribua pas de café. Au lieu de cela, on nous rassembla, nous fit mettre en file indienne, et Jorge et Benjamin foncèrent dans les ténèbres avec nous tous à leur suite.

Il continuait à pleuvoir et il faisait toujours très noir, mais le vent était tombé. Une boue sans nom. Les sentiers à travers les champs de betteraves n'étaient plus qu'une succession de mottes de terre, aussi glissantes que mât de cocagne, entourées d'immenses flaques. Bien avant d'être arrivés à l'endroit où nous devions quitter notre propre parapet, nous étions tous tombés plusieurs fois et nos fusils étaient tout couverts de boue. Au parapet une petite poignée d'hommes, notre réserve, étaient en attente, ainsi que le médecin et une rangée de civières. Nous nous faufilâmes à travers la brèche du parapet et pataugeâmes dans un autre fossé d'irrigation. Bruits d'éclaboussements et gargouillis. Encore une fois dans l'eau jusqu'à la taille, et de la boue grasse et nauséabonde s'infiltrant dans les bottes. Sur l'herbe, en dehors, Jorge attendait que nous eussions tous passé. Puis, presque plié en deux, il commença d'avancer lentement, en rampant. Le parapet fasciste était à cent cinquante mètres environ. Notre seule chance d'y parvenir, c'était de ne faire aucun bruit.

J'étais en tête avec Jorge et Benjamin. Pliés en deux, mais la tête levée, nous rampions dans une obscurité presque absolue, en allant de plus en plus lentement. Nous avions le visage doucement battu par la pluie. Quand je regardais en arrière, je distinguais les hommes les plus proches de moi : un groupe de formes bossues, semblables à d'énormes champignons noirs, qui avançaient en glissant lentement. Mais chaque fois que je redressais la tête, Benjamin, qui était coude à coude avec moi, me murmurait véhémentement à l'oreille : « *To keep ze head down ! To keep ze head down !* » (« Garde la tête baissée ! Garde la tête baissée ! »). J'aurais pu lui dire qu'il n'avait pas besoin de s'en faire. Je savais par expérience que par nuit noire il n'est pas possible de voir un homme à vingt pas. Ce qui importait bien davantage, c'était d'avancer silencieusement. Si jamais ils venaient à nous entendre, nous serions fichus. Il leur suffirait d'arroser les ténèbres devant eux avec leurs mitrailleuses et il ne nous resterait pas d'autre alternative que fuir ou nous laisser massacrer.

Mais sur ce terrain détrempé il était presque impossible de se mouvoir sans bruit. On avait beau faire, les pieds collaient à la boue et à chaque pas en avant que l'on faisait, on entendait flop-flop, flop-flop. Et pour comble de malchance le vent était tombé ; malgré la pluie, c'était une nuit très calme. Les sons devaient porter loin. Il y eut un instant terrible lorsque, ayant heurté du pied un bidon, je m'imaginai que sur des kilomètres à la ronde tous les fascistes avaient dû entendre. Mais non, pas un bruit, pas un coup de fusil en réponse, aucun mouvement dans les lignes fascistes. Nous avancions en rampant de plus en plus lentement. Je ne puis vous donner une idée de l'intensité de mon désir d'arriver. Simplement d'arriver assez près pour pouvoir lancer les bombes avant qu'ils ne nous aient entendu approcher. En un tel moment, on n'a même pas peur, seulement une furieuse envie désespérée de franchir l'intervalle de terrain. J'ai éprouvé exactement la même chose en chassant à l'affût un animal sauvage, le même désir torturant d'être à portée, la même certitude comme en un rêve que ce sera impossible. Et comme la distance s'étirait ! Je connaissais bien le terrain, il n'y avait que cent cinquante mètres à franchir, mais ces cent cinquante-là nous faisaient l'effet de plus de mille. A ramper à cette allure on se rend compte, comme une fourmi pourrait le faire, de considérables inégalités de terrain : ici, ce magnifique carré d'herbe souple ; là, ce maudit bourbier et ces hauts roseaux bruissants qu'il faut éviter, et ce tas de pierres qui vous enlève presque tout espoir, tant il paraît impossible de pouvoir le franchir sans faire du bruit.

Nous rampions depuis une éternité, me semblait-il, et je commençais à croire que nous nous étions trompés de direction. Mais voici que sur le fond noir de la nuit devinrent faiblement visibles les grêles lignes parallèles de quelque chose de plus noir encore. C'était le barbelé extérieur. (Les fascistes en avaient établi deux réseaux.) Jorge s'agenouilla, fouilla dans sa poche. C'était lui qui avait notre unique pince coupante. Snep ! Snep ! Avec précaution nous soulevâmes et écartâmes la partie pendante. Nous attendîmes que les hommes en arrière de nous nous eussent rejoints. Il nous semblait qu'ils faisaient un bruit épouvantable. Nous devions être à présent à cinquante mètres du parapet fasciste. Nous nous remîmes à avancer, courbés en deux. A pas de loup, en abaissant le pied aussi doucement qu'un chat lorsqu'il s'approche d'un trou de souris ; puis un arrêt pour écouter, puis un autre pas. Une fois je relevai la tête ; en silence Benjamin m'appliqua sa paume sur la nuque et avec violence la courba vers le sol. Je savais que le barbelé fasciste n'était qu'à vingt mètres à peine du parapet. Il me paraissait invraisemblable que trente hommes pussent y parvenir sans qu'on les entendît. Le bruit seul de notre respiration devait suffire à nous trahir. Et pourtant, nous y parvînmes. Nous pouvions à présent distinguer le parapet fasciste ; sombre, sa ligne de faîte s'estompant, il se dressait devant nous, semblant nous dominer de haut. De nouveau Jorge s'agenouilla, fouilla dans ses poches. Snep ! Snep ! Pas moyen de cisailler ça sans bruit.

C'était bien le réseau intérieur. Nous nous glissâmes au travers à quatre pattes et un peu plus rapidement. Si nous avions à présent le temps de nous déployer, tout irait bien. Jorge et Benjamin se mirent à ramper vers la droite. Mais les hommes en arrière, qui étaient disséminés, avaient à se ranger en une seule file pour passer par la brèche étroite pratiquée dans le barbelé et, juste à ce moment, du parapet fasciste partit un éclair, suivi d'une détonation. La sentinelle avait fini par nous entendre. Jorge se mit en équilibre sur un genou et balança son bras comme un joueur de boules. Sa bombe alla éclater quelque part au-delà du parapet. Instantanément, beaucoup plus rapidement qu'on ne l'eût cru possible, se déclencha, du parapet fasciste, un feu roulant de dix ou vingt fusils. Somme toute, ils nous attendaient. Un bref instant on pouvait voir les sacs de terre dans la lueur blafarde. Nos hommes, restés trop en arrière, lançaient leurs bombes et quelques-unes de celles-ci tombèrent en deçà du parapet. Chaque meurtrière semblait lancer des dards de flamme. C'est une chose qu'on déteste toujours de se trouver sous le feu de l'ennemi dans le noir — on a l'impression d'être personnellement visé par chaque éclair de coup de fusil —, mais le pire, c'étaient encore les bombes. On ne peut en concevoir l'horreur tant qu'on n'en a pas vu une éclater à proximité de soi, et la nuit ; durant le jour il n'y a que le fracas de l'explosion, dans l'obscurité il s'y ajoute l'aveuglante clarté rouge. Je m'étais jeté à terre dès la première décharge ; je restai tout ce temps couché sur le flanc dans la boue gluante, à lutter furieusement avec la goupille d'une bombe ; cette sacrée goupille ne *voulait* pas sortir. Finalement je me rendis compte que je la tordais dans le mauvais sens. Je la sortis, me redressai sur les genoux, lançai la bombe avec force et me rejetai à terre. La bombe éclata vers la droite, à l'extérieur du parapet ; la peur m'avait fait mal viser. A ce moment précis, une autre bombe éclata en plein devant moi, si près que je sentis la chaleur de l'explosion. Je m'aplatis autant que je pus, enfouissant si violemment mon visage dans la boue que je me fis mal au cou et crus être blessé. A travers le fracas j'entendis derrière moi la voix d'un Anglais dire calmement : « Je suis touché. » De fait, la bombe avait autour de moi blessé plusieurs hommes, m'épargnant. Je me remis à genoux et lançai ma seconde bombe. J'ai oublié où celle-ci éclata.

Les fascistes tiraient, les nôtres, derrière nous, tiraient, et j'avais parfaitement conscience d'être au milieu. Je sentis le souffle d'une décharge et compris que juste derrière moi un homme faisait feu. Je me dressai sur mes pieds et lui criai : « Ne tire donc pas sur moi, bougre d'idiot ! » A ce moment je vis que Benjamin, qui était à dix ou quinze mètres de moi sur ma droite, me faisait des signes avec le bras. Je courus le rejoindre. Il fallait pour cela traverser la zone sous le feu des meurtrières et je me souviens qu'en la franchissant je me collai la main gauche sur la joue — geste stupide s'il en est ! comme si une balle pouvait être arrêtée par une main ! — mais j'avais en horreur une blessure à la figure. Benjamin se tenait sur un genou et, le visage empreint d'une satisfaction diabolique, tirait avec son pistolet automatique en visant les éclairs. Jorge était tombé blessé à la première décharge et gisait quelque part, invisible. Je m'agenouillai à côté de Benjamin et, après en avoir arraché la goupille, lançai ma troisième bombe. Ah ! pas de doute cette fois-ci ! Ce fut bien à l'intérieur du parapet que la bombe éclata, dans l'angle, juste à côté du nid de la mitrailleuse.

Le tir des fascistes sembla très brusquement s'être ralenti. Benjamin bondit sur ses pieds et cria : « En avant ! Chargez ! » Nous nous élançâmes sur la pente raide au haut de laquelle se dressait le parapet. Je dis « élançâmes », mais « gravîmes lourdement » serait plus juste ; le fait est qu'on ne peut se mouvoir lestement quand on est trempé, couvert de boue de la tête aux pieds et avec cela alourdi par le poids d'un gros fusil, d'une baïonnette et de cent cinquante cartouches. Je ne mettais pas en doute qu'il y eût, au sommet, m'attendant, un fasciste. De si près, s'il tirait, il ne pourrait pas me manquer. Pourtant, je ne sais pourquoi, pas un instant je ne m'attendis à ce qu'il tirât, mais bien à ce qu'il tâchât de m'avoir à la baïonnette. Il me semblait déjà sentir par avance le choc de nos baïonnettes se croisant, et je me demandais laquelle, de la sienne ou de la mienne, serait la plus résistante. Mais il n'y avait pas de fasciste à m'attendre au sommet. Avec un vague sentiment de soulagement je m'aperçus que le parapet était très bas et que les sacs de terre offraient une bonne assiette pour le pied. En général ils sont difficiles à franchir. A l'intérieur, tout avait été mis en miettes, un peu partout des poutres et de grandes plaques d'uralite gisaient à terre dans un désordre chaotique... Nos bombes avaient démoli les baraquements et les cagnas. Pas une âme visible. Pensant qu'ils devaient se tenir aux aguets, cachés quelque part sous terre, je criai en anglais (à ce moment-là je n'arrivais plus à me souvenir d'un seul mot espagnol) : « Sortez de là ! Rendez-vous ! » Aucune réponse. Mais, un instant plus tard, un homme, silhouette sombre dans le demi-jour, sauta par-dessus le toit d'un baraquement effondré et fila vers la gauche. Je m'élançai à sa poursuite en donnant en pure perte dans le noir des coups de baïonnette. Comme je contournais le coin de ce baraquement je vis un homme — je ne sais si c'était le même que celui que j'avais vu précédemment — s'enfuir par le boyau qui menait à l'autre position fasciste. Je ne devais pas être bien loin de lui, car je le voyais très nettement. Il était nu-tête et paraissait n'avoir sur lui qu'une couverture qu'il tenait serrée autour de ses épaules. Si je m'étais mis à tirer, j'eusse pu le transformer en passoire. Mais de crainte que nous ne canardions les nôtres, ordre nous avait été donné de n'employer, une fois que nous serions à l'intérieur du parapet, que nos baïonnettes ; et, du reste, l'idée de tirer ne m'effleura même pas. Au lieu de cela ma pensée fit un bond de vingt ans en arrière et je revis notre moniteur de boxe au collège me montrant par une vivante pantomime comment il avait, avec sa baïonnette, embroché un Turc aux Dardanelles. Je saisis mon fusil par la poignée de la crosse et je portai une botte au dos de l'homme. Il s'en fallut de peu que je ne l'atteignisse. Une nouvelle botte ; trop courte encore. Et nous fîmes un bout de chemin en continuant, lui de se ruer dans le boyau, et moi de courir sur le remblai après lui, en cherchant d'en haut à lui piquer les omoplates, sans jamais y parvenir tout à fait. Quand j'y repense, c'est pour moi un souvenir comique, mais j'imagine que pour lui il doit être moins comique.

Naturellement, connaissant le terrain beaucoup mieux que moi, il eut vite fait de m'échapper. De retour à la position, je la trouvai pleine d'hommes et de vacarme. Le bruit de la fusillade avait quelque peu diminué. Les fascistes nous arrosaient toujours sur trois côtés d'un feu nourri, mais il venait de plus loin à présent. Nous les avions momentanément refoulés. Je me souviens d'avoir pris le ton d'un oracle pour dire : « Nous pouvons tenir ici une demi-heure, mais pas plus. » Pourquoi dis-je une demi-heure, je l'ignore. En regardant par-dessus le parapet, à droite, on voyait d'innombrables éclairs verdâtres poignarder les ténèbres ; mais c'étaient des coups de fusil tirés loin de nous, à cent ou deux cents mètres. Nous avions pour tâche à présent de fouiller la position et de faire butin de tout ce qui en valait la peine. Benjamin et quelques autres étaient déjà en train de chercher à quatre pattes dans les décombres d'un grand baraquement ou abri situé au centre de la position. Benjamin avançait en chancelant parmi les ruines du toit, tirant avec effort par sa poignée en corde une caisse de munitions, et plein d'une joyeuse agitation.

« Camarades ! Des munitions ! Il y en a en abondance, ici !

— Nous n'avons pas besoin de munitions, dit une voix, c'est de fusils que nous avons besoin. »

C'était vrai. La moitié de nos fusils, s'étant enrayés à cause de la boue, étaient inutilisables. Ils pouvaient se nettoyer, mais dans l'obscurité il est dangereux d'enlever d'un fusil la culasse mobile : on la pose quelque part à terre et ensuite on ne peut plus la retrouver. J'avais une minuscule lampe électrique de poche que ma femme avait pu acheter à Barcelone, mais c'était tout ce que nous possédions à nous tous en fait de lumière. Quelques hommes qui avaient des fusils en bon état se mirent à tirailler d'une manière décousue dans la direction des lointains éclairs. Personne n'osait tirer trop rapidement ; même les meilleurs de nos fusils avaient une disposition à s'enrayer s'ils chauffaient trop. Nous étions seize environ à l'intérieur du parapet, en comptant un ou deux blessés. Un certain nombre de blessés,

Anglais et Espagnols, gisaient à l'extérieur. Patrick O'Hara, un Irlandais de Belfast qui avait un peu la pratique des premiers soins à donner, pansait les blessés, faisant la navette pour venir chercher des paquets de pansements, et, naturellement, chaque fois qu'il revenait vers le parapet on lui tirait dessus, bien qu'il hurlât sur un ton indigné « P.O.U.M. ! »

Nous commençâmes à inspecter la position. Il y avait çà et là plusieurs morts qui gisaient mais je ne m'arrêtai pas à les examiner. Ce que je cherchais c'était la mitrailleuse. Pendant tout le temps que nous avions passé à plat ventre à l'extérieur du parapet, je n'avais cessé de me demander vaguement pourquoi donc elle ne tirait pas. Je projetai le faisceau lumineux de ma lampe électrique à l'intérieur du nid de mitrailleuse. Cruelle déception ! La mitrailleuse n'y était pas. Le trépied, plusieurs caisses de munitions et des pièces détachées se trouvaient encore là, mais la mitrailleuse, elle, avait disparu. Ils devaient l'avoir dévissée et emportée dès la première alerte. Sans doute n'avaient-ils fait qu'exécuter des ordres, mais c'était stupide et lâche d'avoir fait cela, car s'ils avaient laissé en place la mitrailleuse, il leur eût été parfaitement possible de nous massacrer jusqu'au dernier. Nous étions furieux. Nous avions à cœur de nous emparer d'une mitrailleuse.

Nous furetâmes dans tous les coins, mais ne trouvâmes que des choses n'ayant guère de valeur. Çà et là traînaient, en quantité, des bombes fascistes — un type de bombe passablement inférieur, que l'on faisait exploser en tirant un cordon — et j'en mis une paire dans ma poche comme souvenirs. On ne pouvait pas ne pas être frappé par le dénuement et la misère des cagnas fascistes. Le fouillis de vêtements de rechange, de livres, de victuailles, de petits objets personnels que l'on voyait dans nos propres cagnas en était complètement absent ; ces pauvres conscrits non payés semblaient ne posséder que des couvertures et quelques quignons de pain mal cuit. Tout à fait à l'extrémité de la position se trouvait un petit abri qui était construit en partie au-dessus du sol et pourvu d'une minuscule fenêtre. Nous projetâmes le faisceau de lumière de la torche électrique à travers la fenêtre et aussitôt nous poussâmes un hourra. Il y avait, appuyé contre le mur, dans un étui en cuir, un objet cylindrique de quatre pieds de haut et de six pouces de diamètre. De toute évidence le canon de la mitrailleuse ! Précipitamment nous fîmes le tour de la cagna, cherchant la porte, et nous entrâmes pour découvrir que l'objet enfermé dans l'étui de cuir n'était pas une mitrailleuse, mais quelque chose qui, dans notre armée dépourvue de matériel de campagne, était encore plus précieux. C'était une énorme longue-vue, dont le pouvoir de grossissement devait probablement être au moins de soixante ou soixante-dix fois, avec un pied pliant. C'est bien simple, une longue-vue semblable, il n'en existait pas sur le front de notre côté et on en avait un très grand besoin. Nous la portâmes dehors en triomphe et l'appuyâmes contre le parapet, avec l'intention de l'emporter plus tard.

A ce moment précis, quelqu'un cria que les fascistes étaient en train de nous cerner. Il est certain que le fracas de la fusillade était devenu beaucoup plus intense. Mais, de toute évidence, les fascistes n'allaient pas contre-attaquer de la droite, ce qui les aurait obligés à traverser le *no man's land* et à donner l'assaut à leur propre parapet. S'ils avaient le moindre bon sens, ils allaient nous tomber dessus en nous prenant à revers. En contournant les abris, je me rendis de l'autre côté. La position avait à peu près la forme d'un fer à cheval, les abris étant au centre, si bien que nous étions couverts sur la gauche par un autre parapet. De cette direction venait un feu nourri, mais ce n'était pas ce qu'il y avait de grave. Le point faible était tout à fait de face, là où il n'existait aucune protection. Un flot de balles passaient juste au-dessus de nos têtes. Elles devaient venir de l'autre position fasciste, de la plus éloignée ; il était manifeste que les troupes de choc au bout du compte ne l'avaient pas conquise. Entre-temps le fracas était devenu assourdissant. C'était le grondement ininterrompu, comme un roulement de tambours, d'une fusillade massive, que je n'avais eu jusqu'alors l'occasion d'entendre que d'une certaine distance ; pour la première fois, je me trouvais en plein milieu. Entre-temps la fusillade avait naturellement gagné tout le long de la ligne de feu, sur des kilomètres à l'entour. Douglas Thompson, avec un bras blessé ballant dont il ne pouvait plus se servir, était appuyé contre le parapet et faisait feu d'une seule main dans la direction des éclairs. Un homme dont le propre fusil s'était enrayé lui rechargeait le sien.

Nous étions quatre ou cinq de ce côté-ci de la position. Ce qu'il nous fallait faire sautait aux yeux. Il fallait retirer les sacs de terre du parapet de front et construire une barricade en travers de l'ouverture non protégée du fer à cheval. Et il fallait faire vite. Pour l'heure les balles passaient au-dessus de nous, mais à tout instant l'ennemi pouvait diminuer la hauteur de son tir ; et à en juger d'après les éclairs, nous devions avoir contre nous cent ou deux cents hommes. Nous nous mîmes à dégager les sacs de terre, à les transporter à vingt mètres de là et à les empiler à la va-comme-je-te-pousse. Quelle sale besogne ! C'étaient de grands sacs de terre, pesant chacun un quintal, et l'on n'avait pas trop de toute sa force pour les ébranler ; et puis la toile de sac moisie se fendait et la terre humide vous tombait dessus en cascade, vous dégoulinait dans le cou et le long des bras. Je me souviens que j'éprouvais une profonde horreur de tout : du chaos, de l'obscurité, de l'épouvantable vacarme, des allées et venues dans la boue en manquant de tomber, des grands efforts à déployer en luttant avec ces sacs de terre sur le point de crever — et d'être, par-dessus le marché, tout le temps encombré par mon fusil que je n'osais poser de crainte de le perdre. J'en arrivai même à crier à un camarade, tandis que nous avancions en chancelant, un sac de terre entre nous deux : « Et voilà la guerre ! Une foutue saloperie, hein ? » Soudain nous vîmes de hautes silhouettes sauter à la file par-dessus le parapet de front. Lorsqu'elles furent plus près de nous, nous pûmes voir qu'elles portaient l'uniforme des troupes de choc, et nous poussâmes des hourras, croyant que c'étaient des renforts. Mais ils n'étaient que quatre : trois Allemands et un Espagnol. Nous apprîmes par la suite ce qui était arrivé aux hommes des troupes de choc. Ils ne connaissaient pas le terrain et dans l'obscurité ils n'avaient pas été menés au bon endroit, s'étaient trouvés pris dans le barbelé fasciste, et beaucoup d'entre eux y avaient été tués. Ces quatre-là, s'étant égarés, n'avaient pas suivi le reste de la troupe, heureusement pour eux ! Les Allemands ne parlaient pas un mot d'anglais, de français ou d'espagnol non plus. Difficilement et avec force gestes, nous leur expliquâmes ce que nous étions en train de faire et nous les persuadâmes de nous aider à construire la barricade.

Les fascistes avaient fini par amener une mitrailleuse. Elle était visible, rageant comme un pétard, à cent ou deux cents mètres de nous ; sans arrêt les balles passaient au-dessus de nos têtes avec un crépitement à donner le frisson. Nous eûmes bientôt mis en place assez de sacs pour constituer un garde-corps bas derrière lequel les quelques hommes se trouvant de ce côté de la position purent se coucher et tirer. Je me tins à genoux derrière eux. Un obus de mortier passa en sifflant et alla éclater quelque part dans le *no man's land*. C'était là un nouveau danger, mais il leur faudrait bien quelques minutes pour rectifier leur tir. Maintenant que nous avions fini de nous battre avec ces maudits sacs de terre, tout cela était en un sens assez amusant : le fracas, l'obscurité, l'approche des éclairs, et nos hommes, en réponse, les prenant pour cibles. On avait même le temps de réfléchir un peu. Je me suis demandé, il m'en souvient, si j'avais peur, et j'ai tranché par la négative. A l'extérieur de la position, où probablement j'avais couru un danger moindre, je m'étais senti à demi malade de peur. Soudain on entendit de nouveau crier que les fascistes étaient en train de nous encercler. Cette fois, il n'y avait pas de doute, les éclairs étaient beaucoup plus proches. J'en vis jaillir un à vingt mètres à peine. Il était clair qu'ils s'ouvraient un chemin et arrivaient par le boyau. A vingt mètres ils étaient à bonne distance pour lancer des bombes ; nous étions là huit ou neuf serrés les uns contre les autres et une seule bombe bien placée suffirait à nous réduire tous en miettes. Bob Smillie, du sang coulant d'une petite blessure au visage, se redressa vivement sur un genou et jeta une bombe. Nous nous fîmes tout petits, attendant l'explosion. Tandis qu'elle fendait l'air, l'amorce fusa en rougeoyant, mais la bombe n'explosa pas. (Au moins une sur quatre de ces bombes ratait.) Il ne me restait plus de bombes, excepté les fascistes, dont je connaissais mal le fonctionnement. En criant je demandai aux autres si quelqu'un avait encore une bombe en réserve. Douglas Moyle tâta sa poche et m'en passa une. Je la lançai et me jetai visage contre terre. Par un de ces coups de chance comme il n'en arrive environ qu'une fois par an, j'avais réussi à envoyer la bombe exactement là où j'avais vu jaillir l'éclair d'un coup de fusil. Il y eut d'abord le fracas de l'explosion et puis, tout de suite, une clameur atroce : des hurlements et des gémissements. Nous en avions toujours touché un ; j'ignore s'il en mourut, mais sans aucun doute il était grièvement blessé. Pauvre diable ! Pauvre diable ! J'éprouvai vaguement de la peine en l'entendant crier de douleur. Mais au même instant, à la faible lueur des coups de feu, je vis ou crus voir une silhouette debout près de l'endroit d'où venait de jaillir un éclair. Je levai vivement mon fusil et lâchai la détente. De nouveau un hurlement. Mais je crois que c'était toujours l'effet de la bombe. Nous lançâmes encore plusieurs bombes. Les éclairs que nous vîmes ensuite étaient beaucoup plus éloignés, à cent mètres ou plus. Ainsi donc nous les avions repoussés, tout au moins momentanément.

Alors nous nous mîmes tous à jurer à qui mieux mieux, demandant pourquoi diantre l'on ne nous avait pas envoyé de renforts. Avec un fusil-mitrailleur, ou avec vingt hommes armés de fusils en bon état, nous pourrions tenir là contre un bataillon. A ce moment, Paddy Donovan, qui était commandant en second et que Benjamin avait envoyé à l'arrière chercher des ordres, escalada le parapet de front.

« Hé ! Sortez tous de là ! Ordre de nous replier immédiatement !

— Hein ?

— Ordre de se replier ! Sortez de là !

— Mais pourquoi ?

— C'est un ordre ! Retour à nos lignes, et en vitesse ! »

Déjà les hommes étaient en train de franchir le parapet de front. Quelques-uns d'entre eux s'escrimaient à faire passer par-dessus une pesante caisse de munitions. Je songeai soudain à la longue-vue que j'avais laissée appuyée contre le parapet de l'autre côté de la position. Mais à ce moment je vis les quatre hommes des troupes de choc, sans doute exécutant des ordres mystérieux qu'on leur avait précédemment donnés, partir en courant dans le boyau. Il menait à l'autre position fasciste, et donc — s'ils allaient jusque-là — à la mort certaine pour eux. Déjà ils se fondaient dans l'obscurité. Je courus après eux en cherchant à me rappeler quel est le mot espagnol pour dire « revenez » ; finalement je criai : « *Atrás ! Atrás !* » Peut-être que ça disait bien ce que je voulais dire. L'Espagnol comprit et fit rebrousser chemin aux autres. Paddy attendait au parapet.

« Allons ! Grouillez-vous un peu !

— Mais la longue-vue !

— Je m'en fous de la longue-vue ! Benjamin attend à l'extérieur ! »

Nous sortîmes de la position en escaladant le parapet. Paddy maintint écarté le barbelé pour m'aider à passer. Aussitôt que nous eûmes quitté l'abri du parapet fasciste, nous nous trouvâmes sous une fusillade infernale ; les balles semblaient arriver sur nous de tous les côtés à la fois. Une bonne part d'entre elles, j'en suis persuadé, nous étaient envoyées par les nôtres, car tout le long du front tout le monde tirait. Dans quelque direction qu'on s'engageât, une averse de balles en venait. Nous étions menés de-ci de-là, dans le noir, comme un troupeau de moutons. Et par surcroît nous traînions avec nous la caisse de munitions conquise (une de ces caisses qui contiennent mille sept cent cinquante balles et pèsent environ cinquante kilos), ainsi qu'une caisse de bombes et plusieurs fusils fascistes. En l'espace de quelques minutes, bien que les deux parapets ne fussent pas à plus de deux cents mètres l'un de l'autre et que la plupart d'entre nous connussent le terrain, nous nous trouvâmes complètement égarés. Nous avancions au hasard dans un champ boueux en glissant à chaque pas, ne sachant plus qu'une chose : c'est qu'on nous tirait dessus des deux côtés. Il n'y avait pas de lune pour nous guider, mais il commençait à faire moins noir. Nos lignes étaient situées à l'est de Huesca ; je proposai de rester où nous étions jusqu'à ce que les premières lueurs de l'aube nous permissent de savoir où était l'est et où était l'ouest ; mais les autres s'y opposèrent. Nous voilà donc repartis à glisser, changeant de direction à plusieurs reprises et nous relayant pour charrier la caisse de munitions. Enfin nous vîmes se dessiner confusément devant nous la ligne basse et plate d'un parapet. Ce pouvait être le nôtre, mais ce pouvait tout aussi bien être celui des fascistes ; aucun de nous n'avait d'idée précise à ce sujet. Benjamin rampa sur le ventre à travers de hautes et blanchâtres herbes folles et, lorsqu'il fut à vingt mètres à peu près du parapet, il se hasarda à pousser un qui-vive. Le cri « P.O.U.M. ! » lui répondit. Nous sautâmes sur nos pieds, retrouvâmes notre chemin le long du parapet, pataugeâmes une fois de plus dans le fossé d'irrigation — clapotements et gargouillis — et nous fûmes hors de danger.

A l'intérieur du parapet Kopp attendait avec quelques Espagnols. Le médecin et les brancardiers étaient partis. Tous les blessés avaient été ramenés, à ce qu'il paraissait, à l'exception de Jorge et d'un de nos hommes, du nom de Hiddlestone, qui étaient disparus. Kopp faisait les cent pas, très pâle. Jusqu'aux bourrelets de graisse de sa nuque qui étaient pâles ; il ne prêtait aucune attention aux balles qui, passant au-dessus du parapet bas, crépitaient au niveau de sa tête. Nous étions, pour la plupart d'entre nous, assis sur nos talons, à l'abri derrière le parapet. Kopp marmottait : « *Jorge ! Coño ! Jorge !* » Et puis en anglais : « *If Jorge is gone it is terreeble, terreeble !* » Jorge était son ami personnel et l'un de ses meilleurs officiers. Brusquement il se tourna vers nous et demanda cinq volontaires, deux Anglais et trois Espagnols, pour aller à la recherche des disparus. Moyle et moi, ainsi que trois Espagnols, nous nous proposâmes.

Nous étions déjà à l'extérieur de nos lignes lorsque les Espagnols murmurèrent qu'il commençait à faire dangereusement jour. C'était tout à fait vrai ; le ciel devenait vaguement bleu. Un effrayant tapage de voix animées nous parvint de la redoute fasciste. Manifestement ils avaient réoccupé l'endroit en beaucoup plus grand nombre qu'auparavant. Nous étions à soixante ou soixante-dix mètres du parapet quand ils durent nous voir ou nous entendre, car ils nous envoyèrent une bonne rafale qui nous fit nous jeter visage contre terre. L'un d'eux lança une bombe par-dessus le parapet — signe certain de panique. Nous demeurions allongés dans l'herbe, attendant l'occasion favorable de nous remettre en route, quand nous entendîmes ou crûmes entendre — je suis persuadé que ce fut pure imagination, mais à ce moment-là il nous sembla que c'était parfaitement réel — que les voix des facistes se rapprochaient. Ils avaient quitté leur parapet et nous suivaient. « Sauve-toi », hurlai-je à Moyle, et je sautai sur mes pieds. Et, bonté divine ! comme j'ai couru ! Un peu plus tôt, cette nuit-là, j'avais pensé qu'on ne peut pas courir quand on est trempé de la tête aux pieds et alourdi par le poids d'un fusil et de cartouches ; j'apprenais à présent que l'on peut *toujours* courir quand on croit avoir à ses trousses une cinquantaine ou une centaine d'hommes armés. Mais si je pouvais courir vite, d'autres pouvaient courir encore plus vite. Dans ma fuite, je fus dépassé à toute allure par quelque chose qu'on aurait pu prendre pour un essaim d'étoiles filantes. C'étaient les trois Espagnols qui, précédemment, avaient été en tête. Ils se retrouvèrent à notre propre parapet avant d'avoir pu s'arrêter et que j'aie pu les rattraper. La vérité c'est que nous avions les nerfs à bout. Mais, sachant que dans le demi-jour un homme peut n'être pas vu là où cinq le sont sûrement, je repartis seul. Je réussis à atteindre le barbelé extérieur et fouillai le terrain du mieux que je pus — ce qui n'est pas beaucoup dire, car il me fallait rester à plat ventre. Ne trouvant trace nulle part ni de Jorge ni de Hiddlestone, je rebroussai chemin, toujours en rampant. Nous apprîmes par la suite que Jorge et Hiddlestone avaient déjà été conduits plus tôt au poste de secours. Jorge était légèrement blessé à l'épaule ; Hiddlestone avait été affreusement blessé : une balle lui avait labouré le bras gauche sur toute sa longueur, brisant l'os en plusieurs endroits, et tandis qu'il gisait à terre, réduit à l'impuissance, une bombe avait éclaté près de lui, lui infligeant encore d'autres blessures sur le reste du corps. Je suis heureux de pouvoir dire qu'il s'est rétabli. Il m'a raconté plus tard que, pour regagner nos lignes, il avait parcouru une petite distance en glissant sur le dos, puis il s'était cramponné à un Espagnol blessé et, en s'aidant mutuellement, ils avaient réussi à rentrer.

Il faisait maintenant tout à fait jour. Tout le long du front, sur des kilomètres à l'entour, des coups de feu désordonnés et vides de sens tonnaient, comme la pluie qui continue à tomber après un orage. Je revois l'aspect de désolation de tout, le sol fangeux, les peupliers éplorés, l'eau jaune dans les bas-fonds de la tranchée ; et les visages des hommes, épuisés, non rasés, balafrés de boue et noircis de fumée jusqu'aux yeux. Lorsque je rentrai dans ma cagna, les trois hommes avec qui je la partageais étaient déjà plongés dans un profond sommeil. Ils s'étaient laissés tomber à terre encore tout équipés en serrant contre eux leur fusil boueux. A l'intérieur de l'abri comme au dehors tout était imprégné d'humidité. En cherchant bien, je parvins à rassembler assez de brindilles sèches pour faire un tout petit feu. Puis je fumai le cigare que j'avais gardé en réserve et qui, chose étonnante, ne s'était pas brisé au cours de cette nuit.

Nous apprîmes après coup, comme il en va de ces choses, que l'engagement avait été un succès. Ç'avait été un raid pour obliger les fascistes à retirer des troupes de l'autre côté de Huesca, où les anarchistes attaquaient à nouveau. J'avais évalué à cent ou deux cents hommes les forces que les fascistes avaient jetées dans la contre-attaque mais un déserteur nous a dit, un peu plus tard, qu'elles avaient été de six cents hommes ; il mentait très probablement — les déserteurs, pour des raisons évidentes, cherchaient à s'insinuer dans les bonnes grâces. C'était bien dommage d'avoir dû abandonner la longue-vue ! Lorsque j'y songe, la perte de cette magnifique pièce de butin me taquine aujourd'hui encore.

VII

Il commença à faire chaud dans la journée, et les nuits elles-mêmes étaient assez tièdes. Sur un arbre haché par les balles, en face de notre parapet, des bouquets touffus de cerises se formaient. Se baigner dans la rivière cessa d'être une torture, devint presque un plaisir. Des rosiers sauvages, aux fleurs roses grandes comme des soucoupes, s'égaillaient parmi les trous d'obus, autour de la Torre Fabián. A l'arrière du front on rencontrait des paysans qui portaient des roses passées derrière les oreilles. Le soir, munis de rets verts, ils allaient chasser la caille. Vous étendiez le filet sur les pointes des herbes, vous vous couchiez par terre et imitiez le cri de la caille femelle. Aussitôt toute caille mâle à portée de voix accourait vers vous et quand elle était sous le filet, vous lui jetiez une pierre pour l'effrayer : alors elle prenait brusquement son essor et s'empêtrait dans le filet. On ne prenait donc évidemment que des cailles mâles — ce qui me heurtait comme une injustice.

Il y avait à présent, tout à côté de nous sur le front, une section d'Andalous. Je ne sais pas très bien comment il se faisait qu'ils se trouvassent sur ce front. L'explication courante, c'était qu'ils s'étaient cavalés de Malaga à une allure telle qu'ils avaient oublié de s'arrêter à Valence. Bien entendu, cette explication était celle donnée par les Catalans qui faisaient profession de regarder de haut les Andalous, de les considérer comme une race de demi-sauvages. Assurément les Andalous étaient très ignorants. Très peu d'entre eux — si tant est qu'il y en eût — savaient lire, et ils paraissaient ne pas même savoir la seule chose qu'en Espagne chacun sait parfaitement : à quel parti politique ils appartenaient. Ils se prenaient pour des anarchistes, mais sans en être tout à fait sûrs ; peut-être, après tout, étaient-ils communistes. C'étaient des hommes noueux, ayant la tournure de paysans — peut-être bien étaient-ils bergers ou ouvriers agricoles des olivaies —, et les soleils féroces du Sud avaient donné à leurs visages une coloration foncée. Ils nous étaient très utiles, car ils possédaient une dextérité extraordinaire à rouler des cigarettes avec le tabac espagnol desséché. On avait cessé de nous distribuer des cigarettes, mais à Monflorite il était de temps à autre possible d'acheter des paquets de tabac de la plus basse qualité, fort semblables d'apparence et de texture à de la paille hachée. Il avait un arôme assez agréable, mais il était si sec que, même lorsque vous aviez réussi à faire une cigarette, il quittait les rangs en vous laissant entre les doigts un cylindre vide avant que vous ayez pu tirer une bouffée. Mais les Andalous, eux, avaient le chic pour rouler des cigarettes parfaites, et une technique spéciale pour en replier les bords aux extrémités.

Deux Anglais, frappés d'insolation, ne s'en relevèrent pas. De cette période mes souvenirs les plus caractéristiques, ce sont l'ardeur du soleil de midi et, dans notre lutte, demi-nus, avec les sacs de terre, le supplice enduré par nos épaules déjà mises à vif par les coups de soleil ; et l'état pouilleux de nos vêtements et de nos bottes qui s'en allaient littéralement en lambeaux ; et nos débats avec le mulet qui apportait notre ravitaillement et qui ne faisait pas attention aux coups de fusil, mais prenait la fuite dès qu'éclatait en l'air un shrapnel ; et les moustiques (qui venaient d'entrer en activité) et les rats qui étaient un fléau public et dévoraient jusqu'à nos ceinturons de cuir et nos cartouchières. Il ne se passait rien ; juste, de temps à autre, un homme blessé par la balle d'un tireur isolé, et le sporadique tir d'artillerie, et les raids aériens sur Huesca. Maintenant que les arbres avaient toutes leurs feuilles, nous avions construit des plates-formes de canardeur, semblables aux *machans* indiens, dans les peupliers en bordure de la ligne de feu. De l'autre côté de Huesca il n'y avait pour ainsi dire plus d'attaques. Les anarchistes avaient subi de lourdes pertes et n'avaient pas réussi à couper complètement la route de Jaca. Ils étaient bien parvenus à s'ancrer de chaque côté et assez près pour tenir la route elle-même sous le feu de leurs mitrailleuses et la rendre impraticable, mais la solution de continuité avait un kilomètre de large et les fascistes avaient construit une route enterrée, une sorte d'énorme tranchée qui permettait à un certain nombre de camions de faire la navette. Les déserteurs disaient qu'il y avait dans Huesca beaucoup de munitions, mais très peu de vivres. Mais il était manifeste que la ville n'avait pas l'intention de capituler. Il eût probablement été impossible de la prendre avec les quinze mille hommes mal armés qui étaient disponibles. Plus tard, en juin, le gouvernement amena des troupes du front de Madrid et concentra sur Huesca trente mille hommes avec un nombre considérable d'avions, mais la ville ne capitula toujours pas.

Quand nous partîmes en permission, cela faisait cent quinze jours que j'étais sur le front, et à l'époque il me sembla que cette période avait été la plus vaine de toute ma vie. Je m'étais engagé dans les milices pour combattre le fascisme, et jusqu'à présent je n'avais presque pas combattu, m'étais borné à exister comme une sorte d'objet passif, sans rien faire en retour de ma nourriture, si ce n'est souffrir du froid et du manque de sommeil. Peut-être est-ce le sort de la plupart des soldats dans la plupart des guerres. Mais aujourd'hui qu'il m'est possible de considérer cette période avec un recul suffisant, je ne regrette pas, somme toute, de l'avoir vécue. Bien sûr, je voudrais avoir pu servir le gouvernement espagnol un peu plus efficacement ; mais d'un point de vue personnel — du point de vue de ma propre évolution — ces trois ou quatre premiers mois passés sur le front furent moins inutiles que je ne le crus alors. Ils formèrent dans ma vie une sorte d'interrègne, entièrement différent de tout ce qui avait précédé et peut-être de tout ce qui est à venir, et ils m'ont appris des choses que je n'aurais pu apprendre d'aucune autre manière.

Le point capital, c'est le fait d'avoir été tout ce temps-là isolé — car au front l'on était presque complètement isolé du reste du monde : même de ce qui se passait à Barcelone l'on ne pouvait avoir qu'une vague idée — et parmi des gens que l'on pouvait, en gros mais sans trop se tromper, qualifier de révolutionnaires. Et ceci tenait au système des milices qui, sur le front d'Aragon, ne subit aucune modification fondamentale jusqu'en juin 1937. Les milices ouvrières, du fait qu'elles étaient levées sur la base des syndicats et composées, chacune, d'hommes ayant à peu de chose près les mêmes opinions politiques, eurent pour conséquence de canaliser vers une seule même portion du territoire tout ce que le pays comptait de sentiments les plus révolutionnaires. J'étais tombé plus ou moins par hasard dans la seule communauté de quelque importance de l'Europe occidentale où la conscience de classe et le refus d'avoir confiance dans le capitalisme fussent des attitudes plus courantes que leurs contraires. Ici sur ces hauteurs, en

Aragon, l'on se trouvait parmi des dizaines de milliers d'hommes, pour la plupart, mais non tous cependant, d'origine prolétarienne, vivant tous sur le même plan, mêlés sur un pied d'égalité. En théorie c'était l'égalité absolue, et dans la pratique même il s'en fallait de peu. En un sens il serait conforme à la vérité de dire qu'on faisait là l'expérience d'un avant-goût de socialisme, et j'entends par là que l'état d'esprit qui régnait était celui du socialisme. Un grand nombre des mobiles normaux de la vie civilisée — affectation, thésaurisation, crainte du patron, etc. — avaient absolument cessé d'exister. L'habituelle division en classes de la société avait disparu dans une mesure telle que c'était chose presque impossible à concevoir dans l'atmosphère corrompue par l'argent de l'Angleterre ; il n'y avait là que les paysans et nous, et nul ne reconnaissait personne pour son maître. Bien entendu, un tel état de choses ne pouvait durer. Ce fut seulement une phase temporaire et locale dans la gigantesque partie qui est en train de se jouer sur toute la surface de la terre. Mais elle dura suffisamment pour avoir une action sur tous ceux qui la vécurent. Sur le moment, nous pûmes bien jurer et sacrer violemment, mais nous nous rendîmes compte après coup que nous avions pris contact avec quelque chose de singulier et de précieux. Nous avions fait partie d'une communauté où l'espoir était plus normal que l'indifférence et le scepticisme, où le mot « camarade » signifiait camaraderie et non, comme dans la plupart des pays, connivence pour faire des blagues. Nous avions respiré l'air de l'égalité. Je n'ignore pas qu'il est de mode, aujourd'hui, de nier que le socialisme ait rien à voir avec l'égalité. Dans tous les pays du monde une immense tribu d'écrivassiers de parti et de petits professeurs d'Université papelards sont occupés à « prouver » que le socialisme ne signifie rien de plus qu'un capitalisme d'Etat plus planifié et qui conserve entièrement sa place comme mobile à la rapacité. Mais heureusement il existe aussi une façon d'imaginer le socialisme tout à fait différente de celle-là. Ce qui attire le commun des hommes au socialisme, ce qui fait qu'ils sont disposés à risquer leur peau pour lui, la « mystique » du socialisme, c'est l'idée d'égalité ; pour l'immense majorité des gens, le socialisme signifie une société sans classes, ou il ne signifie rien du tout. Et c'est à cet égard que ces quelques mois passés dans les milices ont été pour moi d'un grand prix. Car les milices espagnoles, tant qu'elles existèrent, furent une sorte de microcosme d'une société sans classes.

Cette communauté où personne ne poursuivait un but intéressé, où il y avait pénurie de tout, mais nul privilège et où personne ne léchait les bottes à quelqu'un, était comme une anticipation sommaire qui permettait d'imaginer à quoi pourraient ressembler les premiers temps du socialisme. Et, somme toute, au lieu d'être désillusionné, j'étais profondément attiré. Et cela eut pour résultat de rendre mon désir de voir établi le socialisme beaucoup plus réel qu'il n'était auparavant. En partie, peut-être, cela vint de ce que j'eus la chance d'être parmi des Espagnols qui, avec leur décence innée et cette pointe d'anarchisme toujours présente en eux, rendraient même les débuts du socialisme supportables, si l'occasion leur en était donnée.

Naturellement à l'époque j'avais à peine conscience des changements qui s'opéraient dans mon propre esprit. Comme chacun autour de moi, j'avais conscience surtout de l'ennemi, de la chaleur, du froid, de la saleté, des poux, des privations et du danger de temps à autre. Il en est tout autrement aujourd'hui. A cette période qui me paraissait alors si vaine et sans événement, j'attache à présent une grande importance. Elle diffère tellement de tout le reste de ma vie que déjà elle a revêtu ce caractère enchanté qui n'appartient, d'ordinaire, qu'aux souvenirs plus anciens. C'était, sur le moment, une sale histoire à vivre, mais mon esprit y trouve à présent beaucoup à brouter. Puissé-je vous avoir fait comprendre l'atmosphère de ce temps ! J'espère y être parvenu, un peu, dans les premiers chapitres de ce livre. Elle est toute liée dans mon esprit au froid de l'hiver, aux uniformes en loques des miliciens, aux visages ovales des Espagnols, au tapotement de morse des mitrailleuses, aux relents d'urine et de pain moisi, au goût d'étain des ragoûts de fèves versés dans des gamelles non lavées et engloutis à la hâte.

Tout de cette période est demeuré dans mon souvenir avec une netteté singulière. Je revis par la pensée des incidents qui pouvaient paraître trop insignifiants pour valoir la peine qu'on s'en souvînt. Me revoici dans la cagna du Monte Pocero, sur la saillie de calcaire qui me tenait lieu de lit, et le jeune Ramón, son nez aplati entre mes omoplates, ronfle. Je remonte en trébuchant la tranchée fangeuse, à travers le brouillard qui enroule autour de moi ses tourbillons de vapeur froide. J'escalade une crevasse à flanc de montagne et, arrivé à mi-hauteur, tout en tâchant de ne pas perdre l'équilibre, je déploie tous mes efforts pour arracher de terre une racine de romarin sauvage. Cependant que là-haut, par-dessus ma tête, sifflent quelques balles perdues. Je suis couché par terre, caché au milieu de petits sapins en contrebas et à l'ouest du Monte Oscuro, en compagnie de Kopp, de Bob Edwards et de trois Espagnols. Des fascistes sont en train de gravir à la file, comme des fourmis, la hauteur grise, dénudée, qui se trouve sur notre droite. De tout près en face de nous, venant des lignes fascistes, une sonnerie de clairon retentit. Kopp capte mon regard et, d'un geste d'écolier, fait un pied de nez au son. Je suis dans la cour souillée de La Granja, parmi la foule des hommes qui se bousculent, leur gamelle d'étain à la main, autour du chaudron de ragoût. Le gros cuistot harassé les écarte avec la louche. A une table, tout près, un homme barbu, porteur d'un énorme pistolet automatique attaché par une courroie au ceinturon, coupe les pains en cinq morceaux. Derrière moi une voix à l'accent faubourien de Londres (la voix de Bill Chambers avec qui je me suis querellé amèrement et qui fut par la suite tué à l'extérieur de Huesca) chante :

Il y a des rats, des rats,
Des rats aussi gros que des chats,
Dans le...

Un obus arrive avec un sifflement déchirant. Des enfants de quinze ans se jettent visage contre terre. Le cuistot disparaît derrière le chaudron. Chacun se relève l'air penaud, tandis que l'obus plonge et éclate cent mètres plus loin. Je fais les cent pas le long du cordon de sentinelles dissimulées sous les rameaux sombres des peupliers. Dans le fossé extérieur débordant, les rats barbotent en faisant autant de bruit que des loutres. Alors que commencent à poindre derrière nous les premières lueurs jaunes d'or de l'aurore, la sentinelle andalouse, emmitouflée dans sa capote, se met à chanter. Et on peut entendre par-delà le *no man's land,* à cent ou deux cents mètres de nous, la sentinelle fasciste chanter aussi.

Le 25 avril, après les *mañana* d'usage, une autre section vint nous relever ; nous leur remîmes nos fusils, pliâmes bagage et reprîmes le chemin du retour vers Monflorite. Je n'étais point fâché de quitter le front. Les poux parvenaient à se multiplier dans mon pantalon plus vite que je ne parvenais, moi, à les massacrer ; en outre, depuis plus d'un mois je n'avais plus de chaussettes et il restait très peu de semelles à mes bottes, si bien que je marchais à peu près nu-pieds. Je désirais un bain chaud, des vêtements propres et une nuit entre des draps, avec plus de passion qu'on n'en peut apporter à désirer quoi que ce soit si l'on a mené une vie normale de civilisé. Nous dormîmes quelques heures dans une grange à Monflorite, grimpâmes dans un camion au petit jour, attrapâmes le train de cinq heures à Barbastro et — ayant eu la chance d'avoir la correspondance à Lérida avec un train plus rapide — nous arrivâmes à Barcelone vers trois heures de l'après-midi, le 26. Et après cela les choses commencèrent à se gâter.

VIII

De Mandalay, en Haute-Birmanie, on peut aller par train à Maymyo, la principale station de montagne de la province, au bord du plateau de Chan. C'est une drôle d'expérience. On est, au départ, dans l'atmosphère caractéristique d'une ville orientale — soleil ardent, palmiers poussiéreux, odeurs de poisson, d'épices et d'ail, fruits mous et humides des tropiques, pullulement d'êtres humains aux visages basanés — et l'on est tellement accoutumé à cette atmosphère qu'on l'emporte avec soi tout entière, pour ainsi dire, dans le compartiment de chemin de fer. Mentalement on est encore à Mandalay quand le train s'arrête à Maymyo, à quatre mille pieds au-dessus du niveau de la mer. Or voici qu'en descendant du train, on entre de plain-pied dans un univers différent. Subitement l'on respire un air frais et pur qui pourrait être celui de l'Angleterre, et partout autour de soi on voit de l'herbe verte, des fougères, des sapins, et des montagnardes aux joues roses qui vendent des paniers de fraises.

Mon retour à Barcelone, après trois mois et demi de front, me rappela cela. Ce fut le même brusque et saisissant changement d'atmosphère. Dans le train, durant tout le trajet jusqu'à Barcelone, l'atmosphère du front persista ; faite de saleté, de vacarme, d'inconfort, de vêtements en loques, de privations, de camaraderie et d'égalité. Le train, déjà rempli de miliciens au départ de Barbastro, fut envahi à chaque arrêt par toujours plus de paysans ; des paysans encombrés de bottes de légumes, de volailles terrifiées qu'ils transportaient tête en bas, et de sacs qui, sur le sol, décrivaient des boucles et se tortillaient et qu'on découvrit pleins de lapins vivants — et, pour finir, d'un très important troupeau de moutons qu'on enfourna dans les compartiments en coinçant les bêtes dans tous les espaces vides. Les miliciens s'égosillaient à chanter des chants révolutionnaires qui couvraient le ferraillement du train, et ils envoyaient des baisers ou agitaient des mouchoirs rouge et noir chaque fois qu'ils voyaient une jolie fille le long de la voie ferrée. Des bouteilles de vin et d'anis, l'infecte liqueur aragonaise, circulaient de main en main. Les outres espagnoles en peau de bouc permettaient de faire gicler un jet de vin droit dans la bouche de son ami d'un bout à l'autre d'un compartiment de chemin de fer, ce qui épargnait beaucoup de dérangement. A côté de moi un gars de quinze ans, aux yeux noirs, faisait des récits sensationnels et, j'en jurerais, complètement faux, de ses propres exploits sur le front à deux vieux paysans aux visages parcheminés qui l'écoutaient bouche bée. Bientôt les paysans défirent leurs paquets et nous offrirent un vin violacé et gluant. Nous étions tous profondément heureux, plus heureux que je ne puis l'exprimer. Mais lorsque le train, après avoir traversé Sabadell, roula dans Barcelone, nous nous trouvâmes soudain dans une atmosphère qui nous était, à nous et à ceux de notre sorte, à peine moins étrangère et hostile que si c'eût été Paris ou Londres.

Tous ceux qui firent deux voyages, à quelques mois d'intervalle, à Barcelone durant la guerre ont fait la remarque qu'il s'y était opéré d'extraordinaires changements. Et, chose curieuse, qu'ils y fussent venus d'abord en août et de nouveau en janvier, ou, comme moi, en décembre, puis en avril, ce fut la même constatation qui s'imposa à eux : à savoir, que l'atmosphère révolutionnaire avait disparu. A quiconque s'était trouvé là en août, alors que le sang était à peine sec dans les rues et que les milices étaient logées dans les hôtels de premier ordre, Barcelone en décembre ne pouvait que paraître « bourgeoise » ; à moi, nouvellement arrivé d'Angleterre, elle faisait l'effet d'une ville prolétarienne et dépassant même, à cet égard, tout ce que j'avais imaginé possible. A présent les choses étaient revenues en arrière. Barcelone était à nouveau une ville ordinaire, un peu dans la gêne et un peu éraflée par la guerre, mais sans nul signe extérieur de la prédominance de la classe ouvrière.

Le changement d'aspect des foules était saisissant. L'uniforme des milices et les salopettes bleues avaient presque disparu ; tout le monde semblait porter les élégants complets d'été qui sont la spécialité des tailleurs espagnols. On voyait partout des hommes gras à l'air florissant, des femmes habillées avec recherche et des automobiles luisantes. (Il me parut qu'il n'y en avait toujours pas de privées ; néanmoins il suffisait, semblait-il, d'être une personnalité marquante pour avoir à sa disposition une automobile.) La ville regorgeait d'officiers de l'armée populaire récemment créée, type d'homme qui commençait à peine d'exister à l'époque où j'avais quitté Barcelone. L'armée populaire comptait un officier pour dix hommes. Un certain nombre de ces officiers avaient servi dans les milices et avaient été rappelés du front pour recevoir une instruction technique, mais la majorité d'entre eux étaient des jeunes gens qui avaient mieux aimé aller à l'Ecole de guerre que s'engager dans les milices. Ils n'avaient pas avec leurs hommes des rapports tout à fait du genre de ceux qui existent dans une armée bourgeoise, mais il y avait une nette différence sociale, qui se traduisait par une différence de solde et d'uniforme. Les hommes portaient une sorte de grossière salopette brune, les officiers un élégant uniforme kaki, cintré comme l'uniforme d'officier de l'armée britannique, mais avec plus d'exagération. Je ne pense pas qu'il y en eût parmi eux plus d'un sur vingt qui eût déjà été au front ; n'empêche que tous portaient, attaché par une courroie au ceinturon, un pistolet automatique ; nous, au front, nous ne pouvions à aucun prix nous en procurer. Tandis que nous fendions la foule en remontant la rue, je m'aperçus que les gens braquaient les yeux sur nos dehors crasseux. Bien sûr, comme tous les hommes qui ont passé plusieurs mois au front, nous n'étions pas beaux à voir. Je ressemblais, je m'en rendais compte, à un épouvantail. Ma veste de cuir était en lambeaux, ma casquette de laine n'avait plus de forme et me glissait continuellement sur l'œil, de mes bottes il ne restait plus guère que les empeignes distendues. Et nous étions tous plus ou moins dans cet état, et par surcroît sales et pas rasés ; il n'y avait donc rien d'étonnant à ce que les gens écarquillassent les yeux. Mais j'en étais un peu démonté, et cela me fit sentir qu'il avait dû se passer un certain nombre de choses singulières au cours des trois derniers mois.

Durant les quelques jours suivants, je vis à d'innombrables indices que ma première impression n'avait pas été fausse. Un profond changement s'était produit. Deux faits donnaient le ton à tout le reste. D'une part, les gens — la population civile — ne s'intéressaient plus beaucoup à la guerre ; d'autre part, l'habituelle division de la société en riches et en pauvres, en classe supérieure et classe inférieure, s'affirmait de nouveau.

L'indifférence générale à l'égard de la guerre était de nature à surprendre et à écœurer passablement. Elle scandalisait ceux qui arrivaient à Barcelone, venant de Madrid ou même de Valence. En partie elle tenait à ce que Barcelone était éloignée du véritable champ de bataille ; j'ai remarqué un mois plus tard qu'il en allait de même à Tarragone, où la vie d'une plage à la mode continuait à peu près telle qu'en temps ordinaire. Mais il était significatif que par toute l'Espagne l'engagement volontaire fût en baisse depuis janvier environ. En Catalogne, en février, la première grande campagne de propagande pour l'armée populaire avait soulevé une vague d'enthousiasme, mais sans beaucoup accroître le recrutement. On n'était en guerre que depuis quelque six mois lorsque le gouvernement fut obligé de recourir à la conscription, chose qui n'a rien de surprenant dans une guerre avec l'étranger, mais qui paraît une anomalie dans une guerre civile. Sans aucun doute cela tenait à ce que les espoirs révolutionnaires par lesquels la guerre avait commencé avaient été déçus. Si les membres des syndicats, qui se constituèrent en milices et repoussèrent les fascistes jusqu'à Saragosse dans les quelques premières semaines de la guerre, s'étaient comportés ainsi, c'était dans une large mesure parce qu'ils croyaient se battre pour la prise du pouvoir par la classe ouvrière ; mais il devenait de plus en plus évident que la prise du pouvoir par la classe ouvrière était une cause perdue, et l'on ne pouvait blâmer la masse du peuple, et particulièrement le prolétariat des villes (à qui incombe, dans toute guerre, civile ou étrangère, de fournir les hommes de troupe) de faire montre d'une certaine indifférence. Personne ne souhaitait perdre la guerre, mais à la majorité des gens, il tardait surtout qu'elle fût finie. On sentait cela où qu'on allât. Partout on était accueilli par la même remarque de pure forme : « Ah ! cette guerre... c'est affreux, n'est-ce pas ? Quand donc finira-t-elle ? » Les gens politiquement conscients, eux, étaient infiniment plus au courant de la guerre d'extermination réciproque entre anarchistes et communistes que du combat contre Franco. Pour la masse du peuple, la disette était le plus important. « Le front », on en était venu à y penser comme à un lointain lieu mythique où les jeunes hommes disparaissaient et d'où, ou bien ils ne revenaient pas, ou bien ils revenaient au bout de trois ou quatre mois, de l'argent plein les poches. (Un milicien recevait habituellement l'arriéré de solde au moment où il partait en permission.) On n'avait pas d'égards particuliers pour les blessés, même pour ceux qui sautillaient en s'aidant de béquilles. Ce n'était plus à la mode d'être dans les milices. Les magasins, qui sont toujours les baromètres du goût public, le dénotaient clairement. Lors de mon premier passage à Barcelone, ils étaient, certes, pauvres et minables, mais s'étaient spécialisés dans l'équipement des miliciens. Bonnets de police, blousons à fermeture Eclair, ceinturons et baudriers, couteaux de chasse, bidons, étuis à revolver étaient en montre à toutes les devantures. A présent les magasins avaient, de façon marquée, plus de chic, mais la guerre avait été reléguée au second plan. Comme je m'en rendis compte un peu plus tard, en achetant mon fourniment avant de repartir au front, il était très difficile de se procurer certaines des choses dont on avait diablement besoin au front.

Pendant ce temps-là se poursuivait une propagande systématique contre les milices de parti et en faveur de l'armée populaire. La situation était ici plutôt singulière. Depuis février, toutes les forces armées avaient, théoriquement, été incorporées à l'armée populaire et les milices étaient, sur le papier, réorganisées sur le principe de l'armée populaire, avec échelle différentielle de soldes, nomination officielle aux grades en passant par les cadres, etc. Les divisions étaient formées de « brigades mixtes » qui étaient censées se composer en partie de troupes de l'armée populaire et en partie de milices. Mais les seuls changements qui avaient été effectivement opérés étaient des changements de noms. Par exemple, les troupes du P.O.U.M., qu'on appelait auparavant la division Lénine, devenaient à présent la 29ᵉ division. Comme, jusqu'en juin, très peu de troupes de l'armée populaire gagnèrent le front d'Aragon, les milices purent conserver leur structure distincte et leur caractère particulier. Mais sur tous les murs les agents du gouvernement avaient peint au pochoir : « Il nous faut une armée populaire », et à la radio et dans la presse communiste on ne cessait de brocarder, et parfois de façon très venimeuse, les milices, qu'on représentait comme mal aguerries, indisciplinées, etc. ; l'armée populaire, elle, était toujours dépeinte comme étant « héroïque ». On eût dit, à en croire presque toute cette propagande, qu'il y avait quelque chose de déshonorant à être parti au front comme volontaire et quelque chose de louable à avoir attendu d'être enrôlé par la conscription. N'empêche que pendant tout ce temps c'étaient les milices qui tenaient le front, cependant que l'armée populaire s'aguerrissait à l'arrière, mais c'était là un fait dont les journaux étaient tenus de parler le moins possible. On ne faisait plus défiler dans les rues de la ville, tambours battants et drapeaux déployés, les détachements de milices retournant au front. On les escamotait en les faisant partir furtivement, par train ou par camions, à cinq heures du matin. Dans le même moment, on commençait à envoyer au front quelques rares détachements de l'armée populaire ; et eux, comme nous naguère, étaient promenés à travers toute la ville en grande pompe ; mais même eux, par suite de l'attiédissement général de l'intérêt pris à la guerre, étaient accueillis avec relativement peu d'enthousiasme. Le fait que les troupes des milices étaient également, sur le papier, troupes de l'armée populaire, était habilement exploité dans la propagande par la presse. Rien de louable n'arrivait qui ne fût automatiquement porté à l'actif de l'armée populaire, tandis que toute faute, c'était aux milices qu'on la faisait endosser. Il arriva parfois à une même troupe de recevoir des félicitations en sa qualité d'unité de l'armée populaire et des reproches en sa qualité d'unité des milices.

Mais, en dehors de cela, il y avait un changement saisissant dans l'atmosphère sociale — ce qu'il est difficile de comprendre si l'on n'a pas soi-même vécu tout cela. Lorsque j'étais arrivé pour la première fois à Barcelone, j'avais cru que c'était une ville où il n'existait guère de distinctions de classe ni de grandes différences de richesse. C'était bien, en tout cas, ce qu'elle avait l'air d'être. Les vêtements « chics » y étaient devenus une exception, personne ne faisait de courbettes ni n'acceptait de pourboire ; les garçons de restaurant, les bouquetières, les cireurs de bottes vous regardaient bien en face et vous appelaient « camarade ». Je n'avais pas saisi qu'il y avait là surtout un mélange d'espoir et de camouflage. La classe ouvrière croyait en une révolution qui avait été commencée mais jamais consolidée, et les bourgeois étaient apeurés et se travestissaient momentanément en ouvriers. Dans les premiers mois de la révolution, il doit bien y avoir eu plusieurs milliers de personnes qui, de propos délibéré, revêtirent des salopettes et clamèrent les mots d'ordre révolutionnaires, histoire de sauver leur peau. A présent, tout revenait à l'état normal. Les restaurants et les hôtels élégants étaient remplis de gens riches qui dévoraient des repas coûtant cher, tandis que la population ouvrière se trouvait devant une hausse considérable du prix des denrées alimentaires, sans recevoir aucune augmentation de salaire y correspondant. En plus de la cherté de tout, il y avait périodiquement pénurie de ceci ou de cela, ce dont, naturellement, le pauvre souffrait toujours plus que le riche. Les restaurants et les hôtels semblaient n'avoir guère de difficulté à se procurer tout ce qu'ils voulaient ; mais, dans les quartiers ouvriers, les queues pour le pain, l'huile d'olive et les autres choses de première nécessité étaient longues de plusieurs centaines de mètres. Naguère, dans Barcelone, j'avais été frappé par l'absence de mendiants ; ils étaient légion à présent. A la porte des charcuteries, en haut des Ramblas, on voyait continuellement des bandes d'enfants pieds nus qui restaient là à attendre que quelqu'un sortît, et alors ils se pressaient autour en demandant à grands cris des bribes de nourriture. En parlant, on n'employait plus les formules « révolutionnaires ». Il était rare, à présent, d'être tutoyé et appelé « camarade » par des inconnus ; l'habitude était revenue de dire *Señor* et *Usted*. *Buenos días* commençait à remplacer *Salud*. Les garçons de restaurant avaient réintégré leurs chemises empesées, et les chefs de rayon courbaient l'échine comme à l'accoutumée. Nous entrâmes, ma femme et moi, dans une bonneterie sur les Ramblas, pour acheter quelques paires de bas. Le vendeur s'inclina en se frottant les mains, de ce geste qui leur était habituel il y a vingt ou trente ans, mais qu'on ne leur voit plus faire de nos jours, même en Angleterre. De façon détournée et à la dérobée, on en revenait à l'usage du pourboire. L'ordre avait été donné aux patrouilles d'ouvriers de se dissoudre, et de nouveau l'on voyait dans les rues les forces de police d'avant-guerre. Il en résultait, entre autres choses, que les music-halls et les bordels de première classe, dont beaucoup avaient été fermés par les patrouilles d'ouvriers, avaient immédiatement rouvert*. Ce qui se passait

* Les patrouilles d'ouvriers auraient, dit-on, fait fermer 75 % des bordels.

à propos du manque de tabac offrait un exemple de peu d'importance mais significatif de la manière dont tout était à présent orienté pour avantager les classes riches. Pour la masse du peuple il était si impossible de se procurer du tabac que l'on vendait dans les rues des cigarettes bourrées de lamelles de bois de réglisse. J'en ai fait l'essai, une seule fois. (Beaucoup de gens en faisaient l'essai une fois, mais pas deux.) Franco occupait les Canaries, où est cultivé tout le tabac espagnol. Donc, du côté gouvernemental, on ne disposait plus que des stocks de tabac existant avant la guerre. Ils s'écoulaient si rapidement que les débits de tabac n'ouvraient plus qu'une fois par semaine ; après avoir fait la queue pendant deux bonnes heures, on pouvait, si l'on avait de la chance, arriver à obtenir un paquet de tabac de trois quarts d'once*. En principe le gouvernement interdisait l'achat de tabac à l'étranger, parce que c'était diminuer les réserves d'or, qu'il fallait absolument garder pour les achats d'armes et de choses de première nécessité. Dans la pratique il y avait une fourniture régulière de cigarettes étrangères de contrebande des marques les plus chères, des Lucky Strike par exemple, qui offraient aux mercantis une occasion magnifique de bénéfices excessifs. On pouvait acheter les cigarettes de contrebande au vu et au su de tous dans les hôtels chics et à peine moins ouvertement dans les rues, à condition de pouvoir payer un paquet dix pesetas (un jour de solde de milicien). La contrebande se faisant à l'intention des gens riches, on fermait les yeux sur elle. Si vous aviez suffisamment d'argent, il n'y avait rien que vous ne pussiez vous procurer en n'importe quelle quantité, à l'exception parfois du pain qui était rationné de façon assez stricte. Cette exposition au grand jour du contraste de la richesse et de la pauvreté eût été

* Une once égale 28,35 g.

impossible quelques mois auparavant, lorsque la classe ouvrière était encore, ou semblait être, au pouvoir. Mais ce serait manquer à l'impartialité que d'imputer cela uniquement au fait que le pouvoir politique était passé en d'autres mains. Cela tenait aussi en partie à la sécurité dans laquelle on vivait à Barcelone, où il n'y avait presque rien, à part un raid aérien de temps à autre, pour faire penser à la guerre. Tous ceux qui s'étaient trouvés à Madrid disaient que là-bas il en allait tout autrement. A Madrid, le danger commun contraignait les gens de presque toutes catégories à un certain sentiment de camaraderie. Un homme, l'air bien nourri, en train de manger des cailles tandis que des enfants mendient du pain est un spectacle révoltant, mais vous avez moins de chances de voir cela en un endroit où l'on entend tonner le canon.

Un jour ou deux après les combats de rues, je me rappelle être passé dans l'une des plus belles rues et de m'être trouvé devant une confiserie dont la devanture était pleine de pâtisseries et de bonbons de la qualité la plus raffinée, à des prix renversants. Un magasin dans le genre de ceux que l'on voit dans Bond Street ou rue de la Paix. Et je me souviens d'avoir éprouvé un sentiment de vague horreur et de stupéfaction en voyant qu'on pouvait encore gaspiller l'argent à de telles choses dans un pays frappé par la guerre et affamé. Mais Dieu me préserve d'affecter, pour ma part, une quelconque supériorité ! Après avoir manqué de confort durant plusieurs mois, j'avais un désir vorace de nourriture convenable et de vin, de cocktails, de cigarettes américaines, et le reste, et j'avoue m'en être mis jusque-là de toutes les superfluités agréables que j'eus les moyens de me payer. Durant cette première semaine, avant que le peuple ne descendît dans la rue, j'eus plusieurs préoccupations qui agissaient l'une sur l'autre de façon curieuse. En premier lieu, comme je l'ai dit, j'étais occupé à me rendre la vie le plus agréable possible. En second lieu, à trop manger et trop boire, ma santé s'en trouva toute cette semaine-là quelque peu dérangée. Je me sentais patraque, me mettais au lit pour une demi-journée, me levais, refaisais un repas trop copieux, et me sentais de nouveau malade. D'autre part, j'étais en pourparlers, clandestinement, pour acheter un revolver. J'avais grande envie d'un revolver — dans une guerre de tranchées il est beaucoup plus utile d'avoir un revolver qu'un fusil — mais il était très difficile de s'en procurer. Le gouvernement en distribuait aux agents de police et aux officiers de l'armée populaire, mais se refusait à en livrer aux milices ; on ne pouvait en acheter, illégalement, que dans les magasins clandestins des anarchistes. Après toutes sortes de façons et d'embarras, un ami anarchiste s'arrangea pour me faire avoir un tout petit pistolet automatique, une bien mauvaise arme, inutilisable à plus de cinq mètres ; mais ça valait mieux que rien du tout. Et, en plus de tout cela, je prenais des mesures préparatoires pour quitter les milices du P.O.U.M. et entrer dans quelque autre unité où je recevrais l'assurance d'être envoyé sur le front de Madrid.

J'avais dit à tout le monde, depuis longtemps déjà, que j'allais quitter le P.O.U.M. Si je n'avais tenu compte que de mes préférences personnelles, j'eusse choisi de rejoindre les anarchistes. Devenir membre de la C.N.T. permettait d'entrer dans les milices de la F.A.I., mais on m'avait dit qu'il était plus probable que la F.A.I. m'envoyât à Teruel qu'à Madrid. Si je voulais aller à Madrid, c'était dans les Brigades internationales qu'il me fallait entrer, et pour cela j'avais à obtenir la recommandation d'un membre du parti communiste. Je dénichai un ami communiste qui faisait partie du service de santé espagnol, et je lui expliquai mon cas. Il parut très désireux de faire de moi une recrue et me demanda de persuader, si possible, quelques-uns des autres Anglais I.L.P. de me suivre. Si j'avais été en meilleure santé, il est probable que j'aurais donné mon adhésion séance tenante. Il est difficile de dire aujourd'hui quelle différence cela eût fait. J'eusse très bien pu être envoyé à Albacete avant le déclenchement des troubles de Barcelone ; dans ce cas, n'ayant pas vu de près les combats de rues, j'en aurais peut-être tenu la version officielle pour véridique. Par ailleurs, si j'avais été à Barcelone, durant les troubles, sous les ordres des communistes mais n'en conservant pas moins un sentiment personnel de loyalisme à l'égard de mes camarades du P.O.U.M., je me serais trouvé dans une impasse. Mais j'avais droit à encore une semaine de permission et j'avais le plus vif désir de rétablir ma santé avant de retourner au front. Et puis — un détail du genre de ceux qui décident toujours d'une destinée — il me fallait attendre que le bottier ait pu me fabriquer une paire neuve de chaussures de marche. (L'armée espagnole tout entière n'ayant pu arriver à m'en présenter d'une pointure assez grande pour m'aller.) Je répondis donc à mon ami communiste que je remettais à un peu plus tard de prendre des dispositions définitives. En attendant j'avais besoin de repos. Je m'étais même mis en tête d'aller avec ma femme passer deux ou trois jours au bord de la mer. En voilà une idée ! Comme s'il ne suffisait pas de l'atmosphère politique pour me faire comprendre que ce n'était pas chose faisable par le temps qui courait !

Car sous l'aspect extérieur de la ville, sous ses dehors contrastés de luxe et de pauvreté grandissante, et sous l'apparente gaieté de ses rues, avec leurs étalages de fleurs, le bariolage de leurs drapeaux et des affiches de propagande, et leur animation, couvait un affreux sentiment de rivalité et de haine politiques. Il n'y avait pas à s'y méprendre.

Des gens de toutes nuances disaient, envahis par un mauvais pressentiment : « Il ne va pas tarder à y avoir de la casse. » Le danger était patent et facile à comprendre. Il résidait dans l'antagonisme entre ceux qui voulaient faire progresser la révolution et ceux qui voulaient l'enrayer ou l'empêcher — autrement dit, dans l'antagonisme entre anarchistes et communistes. Politiquement, il n'y avait plus à présent d'autre pouvoir que celui du P.S.U.C. et de ses alliés libéraux. Mais en face de ce pouvoir il y avait la force irrésolue des membres de la C.N.T., moins bien armés et sachant moins bien ce qu'ils voulaient que leurs adversaires, mais puissants par leur nombre et par leur prédominance dans plusieurs industries-clefs. Avec une telle démarcation des forces, il était fatal qu'il y eût conflit. Du point de vue des membres de la Généralité soumise à l'influence dirigeante du P.S.U.C., la première chose à faire, nécessairement, pour consolider leur position, c'était de désarmer les ouvriers de la C.N.T. Comme je l'ai déjà fait observer, la mesure prise pour dissoudre les milices de partis était au fond une manœuvre à cette fin. Simultanément on avait remis en activité les forces de police armées d'avant-guerre, gardes civils et autres, et on était en train de les renforcer et de les armer puissamment. Cela ne pouvait avoir qu'une seule signification. Les gardes civils, en particulier, étaient une force de gendarmerie du type européen courant qui, depuis bientôt un siècle, avaient servi de gardes du corps à la classe possédante. Sur ces entrefaites, on avait rendu un arrêt selon lequel toutes les armes détenues par des particuliers devraient être livrées. Naturellement cet ordre était resté lettre morte ; il était clair qu'on ne pourrait prendre leurs armes aux anarchistes que par la force. Pendant tout ce temps le bruit courait, toujours de façon vague et contradictoire par suite de la censure des journaux, qu'un peu partout en

Catalogne des petits conflits éclataient. En plusieurs endroits les forces de police armées avaient attaqué les forteresses des anarchistes. A Puigcerdá, à la frontière française, on envoya une troupe de carabiniers s'emparer du bureau de la douane, sur lequel les anarchistes avaient eu jusque-là la haute main, et Antonio Martín, un anarchiste connu, fut tué. Des incidents analogues s'étaient produits à Figueras et, je crois, à Tarragone. Dans Barcelone, il y avait eu, à en croire des renseignements officieux, une série de bagarres dans les faubourgs ouvriers. Des membres de la C.N.T. et de l'U.G.T. depuis quelque temps s'entre-assassinaient ; à plusieurs reprises les meurtres avaient été suivis de funérailles colossales, provocantes, organisées dans l'intention bien délibérée d'attiser les haines politiques. Peu de temps auparavant, un membre de la C.N.T. avait été assassiné, et c'est par centaines de mille que la C.N.T. avait suivi son enterrement. A la fin d'avril, juste au moment de mon arrivée à Barcelone, Roldan Cortada, membre éminent de l'U.G.T., fut assassiné, probablement par quelqu'un de la C.N.T. Le gouvernement donna l'ordre à tous les magasins de fermer et organisa un immense cortège funèbre, formé en grande partie des troupes de l'armée populaire, qui, en un point donné, mit deux heures à défiler. De la fenêtre de l'hôtel je le regardai passer sans enthousiasme. Il sautait aux yeux que ces prétendues funérailles étaient tout bonnement un déploiement de forces ; il suffirait d'un rien pour qu'il y ait effusion de sang. Cette même nuit nous fûmes réveillés, ma femme et moi, par le bruit d'une fusillade venant de la place de Catalogne, à cent ou deux cents mètres de là. Nous apprîmes le lendemain que c'était un membre de la C.N.T. qui avait été supprimé, probablement par quelqu'un de l'U.G.T. Bien entendu, il était tout à fait possible que tous ces meurtres eussent été commis par des agents provocateurs. On peut aussitôt apprécier l'attitude de la presse capitaliste étrangère en face des dissensions communo-anarchistes en remarquant qu'elle fit du tapage autour du meurtre de Roldan Cortada, mais passa sous silence le meurtre en réponse.

Le 1er mai approchait et il était question d'une manifestation monstre à laquelle prendraient part à la fois la C.N.T. et l'U.G.T. Les leaders de la C.N.T., plus modérés que beaucoup de leurs sectateurs, travaillaient depuis longtemps en vue d'une réconciliation avec l'U.G.T. ; c'était même le mot d'ordre de leur politique que d'essayer de former un seul grand bloc des deux centrales syndicales. L'idée était de faire défiler ensemble la C.N.T. et l'U.G.T., qui feraient ainsi montre de leur solidarité. Mais au dernier moment la manifestation fut décommandée. Il était trop évident qu'elle n'amènerait que des bagarres. C'est ainsi qu'il ne se passa rien le 1er mai. Quel drôle d'état de choses ! Barcelone, la ville soi-disant révolutionnaire par excellence, fut probablement la seule ville de l'Europe non-fasciste où il n'y eut pas de commémorations ce jour-là. Mais j'avoue que j'en fus plutôt soulagé. On pensait que le contingent de l'I.L.P. allait devoir marcher, dans le cortège, avec le groupe du P.O.U.M., et tout le monde s'attendait à de la casse. C'était bien la dernière chose à laquelle j'aspirais que d'être mêlé à quelque absurde combat de rues ! Etre en train de défiler derrière des drapeaux rouges sur lesquels sont inscrits des mots d'ordre exaltants, et être descendu par quelqu'un de totalement inconnu qui vous tire dessus au fusil-mitrailleur d'une fenêtre d'un dernier étage — non, décidément, ça n'est pas ma conception d'une façon utile de mourir.

IX

Vers midi, le 3 mai, un ami qui traversait le hall de l'hôtel me dit en passant : « Il y a eu une espèce d'émeute au bureau central des téléphones, à ce que j'ai entendu dire. » Je ne sais pourquoi, sur le moment, je ne prêtai pas attention à ces mots.

Cet après-midi-là, entre trois et quatre, j'avais descendu la moitié des Ramblas lorsque j'entendis plusieurs coups de feu derrière moi. Je fis demi-tour et vis quelques jeunes gens, le fusil à la main et, au cou, le foulard rouge et noir des anarchistes, se faufiler dans une rue transversale qui partait des Ramblas vers le nord. Ils étaient manifestement en train d'échanger des coups de feu avec quelqu'un posté dans une haute tour octogonale — une église, je pense — qui commandait la rue transversale. Je pensai instantanément : « Ça y est, ça commence ! » Mais je n'éprouvai pas grande surprise, car depuis des jours et des jours tout le monde s'attendait à tout moment à ce que « ça » commençât. Je compris bien que je devais immédiatement retourner à l'hôtel voir s'il n'était rien arrivé à ma femme. Mais le groupe d'anarchistes aux abords de la rue transversale refoulaient les gens en leur criant de ne pas traverser la ligne de feu. De nouveaux coups claquèrent. La rue était balayée par les balles tirées de la tour et une foule de gens saisis de panique descendirent précipitamment les Ramblas pour s'éloigner du lieu de la fusillade ; d'un bout à l'autre de la rue on entendait le claquement des tabliers de tôle que les commerçants abaissaient aux devantures. Je vis deux officiers de l'armée populaire battre prudemment en retraite d'arbre en arbre, la main sur leur revolver. Devant moi, la foule s'engouffrait dans une station de métro au milieu des Ramblas pour se mettre à l'abri. Je décidai aussitôt de ne pas les suivre. C'était risquer de demeurer bloqué sous terre pendant des heures.

A ce moment, un médecin américain qui s'était trouvé avec nous au front vint à moi en courant et me saisit par le bras. Il était surexcité.

« Allons, venez ! Il nous faut gagner l'hôtel Falcón. » (L'hôtel Falcón était une sorte de pension de famille dont le P.O.U.M. avait pris les frais d'entretien à sa charge et où descendaient surtout des miliciens en permission.) « Les camarades du P.O.U.M. vont s'y réunir. La bagarre est déclenchée. Nous devons nous serrer les coudes. »

« Mais de quoi diable s'agit-il au juste ? » demandai-je.

Le docteur m'entraînait déjà en me remorquant par le bras. Il était bien trop surexcité pour pouvoir faire un exposé très clair de la situation. Il ressortait de ses paroles qu'il s'était trouvé sur la place de Catalogne au moment où plusieurs camions remplis de gardes civils armés étaient venus s'arrêter devant le Central téléphonique, dont la plupart des employés appartenaient à la C.N.T. Les gardes civils avaient brusquement attaqué. Puis quelques anarchistes étaient survenus et il y avait eu une échauffourée générale. Je conclus de tout cela que l'« espèce d'émeute » du matin avait eu pour cause l'exigence formulée par le gouvernement de se faire remettre le Central téléphonique, et le refus qu'on y avait naturellement opposé.

Comme nous descendions la rue, un camion qui filait à toute vitesse nous croisa. Il était bondé d'anarchistes, le fusil à la main. Sur le devant, un jeune homme était allongé à plat ventre sur une pile de matelas, derrière une petite mitrailleuse. Quand nous arrivâmes à l'hôtel Falcón, une foule de gens grouillait dans le hall ; la confusion la plus complète régnait, personne ne paraissait savoir ce qu'on attendait de nous, et personne n'était armé, à l'exception de la poignée d'hommes des troupes de choc qui formaient la garde habituelle du local. Je traversai la rue pour me rendre au comité local du P.O.U.M., situé presque en face. En haut, dans la salle où habituellement les miliciens venaient toucher leur solde, grouillait aussi une masse de gens. Un homme d'une trentaine d'années, grand, pâle, assez beau, en vêtements civils, s'efforçait de rétablir l'ordre et distribuait les ceinturons et les cartouchières qui étaient entassés dans un coin. Il ne semblait pas jusqu'à maintenant y avoir de fusils. Le docteur avait disparu — je crois qu'il y avait déjà eu des blessés et qu'on avait réclamé des médecins —, mais il était arrivé un autre Anglais. Bientôt, l'homme de haute taille et quelques autres commencèrent à sortir d'un arrière-bureau des brassées de fusils et les firent passer à la ronde. Comme nous étions, l'autre Anglais et moi, quelque peu suspects, en tant qu'étrangers, personne, d'abord, ne voulut nous donner un fusil. Mais sur ces entrefaites, arriva un milicien que j'avais connu sur le front et qui me reconnut ; on nous donna alors, encore qu'un peu à contrecœur, des fusils et un petit nombre de chargeurs.

On entendait au loin le bruit d'une fusillade, et les rues étaient absolument désertes. Tout le monde disait qu'il était à présent impossible de remonter les Ramblas. Les gardes civils s'étaient emparés de maisons admirablement situées pour constituer des positions dominantes, et de là ils tiraient sur tous ceux qui passaient. J'aurais risqué le coup pour regagner mon hôtel, mais le bruit courait que le comité local allait probablement être attaqué d'un instant à l'autre et qu'il valait mieux que nous restions là. Partout dans le local, sur les marches de l'escalier, et dehors sur le trottoir, de petits groupes de gens stationnaient, qui parlaient avec agitation. Personne ne paraissait se faire une idée très claire de ce qui se passait. Tout ce que je pus apprendre, c'est que les gardes civils avaient attaqué le Central téléphonique et s'étaient emparés de plusieurs points stratégiques d'où ils dominaient d'autres locaux appartenant aux ouvriers. L'impression générale était que les gardes civils « en avaient » après la C.N.T. et la classe ouvrière en général. C'est un fait digne de remarque que, à ce moment-là, personne ne semblait incriminer le gouvernement. Les classes pauvres de Barcelone regardaient les gardes civils comme des sortes de *Black and Tans** et l'on paraissait considérer comme chose établie qu'ils avaient attaqué de leur propre initiative. Lorsque je sus de quoi il retournait, je me sentis moralement plus à l'aise. La question était suffisamment claire. D'un côté la C.N.T., de l'autre côté la police. Je n'ai pas un amour particulier pour l' « ouvrier » idéalisé tel que se le représente l'esprit bourgeois du communiste, mais quand je vois un véritable ouvrier en chair et en os en conflit avec son ennemi naturel, l'agent de police, je n'ai pas besoin de me demander de quel côté je suis.

Un bon bout de temps s'écoula et il semblait ne rien se passer dans notre coin, à ce bout de la ville. Il ne me vint pas à l'idée que je pouvais téléphoner à mon hôtel pour savoir si ma femme était saine et

* Police militaire créée en Irlande par le gouvernement britannique à la fin de la Grande Guerre et qui était connue pour ses cruautés.

sauve ; je tenais pour admis que le Central téléphonique avait cessé de fonctionner — alors qu'en réalité il ne fut hors de service que durant deux heures. On pouvait évaluer à environ trois cents le nombre des personnes qui se trouvaient dans les deux locaux : c'étaient surtout des gens de la classe la plus pauvre, des rues mal fréquentées en bas de la ville, aux alentours des quais ; il y avait quantité de femmes parmi eux, certaines portant sur leurs bras des bébés, et une foule de petits garçons déguenillés. Je me figure que beaucoup d'entre eux n'avaient pas la moindre notion de ce qui se passait et que tout simplement ils avaient couru se réfugier dans les locaux du P.O.U.M. Il s'y trouvait aussi pas mal de miliciens en permission et quelques étrangers. Pour autant qu'il me fût possible d'en juger, il n'y avait guère qu'une soixantaine de fusils à répartir entre nous tous. Le bureau en haut était continuellement assiégé par une foule de gens qui réclamaient des fusils et à qui on répondait qu'il n'en restait plus. Parmi les miliciens, de tout jeunes gars qui semblaient se croire en pique-nique rôdaient çà et là, tâchant de soutirer des fusils à ceux qui en avaient, ou de les leur faucher. L'un d'eux ne tarda pas à s'emparer du mien par une ruse habile et à aussitôt s'éclipser avec. Je me retrouvai donc sans arme, à l'exception de mon tout petit pistolet automatique pour lequel je ne possédais qu'un chargeur de cartouches.

Il commençait à faire nuit, la faim me gagnait et il ne paraissait pas y avoir quelque chose à manger à l'hôtel Falcón. Nous sortîmes à la dérobée, mon ami et moi, pour aller dîner à son hôtel qui était situé non loin de là. Les rues étaient plongées dans une obscurité totale ; pas un bruit, pas une âme ; les tabliers de tôle étaient baissés à toutes les devantures de magasins, mais on n'avait pas encore construit de barricades. On fit beaucoup d'histoires avant de nous laisser entrer dans l'hôtel ; la porte en était fermée à clef et la barre mise. A notre retour, j'appris que le Central téléphonique fonctionnait et je me rendis dans le bureau d'en haut où il y avait un appareil pour donner un coup de téléphone à ma femme. Détail bien caractéristique, il n'y avait aucun annuaire des téléphones dans le local, et je ne connaissais pas le numéro de l'hôtel Continental ; après une heure environ de recherches de pièce en pièce, je découvris un livret-guide qui me fournit le numéro. Je ne pus prendre contact avec ma femme, mais je parvins à avoir John McNair, le représentant de l'I.L.P. à Barcelone. Il me dit que tout allait bien, que personne n'avait été tué, et me demanda si, de notre côté, tout le monde était sain et sauf au comité local. Je lui dis que nous irions tout à fait bien si nous avions quelques cigarettes. Ce n'était de ma part qu'une plaisanterie ; toujours est-il qu'une demi-heure plus tard nous vîmes McNair apparaître avec deux paquets de Lucky Strike. Il avait affronté les rues où il faisait noir comme dans un four, et où des patrouilles d'anarchistes par deux fois l'avaient arrêté et, le pistolet braqué sur lui, avaient examiné ses papiers. Je n'oublierai pas ce petit acte d'héroïsme. Les cigarettes nous firent rudement plaisir.

On avait placé des gardes armés à la plupart des fenêtres, et en bas, dans la rue, un petit groupe d'hommes des troupes de choc arrêtaient et interrogeaient les rares passants. Un car de patrouille anarchiste s'arrêta, tout hérissé d'armes. A côté du chauffeur, une splendide jeune fille brune d'environ dix-huit ans berçait sur ses genoux une mitraillette. Longtemps j'errai à l'aventure dans le local, vaste bâtiment plein de coins et de recoins, dont il était impossible d'apprendre la topographie. C'était partout l'habituel gâchis, les meubles brisés et les chiffons de papier qui semblaient être les produits inévitables de la révolution. Partout des gens qui dormaient ; sur un divan démoli, dans un couloir, deux pauvres femmes du quartier des quais ronflaient paisiblement. Ce bâtiment avait été un music-hall avant que le P.O.U.M. l'eût repris. Des scènes étaient demeurées dressées dans plusieurs des salles ; sur l'une d'elles il y avait un piano à queue abandonné. Finalement je découvris ce que je cherchais : le magasin d'armes. J'ignorais comment les choses allaient tourner et j'avais grand besoin d'une arme. J'avais si souvent entendu dire que tous les partis rivaux, P.S.U.C., P.O.U.M. et C.N.T.-F.A.I. amassaient tous pareillement des armes dans Barcelone, que je ne pouvais croire que deux des principaux locaux du P.O.U.M. ne continssent que les cinquante ou soixante fusils que j'avais vus. La pièce qui servait de magasin d'armes n'était pas gardée et la porte en était peu solide ; il ne nous fut pas difficile, à mon ami et à moi, de l'ouvrir en exerçant une pression sur elle. Une fois à l'intérieur, nous nous aperçûmes que ce que l'on nous avait répondu était la vérité même : il n'y avait réellement plus d'armes. Tout ce que nous trouvâmes, ce fut environ deux douzaines de fusils de petit calibre, d'un modèle qui n'était plus en usage, et quelques fusils de chasse, et pas la moindre cartouche pour aucun d'eux. Je montai au bureau demander s'il ne restait pas de balles de pistolet : ils n'en avaient pas. Toutefois nous avions quelques caisses de bombes que l'un des cars de patrouille anarchistes nous avait apportées. Je mis deux bombes dans ma cartouchière. Elles étaient d'un type très grossier, s'allumaient en en frottant le haut avec une espèce d'allumette, et étaient très sujettes à exploser de leur propre initiative.

De tous côtés, des gens étaient étalés par terre, endormis. Dans une pièce, un bébé pleurait et pleurait, sans discontinuer. Bien qu'on fût en mai, la nuit commençait à être froide. Devant l'une des scènes de music-hall les rideaux pendaient encore. J'en fis tomber un en le fendant avec mon couteau, m'enroulai dedans et dormis deux heures. D'un sommeil troublé, je m'en souviens, par la pensée de ces sacrées bombes qui étaient bien fichues de m'envoyer en l'air si jamais je venais à rouler sur elles d'une façon un peu trop appuyée. A trois heures du matin le bel homme de haute taille qui paraissait avoir le commandement me réveilla, me donna un fusil et me plaça en faction à l'une des fenêtres. Il me dit que Salas, le chef de la police responsable de l'attaque du bureau central, avait été mis en état d'arrestation. (En réalité, comme nous l'apprîmes plus tard, il avait seulement été révoqué. Tout de même, ces nouvelles vinrent confirmer l'impression générale que les gardes civils avaient agi sans ordres.) Dès l'aube, les gens, en bas, se mirent à construire deux barricades, l'une à l'extérieur du comité local, l'autre à l'extérieur de l'hôtel Falcón. Les rues de Barcelone sont pavées de galets carrés avec lesquels il est facile de construire un mur, et sous les galets il y a une sorte de cailloutis qui convient parfaitement pour remplir les sacs de protection. La construction de ces barricades fut un spectacle étrange et admirable. J'aurais bien donné quelque chose pour pouvoir le photographier ! Avec cette espèce d'énergie passionnée que les Espagnols déploient lorsqu'ils sont tout à fait décidés à se mettre à exécuter n'importe quel travail, des hommes, des femmes, de tout petits enfants, en longues rangées, arrachaient les pavés ; certains les charriaient dans une voiture à bras que l'on avait dénichée quelque part, tandis que d'autres faisaient la navette en chancelant sous le poids de lourds sacs de cailloux. Sur le seuil du comité local, une jeune fille, une Juive allemande, portant des pantalons de milicien dont la garniture de boutons des genoux lui arrivait exactement aux chevilles, les regardait en souriant. Au bout de deux heures les barricades s'élevaient à hauteur de tête, des guetteurs armés de fusils étaient postés aux meurtrières et, derrière l'une des barricades, un feu flambait et des hommes faisaient frire des œufs.

On m'avait de nouveau repris mon fusil, et il ne paraissait pas y avoir rien d'utile à faire. Nous décidâmes, l'autre Anglais et moi, de rentrer à l'hôtel Continental. On entendait au loin le bruit de pas mal de fusillades, mais pas du côté des Ramblas, semblait-il. En passant nous entrâmes dans les Halles. Très peu d'étals avaient ouvert, et ils étaient assiégés par une foule de gens des quartiers ouvriers au sud des Ramblas. Au moment même où nous entrâmes, un coup de feu claqua violemment au dehors ; quelques panneaux de la verrière du toit volèrent en éclats, et la foule se rua vers les sorties de derrière. Quelques étals restèrent cependant ouverts, et nous pûmes boire chacun une tasse de café et acheter un morceau triangulaire de fromage de chèvre que je fourrai dans ma cartouchière à côté de mes bombes. Quelques jours plus tard, je fus bien heureux d'avoir ce morceau de fromage.

Au coin de la rue où, la veille, j'avais vu des anarchistes commencer à tirer, s'élevait maintenant une barricade. L'homme qui se tenait derrière (j'étais, moi, de l'autre côté de la rue) me cria de prendre garde. De la tour de l'église, les gardes civils faisaient feu sans distinction sur tous ceux qui passaient. Je m'arrêtai un instant, puis franchis en courant l'espace à découvert. Effectivement, une balle passa en sifflant près de moi, désagréablement près. Quand je fus aux abords du siège du comité exécutif du P.O.U.M., mais encore de l'autre côté de l'avenue, de nouveaux cris d'avertissement me furent adressés par quelques hommes des troupes de choc qui se tenaient dans l'encadrement de la porte — cris d'avertissement dont, sur le moment, je ne compris pas le sens. Il y avait des arbres et un kiosque à journaux entre le siège et moi (les avenues de ce genre, en Espagne, ont un large trottoir central) et il ne m'était pas possible de voir ce qu'ils montraient. Je parvins au Continental, m'assurai que tout allait bien, me lavai le visage et retournai au siège du comité exécutif du P.O.U.M. (qui se trouvait à cent mètres plus bas dans l'avenue) pour demander quels étaient les ordres. Dans l'intervalle, le grondement, en divers points, des tirs de fusils et de mitrailleuses était devenu presque comparable au fracas d'une bataille. Je venais juste de trouver Kopp et j'étais en train de lui demander ce que nous étions censés faire quand retentirent en bas, dans la rue, une série d'explosions effrayantes. Le fracas fut si violent que je fus persuadé qu'on nous tirait dessus avec un canon de campagne. En réalité, il ne s'agissait que de grenades à main, qui font le double de leur bruit habituel lorsqu'elles explosent parmi des bâtiments de pierre. Kopp alla à la fenêtre jeter un coup d'œil dehors, redressa sa canne derrière son dos, dit : « Allons nous rendre compte », et descendit l'escalier comme s'il allait se balader, l'air détaché comme à son habitude, moi le suivant. Juste un peu en retrait de l'encadrement de la porte, un groupe d'hommes des troupes de choc faisaient rouler des bombes sur la chaussée, comme s'ils jouaient aux quilles. Les bombes éclataient vingt mètres plus loin en faisant un fracas effroyable, à briser le tympan, auquel se mêlaient les claquements des coups de fusil. Au milieu de l'avenue, de derrière le kiosque à journaux, une tête — c'était la tête d'un milicien américain que je connaissais bien — surgissait, qui avait exactement l'air d'une noix de coco à un stand de foire. Ce fut seulement après coup que je compris ce qui se passait au juste. Dans la maison voisine du siège du P.O.U.M. il y avait un café avec un hôtel au-dessus, appelé le café Moka. La veille, vingt ou trente gardes civils armés avaient pénétré dans le café, puis, sitôt le déclenchement des troubles, ils s'étaient brusquement rendus maîtres de toute la maison et s'y étaient barricadés. Il y avait lieu de croire qu'ils avaient reçu l'ordre de s'emparer du café, à titre de mesure préalable à l'attaque ultérieure des locaux du P.O.U.M. De bonne heure le matin, ils avaient tenté une sortie, des coups de feu avaient été échangés et un homme des troupes de choc avait été grièvement blessé et un garde civil tué. Les gardes civils avaient reflué dans le café, mais lorsqu'ils avaient vu l'Américain descendre l'avenue ils avaient ouvert le feu sur lui, bien qu'il ne fût pas armé. L'Américain s'était jeté derrière le kiosque pour se mettre à l'abri, et les hommes des troupes de choc lançaient des bombes pour faire rentrer à nouveau les gardes civils dans la maison.

Il suffit à Kopp d'un coup d'œil pour saisir la situation ; il continua d'avancer et tira en arrière un Allemand roux des troupes de choc qui venait juste d'arracher la goupille de sûreté d'une bombe avec ses dents. Il cria à tout le monde de ne pas rester sur le seuil, de se reculer, et nous dit en plusieurs langues qu'il fallait absolument éviter une effusion de sang. Puis il sortit et s'avança sur la chaussée, sous les yeux des gardes civils, retira ostensiblement son pistolet et le posa par terre. Deux officiers espagnols des milices firent de même, et tous trois s'avancèrent lentement vers l'encadrement de la porte où les gardes civils se pressaient. Cela, on m'aurait donné vingt livres que je ne l'aurais pas fait ! Ils s'avançaient, désarmés, vers des hommes qui avaient perdu la tête et qui avaient à la main des fusils chargés. Un garde civil, en manches de chemise et blême de peur, sortit sur le trottoir pour parlementer avec Kopp. Il ne cessait de montrer du doigt avec agitation deux bombes non éclatées qui gisaient sur la chaussée. Kopp revint vers nous nous dire qu'il valait mieux faire exploser ces bombes. A demeurer là, elles constituaient un danger pour tous ceux qui passaient. Un homme des troupes de choc tira un coup de fusil sur l'une des bombes et la fit éclater, puis fit feu sur l'autre, mais la manqua. Je lui demandai de me passer son fusil, m'agenouillai et tirai sur la seconde bombe. Je regrette d'avoir à dire que, moi aussi, je la manquai. C'est le seul coup de feu que j'ai tiré durant les troubles. La chaussée était jonchée de débris de verre provenant de l'enseigne du café Moka et deux autos qui étaient garées à l'extérieur — l'une d'elles était l'auto officielle de Kopp — avaient été criblées de balles et avaient eu leur pare-brise pulvérisé par l'explosion des bombes.

Kopp m'emmena de nouveau en haut et m'exposa la situation. Nous devions défendre les locaux du P.O.U.M. s'ils étaient attaqués, mais d'après les instructions envoyées par les leaders du P.O.U.M. il nous fallait rester sur la défensive et ne pas engager la lutte s'il était possible de l'éviter. Exactement en face de nous il y avait un cinéma, appelé le Poliorama, au-dessus duquel se trouvait un musée, et tout à fait au dernier étage, dominant de haut le niveau général des toits, un petit observatoire avec deux dômes jumeaux. Les dômes commandaient la rue et il suffisait donc de quelques hommes postés là-haut avec des fusils pour empêcher toute attaque contre le siège du P.O.U.M. Les concierges du cinéma étaient membres de la C.N.T. et nous laisseraient aller et venir. Quant aux gardes civils dans le café Moka, on n'aurait pas d'ennuis avec eux ; ils n'avaient pas envie de se battre et se laisseraient volontiers persuader qu'il faut que tout le monde vive. Kopp répéta que nous avions l'ordre de ne pas tirer à moins qu'on ne nous tirât dessus ou que nos locaux fussent attaqués. Je compris, sans qu'il en soufflât mot, que les leaders du P.O.U.M. étaient furieux d'être entraînés dans cette histoire, mais avaient le sentiment qu'ils devaient faire cause commune avec la C.N.T.

On avait déjà placé des sentinelles dans l'observatoire. Les trois jours et nuits suivants, je les ai passés sur le toit du Poliorama que je ne quittais que durant les courts moments où je faisais un saut jusqu'à mon hôtel pour les repas. Je ne courus aucun danger, je n'eus rien de pire à souffrir que la faim et l'ennui, et pourtant ce fut l'une des périodes les plus insupportables de ma vie tout entière. Je crois que l'on ne peut guère vivre de moments qui écœurent et désillusionnent plus et martyrisent les nerfs davantage que ces affreux jours de guerre de rues.

Je demeurais là, assis sur le toit, et l'absurdité de tout cela me remplissait d'étonnement.

Des petites fenêtres de l'observatoire on avait vue sur des kilomètres à la ronde — d'innombrables perspectives de hauts immeubles élancés, de dômes de verre et de fantastiques toits ondulés de tuiles d'un vert brillant à reflets cuivrés ; à l'est le scintillement de la haute mer — c'était la première fois que je voyais la mer depuis mon arrivée en Espagne. Et cette énorme ville d'un million d'habitants était plongée dans une sorte d'inertie pleine de sourde violence, dans un cauchemar de bruit sans mouvement. Les rues inondées de soleil étaient absolument désertes. Nulle autre manifestation de vie que les rafales de balles venant des barricades et des fenêtres protégées par des sacs de terre. Pas un véhicule ne circulait dans les rues ; çà et là le long des Ramblas, des tramways étaient demeurés immobilisés à l'endroit où le conducteur avait sauté à bas, lorsque les combats avaient commencé. Et tout le temps ce vacarme infernal, dont les milliers de bâtiments en pierre renvoyaient les échos, continuait sans fin telle une tempête de pluie tropicale, tantôt s'affaiblissant au point qu'on n'entendait plus que de rares coups de feu espacés, et tantôt se ranimant jusqu'à devenir une fusillade assourdissante, mais ne s'arrêtant jamais tant que durait le jour, et à l'aube ponctuellement recommençant.

Que diable se passait-il ? Qui se battait et contre qui ? Et qui avait le dessus ? C'est ce qu'il était bien difficile de découvrir au début. Les habitants de Barcelone ont tellement l'habitude des combats de rues, et connaissent si bien la topographie locale, qu'ils savent par une sorte d'instinct quel parti politique occupera telle et telle rue et tel et tel immeuble. Mais un étranger, trop désavantagé, s'y perd. En regardant de l'observatoire, je me rendais compte que les Ramblas, avenue qui est l'une des principales artères de la ville, constituaient une ligne de démarcation. A droite de cette ligne, les quartiers ouvriers étaient unanimement anarchistes ; à gauche, un combat confus était en train de se livrer dans les ruelles tortueuses, mais sur cette partie de la ville le P.S.U.C. et les gardes civils avaient plus ou moins la haute main. Tout au bout des Ramblas, de notre côté, autour de la place de Catalogne, la situation était si compliquée qu'elle eût été tout à fait inintelligible si chaque bâtiment n'avait pas arboré un pavillon de parti. Le principal point de repère, ici, était l'hôtel Colón, quartier général du P.S.U.C., qui dominait la place de Catalogne. A une fenêtre près de l'avant-dernier O de l'énorme « Hôtel Colón » qui s'étale sur la façade, ils avaient placé une mitrailleuse qui pouvait balayer la place avec une meurtrière efficacité. A cent mètres à notre droite, un peu plus bas sur les Ramblas, les J.S.U., Union des Jeunesses du P.S.U.C. (correspondant à l'Union des Jeunesses communistes en Angleterre), occupaient un grand entrepôt dont les fenêtres latérales, protégées par des sacs de terre, faisaient face à notre observatoire. Ils avaient amené le drapeau rouge et hissé le drapeau national catalan. Sur le Central téléphonique, point de départ de toute l'affaire, le drapeau national catalan et le drapeau anarchiste flottaient côte à côte. On avait dû, là, s'arrêter à quelque compromis provisoire, car le Central fonctionnait sans interruption et de ce bâtiment on ne tirait aucun coup de feu.

Dans notre coin, c'était singulièrement calme. Les gardes civils, dans le café Moka, avaient baissé les rideaux de fer et s'étaient fait une barricade en empilant les tables et les chaises du café. Un peu plus tard, une demi-douzaine d'entre eux montèrent sur le toit, en face de nous, et y construisirent avec des matelas une autre barricade, au-dessus de laquelle ils firent flotter un drapeau national catalan. Mais il était visible qu'ils n'avaient aucune envie d'entamer un combat. Kopp avait conclu avec eux un accord précis : s'ils ne tiraient pas sur nous, nous ne tirerions pas sur eux. Il était maintenant devenu tout à fait ami avec eux et avait été plusieurs fois leur rendre visite dans le café Moka. Les gardes civils avaient naturellement fait main basse sur tout ce qu'il y avait dans le café pouvant se boire, et ils firent cadeau à Kopp de quinze bouteilles de bière. En retour, Kopp leur avait bel et bien donné un de nos fusils pour en remplacer un qu'ils avaient, ils ne savaient comment, perdu la veille. N'empêche que l'on éprouvait tout de même une drôle d'impression à être assis sur ce toit. Tantôt j'en avais tout bonnement par-dessus la tête de toute cette histoire, je ne prêtais aucune attention au vacarme infernal et passais des heures à lire une collection de livres des Editions Penguin que, par bonheur, j'avais achetés quelques jours auparavant ; tantôt j'avais pleinement conscience de la présence, à cinquante mètres de moi, d'hommes armés qui m'épiaient. C'était un peu comme si j'avais été à nouveau dans les tranchées. Plusieurs fois je me surpris à dire, par la force de l'habitude, les « fascistes », en parlant des gardes civils. En général, nous étions six environ, là-haut.

Deux hommes étaient placés de garde dans chacune des deux tours de l'observatoire, tandis que les autres restaient assis en dessous sur le toit de plomb, sans autre abri qu'un garde-fou de pierre. Je me rendais nettement compte qu'à tout instant les gardes civils pouvaient recevoir par téléphone l'ordre d'ouvrir le feu. Ils étaient bien tombés d'accord de nous prévenir auparavant, mais rien ne nous assurait qu'ils tiendraient leur promesse. Une seule fois, du reste, on put croire que le conflit se déclenchait. L'un des gardes civils en face de nous s'agenouilla et se mit à tirer, appuyé sur la barricade. J'étais en faction dans l'observatoire à ce moment-là. Je braquai mon fusil sur lui en criant :

« Hé ! Ne tirez pas sur nous !

— Quoi ?

— Ne tirez pas sur nous, ou nous tirerons aussi.

— Non, non ! Ce n'est pas sur vous que je tirais. Regardez là, en bas ! »

Avec son fusil il me montrait quelque chose dans la direction de la rue transversale, au bout de notre immeuble. Effectivement je vis un jeune homme en salopette bleue, un fusil dans les mains, qui était en train de se défiler à l'angle de la maison, et il était visible qu'il venait de tirer un coup de feu sur les gardes civils du toit.

« C'est sur lui que je tirais. Il a tiré le premier. (Je crois que c'était vrai.) Nous n'avons pas envie de vous tuer. Nous sommes des travailleurs, nous aussi, tout comme vous ! »

Il me fit le salut antifasciste, que je lui rendis.

Je lui criai :

« Est-ce qu'il vous reste encore de la bière ?

— Non, il n'y en a plus. »

Ce même jour, sans motif apparent, un homme, dans le local des J.S.U. un peu plus bas dans l'avenue, leva soudain son fusil et me tira dessus au moment où je me penchais à la fenêtre. Peut-être faisais-je une cible trop tentante. Je ne tirai pas en réponse. Bien qu'il ne fût qu'à cent mètres de moi, sa balle passa si loin du but qu'elle n'effleura même pas le toit de l'observatoire. Comme à l'ordinaire la qualité du tir des Espagnols me sauva. On me tira plusieurs fois dessus de ce local.

Et ce diabolique tintamarre qui continuait indéfiniment ! Mais, autant que j'en pouvais juger d'après ce que je voyais et entendais, la lutte se bornait à être défensive des deux côtés. Les gens restaient simplement dans leurs locaux ou derrière leurs barricades, et maintenaient un feu roulant contre les gens d'en face. A un demi-mille de nous environ, il y avait une rue où les principaux bureaux de la C.N.T. et de l'U.G.T. se faisaient presque exactement face ; il venait de cette direction un vacarme d'une intensité terrifiante. J'ai passé dans cette rue le lendemain du jour où le combat prit fin ; les vitres des devantures étaient percées comme des cribles. (La plupart des commerçants de Barcelone avaient collé des bandes de papier entrecroisées sur leurs vitres, aussi ne volaient-elles pas en éclats lorsqu'une balle les frappait.) Parfois le crépitement des tirs de fusils et de mitrailleuses était ponctué par l'éclatement de grenades à main. Et à de longs intervalles, peut-être une douzaine de fois en tout, il y eut de formidables explosions que, sur le moment, je n'arrivai pas à m'expliquer ; au bruit on eût dit des explosions de bombes aériennes, mais c'était impossible car nulle part on n'apercevait d'avion. On m'a dit par la suite — et il est très possible que cela soit vrai — que des agents provocateurs faisaient sauter des explosifs en quantités massives, afin d'augmenter le vacarme et la panique générale. Il n'y eut cependant pas de tir d'artillerie. J'étais toujours à tendre l'oreille avec la crainte d'en entendre, car si les canons se mettaient de la partie, cela voudrait dire que l'affaire se corsait (l'artillerie est le facteur déterminant dans la guerre de rues). Après coup il y eut des contes à dormir debout dans les journaux à propos de batteries de canons qui auraient tiré dans les rues, mais personne ne put montrer un bâtiment qui eût été atteint par un obus. En tout cas, le son du canon est facilement reconnaissable pour qui est accoutumé à l'entendre.

Presque dès le début les vivres commencèrent à manquer. Avec difficulté et à la faveur de la nuit (car les gardes civils continuaient à canarder ceux qui passaient sur les Ramblas), de l'hôtel Falcón, on apportait à manger pour les quinze ou vingt miliciens qui se trouvaient au siège de l'exécutif du P.O.U.M., mais il y avait tout juste assez pour tout le monde, aussi allions-nous, le plus grand nombre possible d'entre nous, manger à l'hôtel Continental. Le Continental avait été « collectivisé » par la Généralité et non, comme la plupart des hôtels, par la C.N.T. ou l'U.G.T. ; et il était, de ce fait, considéré comme terrain neutre. Les troubles n'eurent pas plus tôt commencé que l'hôtel s'emplit à craquer de gens qui formaient un assemblage très surprenant. Il y avait là des journalistes étrangers, des suspects politiques de toutes nuances, un aviateur américain au service du gouvernement, plusieurs agents communistes (un gros Russe, entre autres, à l'air menaçant, que l'on disait être agent du Guépéou, que l'on surnommait Charlie Chan, et qui portait, attachés à la ceinture, un revolver et une petite bombe bien fourbie), quelques familles espagnoles aisées dont les sympathies paraissaient aller aux fascistes, deux ou trois blessés de la Brigade internationale, un groupe de conducteurs de poids lourds qui avaient été immobilisés à Barcelone par le déclenchement des troubles au moment où ils allaient ramener en France quelques gros camions avec un chargement d'oranges, enfin un certain nombre d'officiers de l'armée populaire. L'armée populaire, dans son ensemble, resta neutre durant toute la lutte ; quelques soldats s'échappèrent bien des casernes pour y prendre part, mais à titre individuel. Le mardi matin, j'en vis deux aux barricades du P.O.U.M. Au début, avant que le manque de vivres ne devînt aigu et que les journaux ne se fussent mis à attiser les haines politiques, on avait tendance à considérer toute l'affaire comme une plaisanterie. Des choses comme ça, à Barcelone il en arrivait chaque année, disaient les gens. Georges Tioli, journaliste italien et l'un de nos grands amis, rentra le pantalon trempé de sang. Il était sorti pour voir ce qui se passait, et tandis qu'il était en train de panser un blessé qui gisait sur le trottoir, quelqu'un, comme par jeu, avait lancé sur lui une grenade ; par bonheur, celle-ci ne l'avait pas gravement atteint. Je me souviens qu'il fit la remarque qu'à Barcelone on devrait numéroter les pavés ; cela épargnerait tellement de peine pour la construction et la démolition des barricades ! Et je me souviens de ces deux hommes de la Brigade internationale que je trouvai assis à m'attendre dans ma chambre d'hôtel alors que j'y arrivais fatigué, affamé et sale après une nuit de faction. Leur attitude fut celle d'une totale neutralité. S'ils avaient été réellement des hommes de parti, ils m'eussent, je suppose, pressé de changer de camp, ou même ligoté et enlevé les bombes dont mes poches étaient bourrées ; au lieu de cela, ils se contentèrent de me plaindre d'avoir à passer ma permission à monter la garde sur un toit. Ces mots peignent bien l'attitude générale : « Ce n'est qu'une querelle entre les anarchistes et la police, c'est sans importance. » En dépit de l'extension du combat et du nombre des blessés et des morts, je crois que cette opinion était plus proche de la vérité que la version officielle présentant l'affaire comme un soulèvement prémédité.

C'est vers le mercredi (5 mai) qu'un changement

sembla s'opérer. Les rues, avec les rideaux de fer des devantures baissés, présentaient un aspect lugubre. Çà et là de rares piétons, forcés de sortir pour telle ou telle raison, se glissaient en rasant les murs, agitant des mouchoirs blancs, et, en un endroit, au milieu des Ramblas, où l'on était à l'abri des balles, quelques hommes criaient les journaux dans le désert. Le mardi, *Solidaridad Obrera,* le journal anarchiste, avait qualifié l'attaque du Central téléphonique d'« odieuse provocation » (ou si ce ne sont pas là les termes, c'en est l'idée), mais le mercredi il changea de ton et commença de conjurer tout le monde de reprendre le travail. Les leaders anarchistes firent transmettre partout ce même message. Le bureau de *La Batalla,* le journal du P.O.U.M., qui n'était pas défendu, avait été, à peu près en même temps que le Central téléphonique, attaqué et occupé par les gardes civils ; mais le journal n'en fut pas moins imprimé dans un autre local et l'on put en distribuer quelques exemplaires. Il exhortait tout le monde à rester aux barricades. Les gens demeuraient l'esprit indécis et se demandaient avec inquiétude comment diable tout cela allait finir. Je doute que quelqu'un ait quitté les barricades à ce moment-là, mais tout le monde était las de cette lutte absurde qui, de toute évidence, ne pouvait mener à rien, personne ne souhaitant la voir tourner en guerre civile en grand, ce qui risquerait d'avoir pour conséquence la perte de la guerre contre Franco. Cette crainte, je l'entendis exprimer de tous côtés. A ce que je pus comprendre d'après ce que les gens dirent sur le moment, la masse des membres de la C.N.T. voulaient, et avaient voulu dès le début, deux choses seulement : qu'on remît de nouveau entre leurs mains le Central téléphonique, et qu'on désarmât les gardes civils que l'on avait en haine. Si la Généralité leur eût fait cette double promesse, ainsi que celle de mettre un terme à la spéculation sur les vivres, il n'est pas douteux qu'en l'espace de deux heures les barricades auraient été démolies. Mais il était visible que la Généralité n'avait pas l'intention de céder. Et il courait de vilains bruits. On disait que le gouvernement de Valence envoyait six mille hommes occuper Barcelone, et que cinq mille miliciens des troupes du P.O.U.M. et des anarchistes avaient quitté le front d'Aragon pour s'opposer à eux. Seul le premier de ces bruits était vrai. En regardant attentivement du haut de la tour de l'observatoire, nous vîmes les formes basses et grises de bâtiments de guerre cerner de près le port. Douglas Moyle, qui avait été marin, dit que ça avait l'air d'être des contre-torpilleurs britanniques. Et, en effet, c'étaient bien des contre-torpilleurs britanniques, mais nous n'en eûmes la confirmation que par la suite.

Ce soir-là, nous entendîmes dire que sur la place d'Espagne quatre cents gardes civils s'étaient rendus et avaient remis leurs armes aux anarchistes ; il y eut aussi divulgation, de façon imprécise, de la nouvelle que la C.N.T. avait le dessus dans les faubourgs, principalement dans les quartiers ouvriers. Nous semblions en passe d'être vainqueurs. Mais ce même soir Kopp m'envoya chercher et, le visage grave, me dit que, selon les informations qu'il venait de recevoir, le gouvernement était sur le point de mettre le P.O.U.M. hors la loi et de lui déclarer la guerre. Cette nouvelle me donna un coup. Pour la première fois j'entrevis l'interprétation qui serait probablement donnée après coup de cette affaire. Confusément je prévis qu'une fois la lutte terminée on ferait retomber toute la responsabilité sur le P.O.U.M., qui était le parti le plus faible et, partant, le plus indiqué à prendre comme bouc émissaire. Et en attendant, c'en était fini, dans notre coin, de la neutralité. Si le gouvernement nous déclarait la guerre, nous n'aurions pas d'autre alternative que de nous défendre. Et ici, au siège du comité exécutif, nous pouvions être certains que les gardes civils d'à côté recevraient l'ordre de nous attaquer. Notre seule chance de salut était de les attaquer les premiers. Kopp était au téléphone à attendre les ordres ; si l'on nous apprenait de façon catégorique que le P.O.U.M. était mis hors la loi, il nous faudrait prendre immédiatement des mesures pour occuper le café Moka.

Je me rappelle quelle interminable soirée de cauchemar nous passâmes à fortifier notre local. Nous fermâmes à clef le rideau de fer abaissé devant l'entrée principale et, derrière, nous construisîmes une barricade avec des dalles de pierre laissées par les ouvriers qui étaient en train de faire quelques réparations juste au moment où les troubles avaient commencé. Nous inspectâmes notre stock d'armes. En comptant les six fusils qui étaient en face, sur le toit du Poliorama, nous avions vingt et un fusils, dont un défectueux, environ cinquante cartouches pour chacun d'eux, et quelques douzaines de bombes ; rien d'autre à part cela, que quelques pistolets et revolvers. Une douzaine d'hommes, des Allemands pour la plupart, s'étaient offerts comme volontaires pour attaquer le café Moka, s'il nous fallait en venir là. Nous attaquerions par le toit, naturellement, en pleine nuit, pour les prendre à l'improviste ; ils étaient plus nombreux, mais notre moral était meilleur, et certainement nous parviendrions à emporter la place d'assaut, mais il y aurait des morts. Nous n'avions pas de vivres dans notre local, sauf quelques tablettes de chocolat, et le bruit avait couru qu' « ils » allaient nous couper l'eau. (Personne ne savait qui, au juste, ce « ils » désignait. C'était peut-être le gouvernement qui avait la haute main sur les usines de distribution d'eau, ou peut-être la C.N.T., personne ne savait.) Nous passâmes beaucoup de temps à remplir toutes les cuvettes dans les lavabos, tous les seaux que nous pûmes trouver, et finalement les quinze bouteilles à bière, vides à présent, que les gardes civils avaient données à Kopp.

J'étais d'une humeur épouvantable, et vanné d'avoir passé quelque soixante heures à peu près sans dormir. On était maintenant à une heure avancée de la nuit. En bas, les hommes dormaient, étendus par terre derrière la barricade. En haut, il y avait une petite chambre garnie d'un divan, dont nous avions l'intention de faire un poste de secours, bien que, est-il besoin de le dire, nous nous aperçûmes qu'il n'y avait ni teinture d'iode ni bandes de pansement dans le local. Ma femme avait quitté l'hôtel pour venir nous rejoindre, pour le cas où nous aurions besoin d'une infirmière. Je m'étendis sur le divan, éprouvant le désir de goûter une demi-heure de repos avant l'attaque du café Moka au cours de laquelle il était à présumer que je serais tué. Je me souviens de la sensation de gêne insupportable que j'éprouvai du fait de mon pistolet qui, attaché à mon ceinturon, me rentrait dans les reins. Et la chose suivante dont je me souvienne c'est de m'être réveillé en sursaut, pour trouver ma femme debout à côté de moi. Il faisait grand jour, il ne s'était rien passé, le gouvernement n'avait pas déclaré la guerre au P.O.U.M., l'eau n'avait pas été coupée et, si l'on faisait abstraction de quelques fusillades par-ci par-là dans les rues, tout était comme à l'ordinaire. Ma femme me dit qu'elle ne s'était pas senti le cœur de me réveiller et avait dormi dans un fauteuil, dans l'une des chambres sur le devant.

L'après-midi il y eut une sorte d'armistice. Le bruit de la fusillade s'éteignit peu à peu, et soudain, comme par un coup de théâtre, les rues s'emplirent de monde. Quelques magasins commencèrent à relever leurs tabliers de tôle et une foule énorme envahit le marché, réclamant des denrées et se pressant autour des étals d'alimentation, bien qu'ils fussent à peu près vides. Il est à remarquer, cependant, que les tramways ne recommencèrent pas à circuler. Les gardes civils étaient toujours derrière leurs barricades dans le café Moka ; ni l'un ni l'autre camp n'évacua les locaux fortifiés. Tout le monde courait çà et là aux alentours, cherchant à acheter des vivres. Et de tous côtés on entendait poser la même question anxieuse : « Pensez-vous que ça soit fini ? Pensez-vous que ça va recommencer ? » A « ça », au conflit, on y songeait à présent comme à une sorte de calamité naturelle, comme à un cyclone ou à un tremblement de terre, qui nous frappait tous pareillement et qu'il n'était pas en notre pouvoir d'empêcher. Et, effectivement, presque tout de suite — je crois qu'en réalité il doit y avoir eu une trêve de plusieurs heures, mais ces heures nous firent l'effet de minutes — le claquement soudain d'un coup de feu, comme une rafale de pluie en juin, provoqua un sauve-qui-peut général, les tabliers de tôle des magasins retombèrent avec un bruit sec, les rues se vidèrent comme par enchantement, les barricades se garnirent d'hommes ; « ça » avait recommencé.

Je regagnai mon poste sur le toit avec un profond dégoût et une fureur concentrée. Quand on est en train de prendre part à des événements tels que ceux-ci, je suppose qu'on est en train, dans une modeste mesure, de faire de l'histoire, et l'on devrait, en toute justice, avoir l'impression d'être un personnage historique. Mais non, on ne l'a jamais, parce qu'à de tels moments, les détails d'ordre physique l'emportent toujours de beaucoup sur tout le reste. Pendant toute la durée des troubles, il ne m'est pas arrivé une seule fois de faire l' « analyse » exacte de la situation, comme le faisaient avec tant d'aisance les journalistes à des centaines de kilomètres de là. Ce à quoi je songeais surtout, ce n'était pas au juste et à l'injuste dans cette déplorable lutte d'extermination réciproque, mais tout bonnement au manque de confort et à l'ennui d'être assis jour et nuit sur ce toit que je ne pouvais plus voir, et à la faim toujours grandissante, car aucun de nous n'avait fait un vrai repas depuis le lundi. Et la pensée ne me quittait pas qu'il me faudrait repartir sur le front aussitôt qu'on en aurait fini avec cette histoire. Il y avait de quoi vous rendre furieux. Je venais de passer cent quinze jours au front et j'étais revenu à Barcelone affamé d'un peu de repos et de confort ; et voilà qu'il me fallait passer mon temps assis sur un toit, en face des gardes civils, aussi embêtés que moi, qui, de temps en temps, m'adressaient de la main un salut en m'assurant qu'ils étaient, eux aussi, des « travailleurs » (une façon de me dire qu'ils espéraient que je ne les tuerais pas), mais qu'ils n'hésiteraient pas à faire feu sur moi si on leur en donnait l'ordre. C'était peut-être de l'histoire, mais on n'en avait pas l'impression. On aurait plutôt dit une mauvaise période sur le front, comme lorsque les effectifs étaient trop faibles et qu'il fallait assurer un nombre anormal d'heures de faction ; au lieu de faire acte d'héroïsme, on avait simplement à rester à son poste, malade d'ennui, tombant de sommeil, et se fichant éperdument de savoir de quoi il retournait.

A l'intérieur de l'hôtel, dans cette cohue de gens si différents entre eux, et dont la plupart n'avaient pas osé mettre le nez dehors, une abominable atmosphère de suspicion avait grandi. Diverses personnes étaient atteintes de l'idée fixe de l'espionnage et se glissaient dans tous les coins pour vous murmurer à l'oreille que tous les autres étaient des espions, qui des communistes, qui des trotskystes, ou des anarchistes, ou de Dieu sait qui encore. Le gros agent russe retenait dans les encoignures, l'un après l'autre, tous les réfugiés étrangers pour leur expliquer de façon plausible que tout cela était un complot anarchiste. Je l'observais, non sans intérêt, car c'était la première fois qu'il m'était donné de voir quelqu'un dont le métier était de répandre des mensonges — si l'on fait exception des journalistes, bien entendu. Il y avait quelque chose de repoussant dans cette parodie de la vie d'un hôtel chic se poursuivant derrière des fenêtres aux volets clos, dans le crépitement des coups de feu. La salle à manger sur le devant avait été abandonnée après qu'une balle, entrant par la fenêtre, eut éraflé un pilier, et les hôtes s'entassaient à présent dans une petite salle un peu sombre sur le derrière, où il n'y avait jamais assez de tables pour tout le monde. Les garçons étaient en plus petit nombre qu'en temps normal — certains étant membres de la C.N.T. avaient répondu au mot d'ordre de la grève générale — et ils avaient momentanément renoncé à porter leurs chemises empesées, mais les repas étaient toujours servis avec une affectation de cérémonie. Or, il n'y avait pour ainsi dire rien à manger. Ce jeudi soir, le plat de résistance du dîner consista en une seule sardine pour chacun. L'hôtel n'avait pu avoir de pain depuis plusieurs jours et le vin même commençait à manquer, au point qu'on nous en faisait boire du plus en plus vieux, à des prix de plus en plus élevés. Ce manque de vivres dura encore plusieurs jours après la fin des troubles. Trois jours de suite, je m'en souviens, nous avons déjeuné le matin, ma femme et moi, d'un petit morceau de fromage de chèvre, sans pain ni rien à boire. La seule chose qu'on avait en abondance, c'étaient des oranges. Les conducteurs de camions français en apportaient des leurs en quantité à l'hôtel. Ils formaient un groupe d'aspect rude ; ils avaient avec eux quelques filles espagnoles très voyantes, et un énorme portefaix en blouse noire. En tout autre temps, le petit poseur de gérant d'hôtel aurait fait de son mieux pour les mettre mal à l'aise, et même leur aurait refusé l'entrée de l'établissement, mais pour l'instant ils jouissaient de la popularité générale parce que, au contraire de nous tous, ils avaient leurs provisions personnelles de pain et tout le monde cherchait à les taper.

Je passai cette dernière nuit sur le toit, et le lendemain la lutte eut vraiment l'air d'arriver à son terme. Je ne crois pas qu'il y ait eu beaucoup de coups de feu tirés ce jour-là, le vendredi. Personne ne paraissait savoir de façon certaine si les troupes de Valence étaient réellement en train de venir ; elles arrivèrent précisément ce même soir. Le gouvernement diffusait des messages mi-apaisants, mi-menaçants, demandant à chacun de rentrer chez soi et disant que, passé une certaine heure, quiconque serait trouvé porteur d'une arme serait arrêté. On ne prêta guère attention aux communications du gouvernement, mais partout les gens disparurent des barricades. Je suis persuadé que la raison en fut surtout le manque de vivres. De tous côtés l'on entendait faire cette remarque : « Nous n'avons plus rien à manger, il faut bien que nous retournions au travail. » En revanche, les gardes civils, eux, purent rester à leur poste, étant assurés de recevoir du ravitaillement tant qu'il y aurait quelque chose à manger dans la ville. L'après-midi, les rues avaient presque repris leur aspect normal, abstraction faite des barricades désertées mais toujours debout ; la foule se pressait sur les Ramblas, les magasins étaient presque tous ouverts, et — le plus rassurant de tout — les trams qui étaient demeurés si longtemps immobilisés, comme bloqués dans un embouteillage, s'ébranlèrent brusquement et recommencèrent à fonctionner. Les gardes civils occupaient toujours le café Moka et n'avaient pas démoli leurs barricades, mais certains d'entre eux portèrent des chaises dehors et s'assirent sur le trottoir, leur fusil en travers des genoux. J'adressai à l'un d'eux, en passant, un clin d'œil, et reçus en réponse un large sourire qui n'avait rien d'inamical ; il faut dire qu'il m'avait reconnu. Au-dessus du Central téléphonique le drapeau anarchiste avait été amené et seul le drapeau catalan flottait maintenant. Cela signifiait que décidément les ouvriers étaient battus. Je compris — mais, du fait de mon ignorance en politique, pas si clairement que je l'eusse dû — que lorsque le gouvernement se sentirait plus sûr de lui, il y aurait des représailles. Mais, sur le moment, cet aspect de la situation me laissa indifférent. Tout ce que je ressentais, c'était un profond soulagement de ne plus entendre ce maudit fracas de la fusillade, de pouvoir acheter quelque chose à manger et goûter un peu de repos et de tranquillité avant de retourner au front.

Ce dut être tard dans la soirée que les troupes de Valence firent leur entrée dans la ville. C'étaient les gardes d'assaut, formation analogue à celle des gardes civils et des carabiniers (autrement dit, essentiellement destinée aux opérations de police) et troupe d'élite de la République. Tout à coup ils furent là, comme sortis de terre ; on en vit partout patrouiller dans les rues par groupes de dix, des hommes grands, en uniforme gris ou bleu, avec de longs fusils en bandoulière, et un fusil mitrailleur par groupe. En attendant nous avions une difficile opération à mener à bien. Les six fusils dont nous nous étions servis pour monter la garde dans les tours de l'observatoire, y étaient demeurés et, coûte que coûte, il nous fallait les rapporter dans le local du P.O.U.M. La question était de leur faire traverser la rue. Ils faisaient partie du stock d'armes réglementaire du local, mais les amener dans la rue, c'était contrevenir à l'ordre du gouvernement, et si l'on nous attrapait avec ces fusils dans les mains, nous serions sûrement arrêtés et, qui pis est, les fusils seraient confisqués. N'ayant que vingt et un fusils pour le local, nous ne pouvions nous offrir le luxe d'en perdre six. Après avoir longtemps débattu la meilleure façon de procéder, nous commençâmes, un tout jeune Espagnol à cheveux roux et moi-même, à les passer clandestinement. Il était assez facile d'éviter les patrouilles des gardes d'assaut ; le danger, c'était les gardes civils du café Moka, qui tous savaient fort bien que nous avions des fusils dans l'observatoire et pourraient donner l'éveil s'ils nous voyaient les transporter. Nous nous déshabillâmes tous deux en partie et nous nous passâmes à l'épaule gauche, en bandoulière, un fusil, de manière à en avoir la crosse sous l'aisselle et le canon enfilé dans la jambe du pantalon. Ce qui était fâcheux c'est que c'étaient de longs Mausers. Même un homme aussi grand que moi ne peut porter un long Mauser dans la jambe de son pantalon sans en être gêné. Nous en eûmes du mal pour, la jambe gauche complètement raide, descendre l'escalier en colimaçon de l'observatoire ! Une fois dans la rue, nous nous aperçûmes qu'il n'y avait moyen d'avancer qu'avec une extrême lenteur, une lenteur qui permît de ne pas fléchir les genoux. A l'extérieur du cinéma, je vis un groupe de gens qui m'observaient avec un grand intérêt tandis que je me traînais à pas de tortue. Je me suis souvent demandé ce qu'ils purent bien s'imaginer que j'avais. Que j'étais blessé de guerre, peut-être. En tout cas, nous parvînmes à passer clandestinement tous les fusils sans incident.

Le lendemain l'on vit des gardes d'assaut partout, arpenter les rues en conquérants. Il n'était pas douteux que le gouvernement se livrait là purement et simplement à un déploiement de forces destiné à intimider la population qui, il le savait d'avance, ne résisterait pas ; s'il avait eu la moindre crainte réelle de nouvelles émeutes, il eût consigné les gardes d'assaut dans les casernes au lieu de les faire s'éparpiller par petits groupes dans les rues. C'étaient des troupes splendides, de beaucoup les meilleures qu'il m'eût été donné de voir jusque-là en Espagne, et j'avais beau me dire qu'elles étaient, dans un sens, « l'ennemi », je ne pouvais m'empêcher de prendre plaisir à les regarder. Mais c'était avec une sorte d'ébahissement que je les détaillais tandis qu'ils déambulaient. J'étais habitué aux milices en loques et à peine armées du front d'Aragon, et j'avais jusqu'alors ignoré que la République possédât de telles troupes. C'étaient, physiquement, des hommes triés sur le volet, mais ce n'était pas tant cela, que leur armement, qui m'étonnait. Ils avaient tous des fusils tout neufs du type connu sous le nom de « fusil russe » (ces fusils étaient envoyés en Espagne par l'U.R.S.S., mais fabriqués, je crois, en Amérique). J'en ai examiné un. Il était loin d'être parfait, mais combien meilleur que les affreux vieux tromblons que nous avions au front ! En outre, les gardes d'assaut avaient chacun un pistolet automatique, et un fusil mitrailleur pour dix hommes. Nous, au front, nous avions une mitrailleuse pour environ cinquante hommes, et quant aux pistolets et aux revolvers, nous ne pouvions nous en procurer qu'illégalement. A la vérité, bien que je ne l'eusse pas remarqué jusqu'alors, il en était ainsi partout. Les gardes civils et les carabiniers, qui n'étaient nullement destinés au front, étaient beaucoup mieux armés et incomparablement mieux vêtus que nous. J'ai idée qu'il en va de même dans toutes les guerres, que toujours existe le même contraste entre la police bien astiquée de l'arrière et les soldats loqueteux du front. Dans l'ensemble, les gardes d'assaut s'entendirent très bien avec la population au bout d'un jour ou deux. Le premier jour il y eut quelques frictions parce que certains gardes d'assaut — agissant par ordre, j'imagine — commencèrent à se livrer à des provocations. Ils montaient en bande dans les trams, fouillaient les voyageurs et, s'ils trouvaient dans leurs poches des cartes de membre de la C.N.T., ils les déchiraient et les piétinaient. Il en résulta quelques bagarres avec des anarchistes armés ; et il y eut un ou deux morts. Très vite, cependant, les gardes d'assaut abandonnèrent leurs airs de conquérants et les rapports avec eux devinrent plus amicaux. Il est à remarquer qu'au bout d'un jour ou deux la plupart d'entre eux avaient levé une jeune fille.

Les combats de Barcelone avaient fourni au gouvernement de Valence le prétexte, depuis longtemps souhaité, d'assujettir davantage à son autorité la Catalogne. Les milices ouvrières allaient être dissoutes et seraient à nouveau réparties dans l'armée populaire. Le drapeau de la République espagnole flottait partout sur Barcelone — c'était la première fois, je crois, que je le voyais ailleurs qu'au-dessus d'une tranchée fasciste. Dans les quartiers ouvriers on était en train de démolir les barricades, d'une façon assez fragmentaire du reste, car on a autrement plus vite fait de construire une barricade que de remettre en place les pavés. Le P.S.U.C. eut la permission de laisser debout les barricades à l'extérieur de ses locaux, et en fait elles y demeurèrent dressées jusqu'en juin. Les gardes civils ocupaient toujours les points stratégiques. On procéda à de grandes saisies d'armes dans les locaux fortifiés de la C.N.T., mais je suis persuadé que beaucoup d'armes échappèrent à la saisie. *La Batalla* continuait à paraître, mais était censurée au point que sa première page était presque entièrement blanche. Les journaux du P.S.U.C. ne subissaient pas la censure et publiaient des articles incendiaires réclamant la suppression du P.O.U.M. Le P.O.U.M. était dénoncé comme une organisation fasciste déguisée et des agents du P.S.U.C. répandaient partout dans la ville un dessin caricatural qui représentait le P.O.U.M. sous les traits de quelqu'un qui, en ôtant un masque décoré du marteau et de la faucille, découvrait un visage hideux de fou furieux marqué de la croix gammée. Il était évident que le choix de la version officielle des troubles de Barcelone était déjà arrêté : ils devaient être présentés comme un soulèvement de la « cinquième colonne » fasciste fomenté uniquement par le P.O.U.M.

A l'intérieur de l'hôtel, l'horrible atmosphère de suspicion et de haine était devenue encore pire, à présent que les combats avaient pris fin. En face des accusations lancées de côté et d'autre, il était impossible de rester neutre. Le service des Postes fonctionnait à nouveau, les journaux communistes de l'étranger recommençaient à arriver et faisaient preuve, dans leurs comptes rendus des troubles de Barcelone, non seulement d'un violent esprit de parti, mais naturellement aussi d'une inexactitude inouïe dans la présentation des faits. Je pense que certains communistes qui se trouvaient sur les lieux, ayant vu ce qui s'était réellement passé, furent consternés en voyant ainsi travestir les événements, mais naturellement il leur fallait se solidariser avec leur propre parti. Notre ami communiste entra une fois encore en communication avec moi pour me demander si je ne voulais pas être muté dans la Brigade internationale.

Je m'en montrai assez surpris :

« Comment ! Mais vos journaux prétendent que je suis un fasciste, lui répondis-je. Je serais sûrement suspect du point de vue politique, venant du P.O.U.M. !

— Oh ! c'est sans importance ! Après tout vous n'avez fait qu'exécuter des ordres ! »

Je dus lui dire qu'après ce qui venait de se passer, il ne m'était plus possible de rejoindre aucune unité dirigée par les communistes. Que, tôt ou tard, ce serait risquer qu'on se servît de moi contre la classe ouvrière espagnole. On ne pouvait savoir quand éclaterait à nouveau le conflit, et si je devais, en des circonstances de ce genre, me servir de mon fusil, je voulais que ce fût aux côtés de la classe ouvrière et non contre elle. Il prit ma réponse de façon parfaite. Mais désormais ce n'était plus du tout la même atmosphère. Il ne vous était plus possible, comme auparavant, de « différer à l'amiable » et de n'en pas moins aller ensuite boire un coup avec quelqu'un qui était censément votre adversaire du point de vue politique. Il y eut quelques vilaines altercations dans le salon de l'hôtel. Cependant que les geôles étaient pleines et archi-pleines. Les combats une fois terminés, les anarchistes avaient, naturellement, relâché leurs prisonniers, mais les gardes civils, eux, n'avaient pas relâché les leurs, et la plupart de ceux-ci furent jetés en prison et y demeurèrent sans jugement, des mois durant dans plusieurs cas. Comme toujours, la police ayant l'habitude de faire un gâchis, des gens absolument étrangers aux événements furent arrêtés. J'ai déjà parlé de Douglas Thompson qui avait été blessé au début d'avril ; nous l'avions ensuite perdu de vue, comme cela arrivait généralement lorsqu'un homme était évacué, les blessés étant soumis à de fréquents changements d'hôpitaux. En fait il avait été évacué sur l'hôpital de Tarragone, puis renvoyé à Barcelone, à peu près au moment où commencèrent les troubles. Le mardi matin je le rencontrai dans la rue, tout effaré d'entendre éclater de tous côtés des fusillades. Il me posa la question que tout le monde posait :

« Mais que diable se passe-t-il ? »

Je lui expliquai tant bien que mal. Thompson dit aussitôt :

« Je ne vais pas me mêler de tout cela. Mon bras n'est pas encore guéri. Je vais retourner à mon hôtel et y rester. »

Il rentra à son hôtel, mais malheureusement (combien il importe, dans la guerre de rues, de bien connaître la géographie politique locale !) cet hôtel était situé dans la partie de la ville sous la domination des gardes civils. Il y eut une descente dans l'hôtel et Thompson fut arrêté, jeté en prison et gardé huit jours dans une cellule si bondée de gens que personne n'avait la place de s'y coucher. Il y eut beaucoup de cas semblables. De nombreux étrangers aux antécédents politiques douteux passaient leur temps à fuir, la police sur leur trace, et ils vivaient dans la crainte constante d'une dénonciation. C'était pire encore pour les Italiens et les Allemands, qui n'avaient pas de passeports et étaient généralement recherchés par les agents secrets du gouvernement de leur propre pays. S'ils étaient arrêtés, ils étaient exposés à être expulsés, refoulés en France, ce qui risquait d'entraîner leur renvoi en Italie ou en Allemagne, où Dieu sait quelles horreurs les attendaient. Une ou deux femmes étrangères régularisèrent à la hâte leur situation en « épousant » des Espagnols. Une jeune Allemande qui n'avait pas de papiers du tout, dépista la police en se faisant passer durant plusieurs jours pour la maîtresse d'un homme. Je revois l'expression de honte et de détresse que prit le visage de cette pauvre enfant quand le hasard me fit me heurter à elle juste au moment où elle sortait de la chambre à coucher de cet homme ; bien entendu, elle n'était pas sa maîtresse, mais elle pensait que certainement je croyais qu'elle l'était. Et l'on avait tout le temps le sentiment abominable qu'on allait peut-être être dénoncé à la police secrète par quelqu'un, jusqu'alors votre ami. Le long cauchemar des troubles, le fracas, la privation de nourriture et de sommeil, le mélange de tension et d'ennui à rester assis sur le toit en me demandant si d'une minute à l'autre je n'allais pas être tué ou obligé de tuer, m'avaient mis les nerfs à vif. J'en étais arrivé au point de saisir mon revolver dès que j'entendais une porte battre. Le samedi matin une fusillade éclata brusquement au-dehors et tout le monde se mit à crier : « Voilà que ça recommence ! » Je me précipitai dans la rue : ce n'étaient que des gardes d'assaut en train de tuer un chien enragé. Aucun de ceux qui se sont trouvés à Barcelone à ce moment-là ou durant les quelques mois suivants ne pourra oublier cette atmosphère abominable engendrée par la peur, le soupçon, la haine, la vue des journaux censurés, les prisons bondées, les queues qui n'en finissaient pas aux portes des magasins d'alimentation et les bandes d'hommes armés rôdant par la ville.

J'ai essayé de donner quelque idée de ce que l'on éprouvait à se trouver mêlé aux troubles de Barcelone, mais je doute d'avoir réussi à faire comprendre toute l'étrangeté de cette période. L'une des choses que je trouve gravées dans ma mémoire quand je me reporte à ce temps-là, ce sont les rencontres fortuites que l'on faisait alors, les brusques aperçus que l'on avait de non-combattants pour qui toute l'affaire n'était que vacarme dénué de signification. Je me souviens d'une femme élégante que je vis flâner sur les Ramblas, un sac à provisions au bras et tenant en laisse un caniche blanc, tandis que la fusillade faisait rage une ou deux rues plus loin. On peut se demander si elle était sourde. Et cet homme à qui je vis prendre ses jambes à son cou pour traverser la place de Catalogne complètement déserte, en brandissant un mouchoir blanc dans chaque main. Et ce groupe important de gens, tous vêtus de noir, qui essayèrent pendant près d'une heure de traverser la place de Catalogne sans jamais y parvenir. Chaque fois qu'ils montraient le bout du nez au coin de la rue transversale, les mitrailleurs du P.S.U.C., dans l'hôtel Colón, ouvraient le feu sur eux et les faisaient reculer ; je me demande pourquoi du reste, car il était visible que ces gens n'étaient pas armés. J'ai pensé depuis que ce devait être un cortège funèbre. Et ce petit homme qui servait de gardien au musée au-dessus du Poliorama et qui paraissait considérer toute l'affaire comme une excellente occasion d'avoir de la compagnie. Il était si content que des Anglais vinssent le voir — les Anglais étaient si *simpáticos,* disait-il. Il exprimait l'espoir que nous reviendrions lui rendre visite après les troubles ; en fait j'y suis allé. Et cet autre petit homme qui s'abritait dans l'encadrement d'une porte et qui hochait la tête d'un air ravi en entendant le bruit d'enfer de la fusillade sur la place de Catalogne et qui disait (sur le même ton qu'il eût dit qu'il faisait beau) : « Nous revoilà au 19 juillet ! » Et les vendeurs dans le magasin du bottier qui était en train de me faire des chaussures de marche. J'y suis allé avant les troubles, après que tout fut fini, et quelques minutes durant le bref armistice du 5 mai. C'était un magasin cher, dont les vendeurs appartenaient à l'U.G.T., et peut-être au P.S.U.C. (en tout cas politiquement de l'autre bord), et savaient que je servais dans le P.O.U.M. Pourtant leur attitude fut celle de l'indifférence absolue. « Ah ! c'est bien malheureux tout cela, n'est-ce pas ? Et ça ne vaut rien pour les affaires ! Quel malheur que ça ne cesse pas ! Comme s'il n'y avait pas au front assez de sang versé ! » et ainsi de suite. Sans doute qu'il y eut des quantités de gens, peut-être la majeure partie des habitants de Barcelone, pour qui toute l'affaire ne présenta pas la moindre lueur d'intérêt, ou pas plus d'intérêt que n'en aurait suscité en eux un bombardement aérien.

Dans ce chapitre, j'ai relaté uniquement ce que j'ai vu et senti par moi-même. Je me propose, dans un chapitre en appendice, placé à la fin de ce livre, d'examiner les choses sous un angle plus large — d'essayer de mon mieux de déterminer ce qui s'est réellement passé et quelles en ont été les conséquences, la part du juste et de l'injuste en tout cela, et qui fut le responsable, s'il y en eut un. On a tiré un tel parti, politiquement, des troubles de Barcelone, qu'il importe de se faire une opinion saine à ce sujet. On a déjà écrit là-dessus tant et plus, de quoi remplir plusieurs livres, et je ne crois pas exagérer en disant que ces écrits sont pour la plupart mensongers. Presque tous les comptes rendus de journaux publiés à l'époque ont été forgés de loin par des journalistes, et ils étaient non seulement inexacts quant aux faits, mais à dessein fallacieux. Comme d'habitude, on n'avait laissé parvenir jusqu'au grand public qu'un seul son de cloche. Comme tous ceux qui se sont trouvés à Barcelone à cette époque, je ne vis que ce qui se passa dans mon coin, mais j'en ai vu et entendu suffisamment pour être en mesure de réfuter un bon nombre des mensonges qui ont été mis en circulation.

X

Ce dut être trois jours après la fin des troubles de Barcelone que nous remontâmes au front. Après les combats — et plus spécialement après la pluie d'injures dans les journaux — il était difficile, en pensant à la guerre, d'avoir encore tout à fait le même état d'esprit naïvement idéaliste qu'auparavant. Je pense qu'il est impossible que personne ait pu passer plus de quelques semaines en Espagne sans être désillusionné. Le souvenir me revint de ce correspondant de journal rencontré le jour même de mon arrivée à Barcelone et qui m'avait dit : « Cette guerre est une supercherie, comme toute autre guerre ! » Cette réflexion m'avait profondément choqué, et à cette époque-là (en décembre) je ne crois pas qu'elle était juste ; même alors, en mai, elle ne l'était pas, mais elle commençait à le devenir. La vérité, c'est que toute guerre subit de mois en mois une sorte de dégradation progressive, parce que tout simplement des choses telles que la liberté individuelle et une presse véridique ne sont pas compatibles avec le rendement, l'efficacité militaires.

On pouvait déjà faire quelques conjectures sur l'avenir. Il était facile de prévoir que le gouvernement Caballero tomberait et serait remplacé par un gouvernement plus à droite dans lequel l'influence communiste serait plus forte (c'est ce qui arriva une ou deux semaines plus tard), gouvernement qui s'appliquerait à briser une fois pour toutes la puissance des syndicats. Et pour ce qui est de la situation ultérieure — une fois Franco battu — même en laissant de côté les vastes problèmes posés par la réorganisation de l'Espagne, la perspective n'était pas attrayante. Quant aux boniments des journaux pour faire croire que tout ceci était une « guerre pour la démocratie », simple bourrage de crâne. Personne de sensé ne s'imaginait qu'il y aurait aucun espoir de démocratie, même au sens où nous l'entendons en Angleterre et en France, dans un pays aussi divisé et épuisé que le serait l'Espagne une fois la guerre terminée. Il y aurait fatalement une dictature, et il était clair que l'occasion favorable d'une dictature de la classe ouvrière était passée. Autrement dit, les choses, dans l'ensemble, évolueraient dans le sens d'une sorte quelconque de fascisme, auquel, sans doute, on donnerait un nom plus poli et qui serait, parce qu'on était en Espagne, plus humain et moins effectif que les variétés italienne et allemande. Les seules alternatives étaient une dictature infiniment pire avec Franco à la tête, ou (chose toujours possible) que l'Espagne, une fois la guerre terminée, se trouvât morcelée, soit selon des frontières naturelles, soit en zones économiques.

Quelque issue qu'on envisageât, c'était une perspective attristante. Mais il ne s'ensuivait pas que cela ne valût pas la peine de combattre pour le gouvernement et contre le fascisme sans fard et plus accentué de Franco et de Hitler. Quels que pussent être les défauts du gouvernement de l'après-guerre, il y avait une chose certaine : c'est que le régime de Franco serait pire. Pour les ouvriers — le prolétariat urbain — peut-être cela ne ferait-il, en fin de compte, que très peu de différence que l'un ou l'autre gagnât ; mais l'Espagne est avant tout un pays agricole et les paysans seraient sûrement avantagés par la victoire du gouvernement. Quelques-unes au moins des terres saisies demeureraient en leur possession et, dans ce cas, il y aurait aussi une répartition de terres dans le territoire précédemment occupé par Franco, et l'on ne rétablirait probablement pas le servage de fait qui existait dans certaines parties de l'Espagne. Le gouvernement maître du pays à la fin de la guerre serait, en tout cas, anticlérical et antiféodal. Il ferait échec à l'Eglise, au moins pour un temps, et moderniserait le pays — construirait des routes, par exemple, et encouragerait l'instruction et la salubrité publique ; pas mal de choses dans ce sens avaient déjà été faites même en pleine guerre. Franco, au contraire, pour autant qu'il ne fût pas simplement le fantoche de l'Italie et de l'Allemagne, était lié aux grands propriétaires terriens féodaux et soutenait la réaction cléricale et militariste pleine de préjugés étouffants. Le Front populaire était peut-être bien une supercherie, mais Franco était sûrement, lui, un anachronisme. Seuls les millionnaires et les gens romanesques pouvaient souhaiter son triomphe.

En outre, il y avait la question du prestige international du fascisme qui, depuis un an ou deux, n'avait cessé de me hanter à la façon d'un cauchemar. Depuis 1930, les fascistes avaient partout eu le dessus ; il était temps qu'ils reçussent une raclée, et peu importait, presque, qui la leur donnerait. Si nous parvenions à repousser à la mer Franco et ses mercenaires étrangers, il en pourrait résulter une immense amélioration dans la situation mondiale, même si l'Espagne, elle, devait sortir de là étouffée sous une dictature et avec tous les meilleurs de ses hommes en prison. Rien que pour cela déjà, il valait la peine de gagner la guerre.

C'était ainsi que je voyais les choses à cette époque. Je dois dire qu'aujourd'hui je tiens le gouvernement Negrín en beaucoup plus haute estime que je ne le faisais au moment où il prit le pouvoir.

Il a soutenu une lutte difficile avec un courage splendide et a montré plus de tolérance politique que personne n'en attendait. Mais je continue à croire que — à moins que l'Espagne ne se scinde, ce qui aurait d'imprévisibles conséquences — le gouvernement de l'après-guerre aura forcément tendance à être fasciste. Encore une fois, je donne cette opinion pour ce qu'elle vaut, et court le risque que le temps me traite comme il a traité la plupart des prophètes.

Juste à notre arrivée au front nous apprîmes que Bob Smillie, qui rentrait en Angleterre, avait été arrêté à la frontière, emmené à Valence et jeté en prison. Smillie était en Espagne depuis le mois d'octobre. Il avait travaillé durant plusieurs mois dans les bureaux du P.O.U.M., puis s'était engagé dans les milices à l'arrivée des autres membres de l'I.L.P., étant bien entendu qu'il ferait trois mois de front avant de rentrer en Angleterre pour participer à une tournée de propagande. Ce n'est qu'au bout d'un certain temps que nous pûmes découvrir le motif de son arrestation. On le gardait *incomunicado* (au secret), si bien que personne, pas même un avocat, ne pouvait le voir. En Espagne il n'existe pas — en tout cas, pas dans la pratique — d'*habeas corpus,* et vous pouvez être gardé en prison durant des mois d'affilée sans même être inculpé, *a fortiori* sans passer en jugement. Finalement nous apprîmes, grâce à un prisonnier relâché, que Smillie avait été arrêté pour « port d'armes ». Les « armes » en question étaient, je me trouvais le savoir, deux grenades à main d'un type grossier utilisé au début de la guerre, que Smillie emportait en Angleterre, ainsi que quelques éclats d'obus et d'autres souvenirs, pour les montrer au cours de ses conférences. Les charges et les amorces en avaient été retirées, ces grenades n'étaient plus que de simples cylindres d'acier parfaitement inoffensifs. Il était évident que ce n'était là qu'un prétexte et qu'on avait arrêté

Smillie à cause de ses rapports bien connus avec le P.O.U.M. Les troubles de Barcelone venaient juste de prendre fin et les autorités étaient, à ce moment-là, extrêmement soucieuses de ne laisser sortir d'Espagne personne qui fût en mesure de démentir la version officielle. Aussi risquait-on d'être arrêté à la frontière sous des prétextes plus ou moins futiles. Il est très possible qu'on n'ait d'abord eu l'intention que de retenir Bob Smillie quelques jours seulement. L'ennui, en Espagne, c'est qu'une fois que vous êtes en prison, en général vous y restez, qu'il soit ou non question de passer en jugement.

Nous étions toujours à Huesca, mais on nous avait postés plus à droite, en face de la redoute fasciste dont, quelques semaines auparavant, nous nous étions pour un moment emparés. Je faisais maintenant fonction de *teniente* (ce qui correspond, je crois, au grade de sous-lieutenant dans l'armée britannique) ; j'avais sous mon commandement une trentaine d'hommes, Anglais et Espagnols. On m'avait proposé pour la nomination au grade d'officier de l'active, mais l'obtenir c'était une autre histoire. Peu de temps auparavant encore, les officiers des milices refusaient de recevoir un grade officiel, car cela signifiait un supplément de solde et était en contradiction avec les principes égalitaires des milices ; mais ils étaient à présent obligés d'accepter. La nomination de Benjamin au grade de capitaine avait déjà paru à l'Officiel, et Kopp était en passe d'être nommé chef de bataillon. Le gouvernement ne pouvait évidemment pas se passer des officiers des milices, mais à aucun il ne conférait de grade supérieur à celui de chef de bataillon, probablement afin de réserver les grades plus élevés aux officiers de l'armée régulière et aux nouveaux officiers sortant de l'Ecole de guerre. Par suite, il y avait dans notre division, la 29e, et sûrement dans beaucoup d'autres, un curieux état de choses provisoire : le commandant de la division, les commandants des brigades et les commandants des bataillons avaient tous le même grade, celui de chef de bataillon.

Il ne se passait pas grand-chose au front. La bataille engagée aux alentours de la route de Jaca s'était apaisée et ne reprit que vers la mi-juin. Dans notre position, le principal ennui, c'étaient les canardeurs. Les tranchées fascistes étaient à plus de cent cinquante mètres, mais elles étaient situées plus haut que les nôtres et nous commandaient sur deux côtés, notre front formant un saillant en angle droit. Le coin du saillant était un endroit dangereux dont il avait toujours fallu payer le passage par des morts et des blessés. De temps à autre les fascistes nous tiraient dessus avec des grenades à fusil ou d'autres engins analogues. Elles faisaient un fracas épouvantable et étaient propres à vous faire perdre votre sang-froid parce qu'on ne les entendait pas arriver à temps pour pouvoir esquiver, mais elles ne représentaient pas un grand danger : le trou qu'elles creusaient dans le sol avait un diamètre pas plus grand que celui d'un tub. La chaleur des nuits était agréable, mais durant le jour elle se faisait ardente, les moustiques devenaient un fléau et, en dépit des vêtements propres rapportés de Barcelone, nous fûmes presque aussitôt pleins de poux. A l'extérieur, dans les vergers abandonnés du *no man's land,* les cerises blanchissaient sur les arbres. Il y eut deux jours de pluies torrentielles, les cagnas furent inondées, le parapet se tassa d'un pied. Il fallut ensuite passer encore bien des journées à creuser et rejeter hors de la tranchée l'argile gluante avec les misérables bêches espagnoles qui n'ont pas de manche et qui se tordent comme des cuillères d'étain.

On nous avait promis un mortier de tranchée pour la compagnie ; je l'attendais avec impatience. La nuit, comme toujours, nous allions en patrouille, mais c'était plus dangereux qu'auparavant parce qu'il y avait dans les tranchées fascistes beaucoup plus d'hommes et parce qu'ils étaient devenus plus vigilants ; ils avaient éparpillé des bidons tout contre leur parapet, à l'extérieur, et dès qu'ils entendaient un tintement métallique, ils arrosaient avec les mitrailleuses. Dans la journée nous les canardions du *no man's land*. En rampant une centaine de mètres, on pouvait gagner un fossé que de hautes herbes dissimulaient et qui commandait une brèche dans le parapet fasciste. Nous avions établi un support à fusil dans ce fossé. Si l'on avait la patience d'attendre assez longtemps, on finissait généralement par voir une silhouette kaki franchir rapidement la brèche. J'ai tiré plusieurs fois. J'ignore si j'ai jamais touché quelqu'un — c'est peu probable ; je suis très mauvais tireur, au fusil. Mais c'était assez amusant, les fascistes ne savaient pas d'où venaient les coups, et j'étais persuadé que j'en aurais un tôt ou tard. Mais « ce fut le serpent qui creva* », c'est moi qui fus touché par un tireur fasciste. Cela faisait une dizaine de jours que j'étais de retour au front lorsque cela arriva. L'ensemble des impressions et sensations que l'on éprouve, lorsqu'on est atteint par une balle offre de l'intérêt et je crois que cela vaut la peine d'être décrit en détail.

Ce fut à l'angle du parapet, à cinq heures du matin. C'était toujours là une heure dangereuse parce que nous avions le lever du jour dans le dos, et si notre tête venait à dépasser du parapet, elle se profilait très nettement sur le ciel. J'étais en train de parler aux sentinelles en vue de la relève de la garde.

---

* Textuellement : « *The dog it was that died* », c'est-à-dire : « Ce fut le chien qui mourut » ; à cette citation tirée d'un poème de Goldsmith (un chien mordit un homme, mais l'homme survécut et ce fut le chien qui mourut), fait exactement pendant en français l'épigramme de Voltaire sur Fréron.

›cteur rebanda ma blessure, me fit une
e morphine et m'évacua sur Sietamo. Les
de Sietamo n'étaient que des baraquements
hâtivement construits, où d'ordinaire les
n'étaient gardés que quelques heures en
d'être dirigés sur Barbastro ou Lérida.
ébété par la morphine, mais je souffrais
eaucoup, quasiment incapable de bouger et
onstamment du sang. Un trait caractéristi-
méthodes d'un hôpital espagnol : alors que
ns cet état, les infirmières inexpérimentées
t de faire descendre de force dans ma gorge
réglementaire de l'hôpital — un repas
our quatre, composé de soupe, d'œufs, de
es gras, etc., et elles parurent toutes sur-
e je ne m'y prêtasse pas. Je demandai une
mais on était justement dans une période
ac manquait et il n'y avait pas une seule
dans l'endroit. Ne tardèrent pas à appa-
mon chevet deux camarades qui avaient
permission de quitter le front quelques

! Tu es encore de ce monde, hein ? A la
re ! Nous voulons ta montre et ton revol-
ampe électrique. Et ton couteau, si tu en

éclipsèrent en emportant tout ce que je
e transportable. C'était l'habitude chaque
homme était blessé : tout ce qu'il avait
ôt réparti ; à juste raison, car, au front,
telles que montres, revolvers, etc., étaient
et si elles s'en allaient avec le fourbi d'un
pouvait être sûr qu'elles seraient volées
t en cours de route.

oir, il était arrivé, un à un, suffisamment
et de malades pour remplir quelques
mbulance et l'on nous expédia à Bar-
l voyage ! On avait accoutumé de dire

Soudain, au beau milieu d'une phrase, je sentis... c'est très difficile à décrire ce que je sentis, bien que j'en conserve un souvenir très vif et très net.

Généralement parlant, j'eus l'impression d'être *au centre* d'une explosion. Il me sembla y avoir tout autour de moi un grand claquement et un éclair aveuglant, et je ressentis une secousse terrible — pas une douleur, seulement une violente commotion, comme celle que l'on reçoit d'une borne électrique, et en même temps la sensation d'une faiblesse extrême, le sentiment de m'être ratatiné sous le coup, d'avoir été réduit à rien. Les sacs de terre en face de moi s'enfuirent à l'infini. J'imagine que l'on doit éprouver à peu près la même chose lorsqu'on est foudroyé. Je compris immédiatement que j'étais touché, mais à cause du claquement et de l'éclair je crus que c'était un fusil tout près de moi dont le coup, parti accidentellement, m'avait atteint. Tout cela se passa en beaucoup moins d'une seconde. L'instant d'après mes genoux fléchirent et me voilà tombant et donnant violemment de la tête contre le sol, mais, à mon soulagement, sans que cela me fît mal. Je me sentais engourdi, hébété, j'avais conscience d'être grièvement blessé, mais je ne ressentais aucune douleur, au sens courant du mot.

La sentinelle américaine à qui j'étais en train de parler s'était précipitée vers moi : « Sapristi ! Etes-vous touché ? » Des hommes firent cercle autour de moi. On fit un tas d'histoires comme d'habitude : « Aidez-le à se relever ! Où est-il blessé ? Ouvrez-lui sa chemise ! » etc. L'Américain demanda un couteau pour fendre ma chemise. Je savais qu'il y en avait un dans ma poche et m'efforçai de le sortir, mais je m'aperçus que mon bras droit était paralysé. Ne souffrant pas, j'en ressentis une vague satisfaction. Voilà qui va faire plaisir à ma femme, pensai-je ; elle qui était toujours à souhaiter que je fusse blessé pour que cela m'évitât d'être tué quand viendrait l'heure du grand combat. C'est alors seulement que j'en vins à me demander où j'avais été touché et à quel point c'était grave ; il ne m'était pas possible de rien sentir, mais j'avais conscience que la balle m'avait frappé par-devant. Lorsque je voulus parler, je m'aperçus que je n'avais pas de voix, que je ne pouvais faire entendre qu'un faible couic ; cependant à la seconde tentative je parvins à demander où j'étais blessé. A la gorge, me répondit-on. Harry Webb, notre brancardier, avait apporté une bande de pansement et une de ces petites bouteilles d'alcool qu'on nous distribuait pour nos paquets individuels de pansement. Quand on me souleva, un flot de sang jaillit de ma bouche, et j'entendis un Espagnol derrière moi dire que la balle m'avait traversé le cou de part en part. Répandu sur ma blessure, l'alcool, qui en temps ordinaire m'eût cuit comme le diable, me procura une sensation de fraîcheur agréable.

On m'étendit à nouveau tandis que quelqu'un allait chercher une civière. Dès que je sus que la balle m'avait traversé le cou de part en part, je considérai comme chose établie que j'étais un homme mort. Je n'avais jamais entendu dire d'un homme ou d'un animal qu'ayant attrapé une balle en plein milieu du cou il y eût survécu. Le sang coulait goutte à goutte de la commissure de mes lèvres. « Ça y est ! c'est l'artère », pensai-je. Je me demandai combien de temps on pouvait encore durer avec l'artère carotide tranchée ; peu de minutes, vraisemblablement. Tout se brouillait. Il doit bien s'être écoulé deux minutes environ durant lesquelles je fus persuadé que j'étais tué. Et cela aussi est intéressant — je veux dire qu'il est intéressant de savoir quelles seraient vos pensées en un tel moment. Ma première pensée, assez conventionnellement, fut pour ma femme. Ma seconde pensée fut une violente colère d'avoir à quitter ce monde qui, tout compte fait, me convient si bien. J'eus le temps de sentir cela très

que dans cette guerre l'on pouvait s'en tirer si l'on était blessé aux extrémités, mais que l'on mourait toujours d'une blessure au ventre. Je comprenais à présent pourquoi. Personne en danger d'hémorragie interne ne pouvait survivre à des kilomètres de cahotage sur ces routes empierrées en cailloutis, qui avaient été défoncées par le passage des lourds camions et n'avaient jamais été réparées depuis le début de la guerre. Et pan ! et vlan ! et patatras ! les heurts se succédaient comme une volée de coups ! Cela me ramenait au temps de ma petite enfance et à cet affreux supplice nommé « Montagnes russes » à l'Exposition de White City. On avait oublié de nous attacher sur nos civières. J'avais assez de force dans mon bras gauche pour me cramponner, mais un pauvre malheureux fut culbuté au sol et dut souffrir mort et passion. Un autre, qui pouvait marcher et qui était assis dans un coin de la voiture d'ambulance, la souilla toute en vomissant. L'hôpital, à Barbastro, était archi-comble, les lits si rapprochés qu'ils se touchaient presque. Le lendemain matin, on embarqua un certain nombre d'entre nous dans un train sanitaire à destination de Lérida.

Je suis resté à Lérida cinq ou six jours. C'était un grand hôpital où se trouvaient mêlés au petit bonheur malades du front, blessés et malades civils ordinaires. Dans ma salle, quelques hommes avaient d'horribles blessures. Dans le lit voisin du mien se trouvait un jeune homme aux cheveux très noirs, qui souffrait de je ne sais quelle maladie et à qui on faisait prendre un médicament qui rendait son urine aussi verte que l'émeraude. Son urinal constituait l'une des curiosités de la salle. Un communiste hollandais parlant anglais, ayant entendu dire qu'il y avait un Anglais dans l'hôpital, vint me voir, se montra très amical et m'apporta des journaux anglais. Il avait été affreusement blessé au cours des combats d'octobre ; il était parvenu tant bien que mal à s'habituer à l'hôpital de Lérida et avait épousé une des infirmières. Par suite de sa blessure, l'une de ses jambes s'était atrophiée au point de n'être pas plus grosse que mon bras. Deux miliciens en permission, dont j'avais fait la rencontre pendant ma première semaine au front, vinrent voir un ami blessé et me reconnurent. C'étaient des gamins de dix-huit ans environ. Ils restèrent plantés à côté de mon lit, tout gauches, s'efforçant de trouver quelque chose à dire et n'y parvenant pas ; alors, pour me faire comprendre d'une autre manière qu'ils étaient navrés que je sois blessé, brusquement ils sortirent de leurs poches tout le tabac qu'ils avaient, me le donnèrent et s'enfuirent avant que j'aie pu le leur redonner. Que cela était bien espagnol ! Je me rendis compte peu après qu'on ne pouvait acheter de tabac nulle part en ville, et que ce qu'ils m'avaient donné c'était la ration d'une semaine.

Au bout de quelques jours je fus en état de me lever et de me promener, le bras en écharpe. Je ne sais pourquoi il me faisait beaucoup plus mal lorsqu'il pendait. Je souffrais aussi beaucoup, pour le moment, de douleurs internes, suites du mal que je m'étais fait en tombant, et j'avais presque complètement perdu la voix, mais pas un seul instant je n'ai souffert de ma blessure par balle elle-même. Il paraît en être généralement ainsi. Le coup violent d'une balle produit une anesthésie locale ; un éclat d'obus ou de bombe, qui a des bords déchiquetés et frappe habituellement avec moins de force, doit provoquer une souffrance infernale. Dans les terrains de l'hôpital il y avait un jardin agréable, qui comprenait un bassin où nageaient des poissons rouges et quelques petits poissons d'un gris noirâtre : des ablettes, je crois. Je restais assis à les observer durant des heures. La manière dont les choses se passaient à Lérida me donnait un aperçu de l'organisation d'un hôpital sur le front d'Aragon ; j'ignore s'il en allait de même sur les autres fronts. A certains égards, c'étaient de très bons hôpitaux. Les médecins étaient des hommes capables, et il semblait ne pas y avoir insuffisance de produits pharmaceutiques et de matériel d'équipement sanitaire. Mais il y avait deux graves défauts qui furent cause, j'en suis sûr, que des centaines ou des milliers d'hommes sont morts, qu'on eût pu sauver.

Il y avait d'abord le fait que tous les hôpitaux à proximité de la première ligne servaient plus ou moins de centres d'évacuation des blessés. Aussi n'y recevait-on pas les soins d'un véritable traitement, à moins d'être trop gravement blessé pour être transportable. En principe, la plupart des blessés étaient directement envoyés à Barcelone ou à Tarragone, mais, par suite du manque de moyens de transport, ils mettaient souvent huit ou dix jours pour y parvenir. On les faisait poireauter à Sietamo, Barbastro, Monzón, Lérida, et dans bien d'autres endroits encore, et pendant tout ce temps-là ils ne recevaient aucun soin approprié à leur état, c'est tout juste si parfois on leur renouvelait leur pansement. On emmaillotait des hommes ayant d'affreuses blessures par éclats d'obus, des os brisés, etc., dans une sorte de revêtement fait de bandes de pansement et de plâtre de Paris ; on écrivait au crayon, sur le dessus, une description de la blessure, et en règle générale on n'enlevait ce revêtement qu'à l'arrivée à Barcelone ou à Tarragone, dix jours plus tard. Il était à peu près impossible de faire examiner sa blessure en cours de route ; les docteurs, trop peu nombreux, ne pouvaient suffire à tout le travail et ils ne faisaient que passer rapidement près de votre lit en vous disant : « Mais oui, mais oui, on vous soignera à Barcelone. » Constamment le bruit courait qu'un train sanitaire partirait pour Barcelone *mañana*. L'autre défaut était le manque d'infirmières capables. Apparemment il n'existait pas en Espagne d'infirmières diplômées, peut-être parce qu'avant la guerre ce travail était fait surtout par des religieuses. Je n'ai aucun sujet de plainte contre les infirmières espagnoles, elles m'ont toujours traité avec la plus grande gentillesse, mais il n'est pas douteux qu'elles étaient d'une désastreuse ignorance. Toutes savaient comment prendre une température et quelques-unes savaient faire un pansement, mais à cela se bornait leur compétence. Il en résultait que des hommes trop malades pour se suffire étaient souvent honteusement négligés. Ces infirmières laissaient facilement un homme rester constipé toute une semaine, et rarement elles lavaient ceux qui étaient trop faibles pour se laver eux-mêmes. Je revois un pauvre diable avec un bras cassé me dire qu'il était resté trois semaines sans avoir le visage lavé. Elles laissaient même les lits sans les faire plusieurs jours de suite. La nourriture était très bonne dans tous les hôpitaux — trop bonne, à la vérité. Plus encore en Espagne que partout ailleurs, il semble être de tradition de gaver les malades. A Lérida les repas étaient terrifiants. Le petit déjeuner, vers six heures du matin, se composait d'une soupe, d'une omelette, de ragoût, de pain, de vin blanc et de café ; et le déjeuner était encore plus copieux — cela à un moment où la plus grande partie de la population civile était sérieusement sous-alimentée. Une alimentation légère, c'est une chose que les Espagnols paraissent ne pas admettre. Ils donnent aux malades la même nourriture qu'aux bien-portants — toujours cette même cuisine riche, grasse, où tout baigne dans l'huile d'olive.

Un matin, on annonça qu'on allait envoyer le jour même les hommes de ma salle à Barcelone. Je me débrouillai pour envoyer à ma femme un télégramme lui annonçant mon arrivée, et aussitôt après on nous entassa dans des autobus et l'on nous mena à la gare. C'est seulement au moment où déjà le train commençait à rouler que l'infirmier qui nous accompagnait laissa incidemment échapper qu'au demeurant ce n'était pas à Barcelone que nous allions, mais à Tarragone. Je suppose que le mécanicien avait changé d'avis. « Voilà bien l'Espagne ! » pensai-je. Mais ce qui fut très espagnol, aussi, c'est qu'ils consentirent à arrêter le train pour me donner le temps d'envoyer un autre télégramme ; et ce qui fut plus espagnol encore, c'est que ce télégramme n'arriva jamais à destination.

On nous avait mis dans des compartiments de troisième classe ordinaires, à banquettes de bois, et pourtant beaucoup d'entre nous étaient gravement blessés et quittaient le lit ce matin-là pour la première fois. Il ne fallut pas longtemps pour que, la chaleur et le cahotage aidant, la moitié des hommes s'évanouissent et que plusieurs se missent à vomir sur le plancher. L'infirmier se faufilait parmi ces formes étalées partout et qui avaient l'air de cadavres, portant une grande outre en peau de bouc pleine d'eau qu'il faisait gicler par-ci par-là dans une bouche. C'était une eau infecte ; je me souviens encore de son goût ! Nous entrâmes dans Tarragone au coucher du soleil. La voie ferrée longeait le rivage, à un jet de pierre de la mer. Tandis que notre train pénétrait dans la gare, un autre train militaire rempli d'hommes des Brigades internationales en sortait, et un groupe de gens, sur le pont, leur faisait des gestes d'adieu. C'était un train très long, plein à craquer d'hommes et transportant, attachés sur des trucks, des canons de campagne auxquels se cramponnaient encore des grappes d'hommes. Dans mon souvenir est restée particulièrement vive la vision de ce train passant dans la lumière dorée du soir ; les portières défilant, toutes garnies de visages bruns, souriants ; les longs canons inclinés ; les foulards écarlates flottant — tout cela nous croisant et s'éloignant dans un lent glissement, et se détachant sur la mer couleur de turquoise.

« *Extranjeros* — des étrangers — dit quelqu'un. Ce sont des Italiens... »

Visiblement c'étaient des Italiens : il n'y a qu'eux pour se grouper aussi pittoresquement ou rendre à la foule son salut avec autant de grâce — une grâce que n'altérait en rien le fait que la moitié d'entre eux tenaient, relevées en l'air, des bouteilles de vin et buvaient à même. Nous apprîmes par la suite que c'était là une partie des troupes qui avaient remporté la grande victoire de Guadalajara en mars ; ces hommes avaient été en permission et on les dirigeait à présent sur le front d'Aragon. Je crains bien que la plupart d'entre eux n'aient été tués à Huesca, à peine quelques semaines plus tard. Ceux d'entre nous qui se sentaient assez bien pour pouvoir se tenir debout avaient gagné les portières pour acclamer au passage les Italiens. Une béquille fut agitée en dehors d'un compartiment, des bras emmaillotés de pansements firent le salut rouge. On eût dit un tableau allégorique de la guerre, ces deux trains se croisant, l'un avec sa charge d'hommes frais glissant fièrement vers le front, l'autre ramenant lentement des estropiés — et cela n'empêchait pas les cœurs de bondir comme toujours à la vue des canons sur les trucks, qui faisait renaître le sentiment pernicieux, dont il est si difficile de se défaire, que la guerre, en dépit de tout, *est bien* chose glorieuse.

C'était un très grand hôpital que celui de Tarragone et il était rempli de blessés de tous les fronts. Quelles blessures on voyait là ! On y avait une façon d'en soigner certaines qui était, je suppose, en conformité avec la plus récente pratique médicale, mais qui offrait un spectacle particulièrement horrible. Elle consistait à laisser la blessure complètement à découvert et sans pansement, mais protégée des mouches par une gaze à envelopper le beurre tendue sur des fils de fer. A travers la gaze on pouvait voir la gelée rouge d'une blessure à demi cicatrisée. Il y avait un homme, blessé à la figure et à la gorge, dont la tête était enfermée dans une sorte de heaume sphérique de gaze à envelopper le beurre ; il avait la bouche obturée et il respirait au moyen d'un petit tube fiché entre ses lèvres. Pauvre diable, il avait l'air si seul, tandis qu'il errait çà et là, vous regardant à travers sa cage de gaze et ne pouvant pas parler ! Je suis resté à Tarragone trois ou quatre jours. Mes forces me revenaient et un jour, en allant très lentement, je parvins à descendre jusqu'à la plage. Quelle drôle d'impression cela faisait de voir la vie d'un bord de mer se poursuivre presque telle qu'en temps normal, les cafés élégants le long de la promenade, et la bourgeoisie bien en chair de l'endroit se baigner et s'exposer au soleil sur des chaises longues, tout comme s'il n'y avait pas eu une guerre à moins d'un millier de kilomètres. Toujours est-il que j'arrivai juste pour voir un baigneur se noyer, ce que l'on eût cru impossible dans cette mer peu profonde et tiède.

Enfin, huit ou neuf jours après mon départ du front, on examina ma blessure. Dans le dispensaire où les blessés nouvellement arrivés étaient examinés, les docteurs armés de très grands ciseaux s'attaquaient aux cuirasses de plâtre dans lesquelles des hommes, ayant les côtes, les clavicules, etc., brisées, avaient été emballés aux centres d'évacuation à l'arrière immédiat des premières lignes ; de l'encolure de l'énorme cuirasse informe on voyait sortir un visage, anxieux, sale, hérissé de barbe d'une semaine. Le médecin, un bel homme plein d'entrain, paraissant la trentaine, me fit asseoir sur une chaise, me saisit la langue avec un morceau de gaze rugueuse, me la tira en dehors tant qu'il put, dirigea vers l'intérieur de ma gorge un miroir de dentiste et me dit de dire : « Eh ! » Après avoir continué à tirer jusqu'à ce que j'eusse la langue en sang et des larmes pleins les yeux, il me dit que j'avais une corde vocale paralysée.

« Quand retrouverai-je la voix ? demandai-je.

— La voix ? Oh ! vous ne la retrouverez jamais », répondit-il gaiement.

Cependant il se trompait, comme le prouva la suite. Pendant deux mois environ je ne pus guère émettre qu'un murmure, mais ensuite ma voix redevint normale et d'une façon assez soudaine, l'autre corde vocale s'étant mise à « compenser ». La douleur de mon bras était due à ce que la balle avait traversé un faisceau de nerfs dans la nuque. C'était une douleur lancinante comme une névralgie et dont je souffris sans répit durant un mois environ, tout particulièrement la nuit, aussi ne pouvais-je que bien peu dormir. J'avais aussi les doigts de la main droite à demi paralysés. A présent encore, cinq mois après, mon index reste gourd ; drôle de conséquence pour une blessure au cou !

Ma blessure étant une manière de curiosité, plusieurs médecins l'examinèrent avec force claquements de langue et *que suerte ! que suerte !* L'un d'eux me déclara avec autorité que la balle avait manqué l'artère d'« un millimètre ». Comment il savait ça, je l'ignore ! Aucun de ceux que j'ai rencontrés à cette époque — docteurs, infirmières, *practicantes* ou patients — jamais n'a manqué de m'assurer qu'un homme qui a eu le cou traversé d'une balle et qui y survit est le plus veinard des êtres. Je ne pouvais m'empêcher de penser que c'eût été encore plus de veine de n'avoir pas été blessé du tout.

XI

A Barcelone, durant toutes les dernières semaines que j'y ai passées, on sentait dans l'air quelque chose d'insolite et de sinistre — atmosphère de suspicion, de peur, d'incertitude et de haine voilée. Les troubles de mai avaient des conséquences inextirpables. Avec la chute du gouvernement Caballero, les communistes étaient nettement arrivés au pouvoir ; la charge de l'ordre intérieur était à présent aux mains de ministres communistes et il ne faisait de doute pour personne qu'ils écraseraient leurs rivaux politiques dès que la moindre occasion leur en serait fournie. Il ne se passait rien encore — personnellement je ne me représentais même pas du tout ce qui allait se passer — et cependant l'on avait continuellement le sentiment vague d'un danger, conscience d'une menace. Forcément on avait, dans une telle atmosphère, l'impression d'être un conspirateur, si peu qu'on le fût en réalité. Il semblait qu'on passât tout son temps à s'entretenir à voix basse avec quelqu'un dans les coins des cafés, en se demandant si cette personne à une table voisine était un espion de la police.

Il courait, par suite de la censure des journaux, toutes sortes de bruits alarmants. Celui, entre autres, que le gouvernement Negrín-Prieto projetait de terminer la guerre par un compromis. J'inclinais alors à le croire, car les fascistes étaient en train de cerner Bilbao et visiblement le gouvernement ne faisait rien pour sauver cette ville. On déployait bien partout des drapeaux basques, de jeunes quêteuses faisaient tinter des troncs dans les cafés et il y avait les habituelles émissions au sujet des « défenseurs héroïques », mais les Basques n'obtenaient aucun secours véritable. On était tenté de croire que le gouvernement menait double jeu. Sur ce point je me trompais absolument, les événements ultérieurs l'ont prouvé ; toutefois il semble qu'on eût probablement pu sauver Bilbao en déployant un peu plus d'énergie. Une offensive sur le front d'Aragon, même non couronnée de succès, eût forcé Franco à détourner une partie de son armée ; or le gouvernement ne donna l'ordre d'attaquer que lorsqu'il était déjà bien trop tard — en fait, à peu près au moment où Bilbao tomba. La C.N.T. diffusa largement un tract qui recommandait : « Tenez-vous sur vos gardes », en laissant entendre que « certain parti » (faisant par là allusion aux communistes) complotait un coup d'Etat. Un autre sentiment universellement répandu était la crainte que la Catalogne ne se trouvât sur le point d'être envahie. Quelque temps auparavant, en remontant au front, j'avais vu les puissants ouvrages de défense que l'on construisait à pas mal de kilomètres en arrière des premières lignes, et les nouveaux abris contre les bombes que l'on creusait tout autour de Barcelone. Les alertes de raids aériens et maritimes étaient fréquentes, fausses le plus souvent, mais le cri strident des sirènes plongeait chaque fois la ville pour des heures de suite dans l'obscurité et les gens peureux s'engouffraient dans les caves. La police avait des espions partout. Les prisons étaient encore bondées de détenus dont l'arrestation remontait aux troubles de mai, et elles continuaient à en absorber d'autres — toujours naturellement des anarchistes et des membres du P.O.U.M. — qui disparaissaient, par un ou deux à la fois. Personne, pour autant qu'on pût s'en rendre compte, ne passait jamais en jugement, ni même n'était inculpé — pas même accusé de quelque chose d'aussi précis que d'être « trotskyste » ; on était tout bonnement jeté et gardé en prison, habituellement *incomunicado*. Bob Smillie était toujours incarcéré à Valence. Nous ne pûmes rien apprendre, si ce n'est que ni le délégué local de l'I.L.P. ni l'avocat engagé n'avaient la permission de le voir. On emprisonnait de plus en plus d'étrangers des Brigades internationales et des autres milices. En général ils étaient arrêtés en tant que déserteurs. C'était un trait caractéristique de l'état de choses que personne à présent ne savait avec certitude s'il fallait considérer un milicien comme un volontaire ou comme un soldat régulier. Quelques mois plus tôt, à tout homme s'enrôlant dans les milices on avait dit qu'étant un volontaire il pourrait toujours, s'il le désirait, obtenir son certificat de démobilisation à chaque fois que ce serait pour lui le moment de partir en permission. Le gouvernement semblait maintenant avoir changé d'avis et considérer un milicien comme un soldat régulier que l'on portait déserteur s'il essayait de rentrer dans son pays. Toutefois personne n'avait de certitude à ce sujet. Dans certains secteurs du front les autorités continuaient à délivrer des certificats de démobilisation. A la frontière, tantôt on en reconnaissait la validité, et tantôt non. Dans ce dernier cas, c'était la prison sur-le-champ. Le nombre des « déserteurs » étrangers finit par se chiffrer par centaines, mais la plupart furent rapatriés quand on éleva des protestations à leur sujet dans leurs pays.

Des bandes de gardes d'assaut armés rôdaient partout dans les rues, les gardes civils occupaient toujours les cafés et d'autres immeubles en des points stratégiques, et un grand nombre des locaux du P.S.U.C. avaient encore leur protection de sacs de terre et leurs barricades. En différents points de la ville on avait posté des gardes civils et des carabiniers pour arrêter les passants et examiner leurs papiers. Tout le monde me recommanda de bien me garder de montrer ma carte de milicien du P.O.U.M., de ne sortir que mon passeport et mon billet d'hôpital. Laisser savoir qu'on avait servi dans les milices du P.O.U.M. suffisait à vous mettre en danger. Les miliciens du P.O.U.M., blessés ou en permission, étaient l'objet de brimades mesquines — ils rencontraient, par exemple, des difficultés pour toucher leur solde. *La Batalla* paraissait toujours, mais était censurée au point de friser l'inexistence ; *Solidaridad* et les autres journaux anarchistes étaient également soumis à de larges coupures. D'après un nouveau règlement, les parties censurées des journaux ne devaient pas être laissées en blanc, mais comblées avec d'autres « papiers », aussi était-il souvent impossible de savoir si quelque chose avait été coupé.

En ce qui concerne le manque de vivres, qui a sévi de façon variable durant tout le cours de la guerre, on était alors à l'un des pires moments. Le pain était rare, et le moins cher était falsifié avec du riz ; celui que les soldats recevaient à la caserne était abominable, on aurait dit du mastic. Il n'y avait que très peu de lait et de sucre, à peu près pas de tabac, à part les si coûteuses cigarettes de contrebande. Le manque d'huile d'olive, dont les Espagnols font une demi-douzaine d'emplois différents, se faisait sentir de façon aiguë. Les queues de femmes pour l'achat d'huile d'olive étaient placées sous la surveillance de gardes civils montés, qui s'amusaient parfois à faire entrer à reculons leurs chevaux dans la queue en tâchant de les faire marcher sur les pieds des femmes. Un autre petit désagrément, c'était le manque de menue monnaie. On avait retiré de la circulation les pièces d'argent sans y avoir encore substitué de monnaie nouvelle, si bien qu'il n'y avait rien entre la pièce de dix centimes et le billet de deux pesetas et demie, et tous les billets au-dessous de dix pesetas étaient très rares. Pour les gens les plus pauvres, cela représentait une aggravation de la disette. Une femme ne possédant qu'un billet de dix pesetas risquait, lorsque enfin, après avoir fait la queue pendant des heures à l'extérieur de l'épicerie, son tour arrivait, de ne pouvoir rien acheter du tout, parce que l'épicier n'avait pas de monnaie et qu'elle ne pouvait se permettre de dépenser d'un coup les dix pesetas.

Il n'est pas facile de faire comprendre l'atmosphère de cauchemar de cette époque, l'inquiétude très singulière causée par les bruits qui couraient et se contredisaient les uns les autres, par la censure des journaux et la présence constante d'hommes armés. Il n'est pas facile d'en donner l'idée exacte parce que, pour le moment, ce qu'il y a de capital dans une telle atmosphère n'existe pas en Angleterre. En Angleterre l'intolérance politique n'est pas considérée comme chose admise. Il existe bien une certaine persécution politique : si j'étais ouvrier mineur, je ne m'empresserais pas de faire savoir à mon patron que je suis communiste : mais le « bon membre du parti », le gangster - gramophone de la politique continentale, y est encore une rareté, et l'intention de « liquider » ou d'« éliminer » quiconque vient à n'être pas du même avis que vous n'y paraît pas encore chose naturelle. Cela ne paraissait que chose trop naturelle à Barcelone ! Du moment que les « stalinistes » dominaient il allait de soi que tout « trotskyste » était en danger. Il n'advint somme toute pas ce que tout le monde craignait : un nouveau déclenchement de la guerre des rues dont, comme précédemment, l'on rendrait responsables le P.O.U.M. et les anarchistes. Par moments, je me surprenais à tendre l'oreille pour écouter si l'on n'entendait pas les premiers coups de feu. On eût dit que quelque monstrueux esprit malfaisant planait sur la ville. Tout le monde sentait cela et en faisait la réflexion, en termes curieusement semblables : « Oh ! l'atmosphère de cette ville — c'est effroyable ! On se croirait dans un asile d'aliénés ! » Mais peut-être ne devrais-je pas dire *tout le monde*. Certains visiteurs anglais qui parcoururent hâtivement l'Espagne, d'hôtel en hôtel, paraissent n'avoir pas remarqué qu'il y avait quelque chose qui clochait dans l'atmosphère générale. La duchesse d'Atholl écrit (*Sunday Express,* 17 octobre 1937) :

« J'ai été à Valence, à Madrid et à Barcelone... dans ces trois villes un ordre parfait régnait, sans aucun déploiement de force. Tous les hôtels où j'ai séjourné étaient non seulement "normaux", mais extrêmement confortables, si l'on passe sur le manque de beurre et de café. »

C'est une particularité des voyageurs anglais de ne pas vraiment croire à l'existence de quelque chose en dehors des grands hôtels. J'espère qu'on a trouvé un peu de beurre pour la duchesse d'Atholl.

J'étais au sanatorium Maurín, l'un des sanatoriums dirigés par le P.O.U.M. Il était situé dans la banlieue, près du Tibidabo, ce mont de configuration étrange qui s'élève abruptement aux confins de Barcelone et du sommet duquel, selon la tradition, Satan aurait montré à Jésus les royaumes de la terre (d'où son nom). La maison, qui avait auparavant appartenu à quelque riche bourgeois, avait été saisie au moment de la révolution ; la plupart des hommes qui se trouvaient là, ou bien avaient été évacués du front pour maladie, ou bien avaient quelque blessure — amputation d'un membre, par exemple — qui les avait rendus définitivement inaptes. Il y avait déjà dans ce sanatorium plusieurs Anglais : Williams, avec sa jambe abîmée, et Stafford Cottman, un jeune homme de dix-huit ans qui, présumé tuberculeux, avait été renvoyé des tranchées, et Arthur Clinton dont le bras gauche brisé était encore attaché avec une courroie sur un de ces encombrants trucs métalliques, surnommés aéroplanes, qui étaient en usage dans les hôpitaux espagnols. Ma femme continuait de loger à l'hôtel Continental et généralement je me rendais à Barcelone dans la journée. Le matin j'allais à l'hôpital général subir un traitement électrique pour mon bras. Drôle de traitement : une suite de secousses électriques, donnant une sensation de picotements, qui imprimaient aux divers groupes de muscles un mouvement de saccade — mais cela paraissait me faire du bien : je retrouvai l'usage de mes doigts et la douleur s'atténua quelque peu. Nous avions tous deux décidé que ce que nous avions de mieux à faire, c'était de rentrer en Angleterre le plus tôt possible. J'étais extrêmement faible, j'avais, semblait-il, perdu la voix pour de bon, et les médecins me disaient qu'en mettant les choses au mieux j'en avais pour plusieurs mois avant d'être de nouveau apte au combat. Il me fallait me mettre tôt ou tard à gagner un peu d'argent et à quoi cela rimait-il de rester en Espagne, en bouche inutile, à manger des rations dont d'autres avaient besoin. Mais mes motifs étaient surtout égoïstes. Je n'en pouvais plus, j'éprouvais un désir intense de m'en aller loin de tout cela ; loin de cette horrible atmosphère de suspicion et de haine politiques, de ces rues pleines d'hommes armés, des bombardements aériens, des tranchées, des mitrailleuses, des trams grinçants, du thé sans lait, de la cuisine à l'huile, de la privation de cigarettes — loin de presque tout ce que j'avais appris à associer à l'idée de l'Espagne.

Les docteurs de l'hôpital général m'avaient déclaré inapte, mais pour obtenir mon certificat de démobilisation, je devais passer devant un conseil de santé dans l'un des hôpitaux proches du front, et aller ensuite à Sietamo faire viser mes papiers au quartier général des milices du P.O.U.M. Kopp venait juste d'arriver du front, plein d'exultation. Il venait de prendre part à un combat et disait que Huesca était sur le point d'être prise, enfin. Le gouvernement avait fait venir des troupes du front de Madrid et opérait la concentration de trente mille hommes et d'un très grand nombre d'avions. Les Italiens, que j'avais vus à Tarragone alors qu'ils remontaient au front, avaient livré une attaque sur la route de Jaca, mais avaient eu beaucoup de morts et de blessés et perdu deux tanks. Néanmoins la ville ne pouvait manquer de tomber bientôt, disait Kopp. (Hélas ! elle ne tomba pas. L'offensive fut un effroyable gâchis et n'aboutit à rien, si ce n'est à une orgie de mensonges dans les journaux.) En attendant, Kopp avait à se rendre à Valence pour une entrevue au ministère de la Guerre. Il avait une lettre du général Pozas, qui commandait alors l'armée de l'Est — l'habituelle lettre d'introduction dépeignant Kopp comme une personne « de toute confiance » et le recommandant pour une affectation spéciale dans le Génie (Kopp avait été ingénieur dans la vie civile). Il partit pour Valence le même jour que je partis pour Sietamo, le 15 juin.

Je ne fus de retour à Barcelone que cinq jours plus tard. Notre camion bondé atteignit Sietamo vers minuit, et nous ne fûmes pas plus tôt arrivés au quartier général du P.O.U.M. que, avant même de prendre nos noms, on nous fit nous aligner et on se mit à nous distribuer des fusils et des cartouches. L'attaque semblait être déclenchée et l'on allait probablement appeler des troupes de réserve d'un moment à l'autre. J'avais mon billet d'hôpital dans ma poche, mais je ne pouvais guère refuser de me joindre aux autres. Je me pieutai par terre, avec une cartouchière pour oreiller, et dans un état de consternation profonde. Par suite de ma blessure, j'avais pour le moment les nerfs détraqués — je pense que c'est ce qui arrive d'ordinaire en pareil cas — et la perspective de me trouver de nouveau sous le feu m'effrayait terriblement. Mais comme toujours il y eut un peu de *mañana,* en fin de compte on ne nous appela pas, et le lendemain matin je montrai mon billet d'hôpital et dès lors m'occupai d'obtenir mon certificat de démobilisation. Ce qui exigea toute une série de voyages embrouillés et fatigants. Comme d'habitude on était renvoyé comme un volant d'hôpital en hôpital — pour moi ce fut Sietamo, Barbastro, Monzón, puis retour à Sietamo pour faire viser mon certificat, puis une fois de plus en route pour s'éloigner du front, en passant par Barbastro et Lérida — et cela alors que la convergence des troupes sur Huesca avait accaparé tous les moyens de transport et avait tout désorganisé. Je me souviens d'avoir dormi dans des endroits imprévus — une fois dans un lit d'hôpital, mais d'autres fois dans un fossé, sur un banc très étroit d'où je tombai au milieu de la nuit, et enfin, à Barbastro, dans une sorte d'asile de nuit municipal. Dès qu'on s'éloignait de la ligne de chemin de fer, il n'y avait pas d'autre moyen de voyager que de sauter dans un camion de rencontre. Il fallait attendre au bord de la route durant des heures, trois ou quatre heures de suite parfois, en compagnie de groupes de paysans maussades, chargés de canards et de lapins, en faisant en vain de grands signes à chaque camion qui passait. Quand finalement on tombait sur un camion qui ne regorgeât pas d'hommes, de miches de pain et de caisses de munitions, on était rossé et mis en bouillie par le cahotement sur ces mauvaises routes. Jamais aucun cheval ne m'avait fait sauter aussi haut que ces camions. Le seul moyen pour tenir jusqu'au bout du voyage, c'était de se serrer les uns contre les autres et de se cramponner les uns aux autres. A ma grande humiliation, je m'aperçus que j'étais encore trop faible pour grimper dans un camion sans être aidé.

Je dormis une nuit à l'hôpital de Monzón, où je venais pour être examiné par le conseil de santé. Dans le lit voisin du mien, il y avait un garde d'assaut blessé au-dessus de l'œil gauche. Il se montra amical et m'offrit des cigarettes. Je dis : « A Barcelone, nous nous serions tirés mutuellement dessus », et cela nous fit rire. C'était curieux comme chez tous l'état d'esprit semblait changer dès qu'on se trouvait à proximité des premières lignes. Toutes ou presque toutes les mauvaises haines entre membres de partis politiques différents disparaissaient comme par enchantement. De tout le temps que j'ai passé au front je ne me rappelle pas qu'aucun membre du P.S.U.C. m'ait une seule fois témoigné de l'hostilité parce que j'étais du P.O.U.M. Ce genre de choses, c'était bon dans Barcelone ou dans d'autres villes encore plus éloignées du théâtre de la guerre. Il y avait un grand nombre de gardes d'assaut dans Sietamo. Ils y avaient été envoyés de Barcelone pour prendre part à l'attaque sur Huesca. Les gardes d'assaut étaient un corps qui, à l'origine, n'était pas destiné à être envoyé sur le front, et beaucoup d'entre eux ne s'étaient encore jamais trouvés auparavant sous le feu de l'ennemi. A Barcelone ils étaient les maîtres de la rue, mais ici ils étaient des *quintos* (des « bleus ») et devenaient copains avec des enfants de quinze ans des milices qui, eux, étaient sur le front depuis des mois. A l'hôpital de Monzón, le docteur respecta l'habituel programme : il tira sur ma langue, regarda dans ma gorge à l'aide d'un petit miroir, et m'assura sur le même ton joyeux que les autres que je ne retrouverais jamais la voix, puis il me signa mon certificat. Tandis que j'attendais pour être examiné, il y avait en cours, à l'intérieur du dispensaire, une terrible opération sans anesthésique — pourquoi sans anesthésique, je l'ignore. Hurlement de douleur sur hurlement de douleur, cela n'en finissait pas, et lorsqu'à mon tour j'entrai dans la salle, je vis des chaises jetées de côté et d'autre, et sur le parquet des flaques de sang et d'urine.

Les détails de ce dernier voyage se détachent dans mon souvenir avec une étonnante netteté. J'étais dans une tout autre disposition, beaucoup plus en humeur d'observer, que je n'avais été depuis des mois. J'avais mon certificat de démobilisation sur lequel avait été apposé le sceau de la 29ᵉ division, et un certificat du docteur me déclarant « bon à rien ». J'étais libre de rentrer en Angleterre ; dès lors je me sentais capable, pour la première fois peut-être, de regarder attentivement l'Espagne. J'avais une journée à passer à Barbastro car il n'y avait qu'un train par jour. Je n'avais fait, naguère, que jeter de rapides coups d'œil sur Barbastro, ce n'avait été pour moi qu'un coin de la guerre — un endroit gris, boueux, froid, rempli de camions assourdissants et de troupes miteuses. Il me paraissait étrangement différent à présent. En y flânant à l'aventure, je m'aperçus de l'existence de charmantes rues tortueuses, de vieux ponts de pierre, de débits de vin avec de grands fûts suintants de la hauteur d'un homme, et de mystérieux ateliers à demi souterrains où des hommes fabriquaient des roues de voiture, des poignards, des cuillers de bois et des outres en peau de bouc. Je m'arrêtai à regarder un homme fabriquer une outre et je découvris avec un vif intérêt une chose que j'avais jusqu'alors ignorée, c'est que l'on met le côté poils de la peau à l'intérieur et qu'on laisse le poil, si bien que ce que l'on boit en réalité, c'est de l'infusion de poils de bouc. J'avais bu à des outres des mois durant sans m'en être jamais avisé. Et sur les derrières de la ville, coulait une rivière peu profonde et vert jade ; il s'en élevait perpendiculairement une falaise rocheuse, avec des habitations construites dans le roc, de telle sorte que de la fenêtre de votre chambre à coucher vous pouviez cracher directement dans l'eau à vingt pieds au-dessous. D'innombrables pigeons logeaient dans les anfractuosités de la falaise. Et à Lérida, sur les corniches de vieilles maisons tombant en ruine, des milliers et des milliers d'hirondelles avaient bâti leurs nids ; à quelque distance, le dessin de cette croûte de nids offrait l'aspect d'un moulage orné à l'excès de l'époque rococo. C'est curieux à quel point durant presque les six derniers mois je n'avais pas eu d'yeux pour de telles choses ! Depuis que j'avais mes papiers de démobilisation dans la poche, je me sentais redevenu un être humain, et un peu un touriste aussi. Pour la première fois à peu près j'avais le sentiment d'être réellement en Espagne, dans le pays que j'avais toute ma vie souhaité visiter. Dans les calmes petites rues écartées de Lérida et de Barbastro, il me sembla saisir une vision fugitive, une sorte de rumeur lointaine de cette Espagne que chacun porte dans son imagination : blanches sierras, chevriers, cachots de l'Inquisition, palais maures, noires théories de mules serpentant, oliviers cendreux et bosquets de citronniers, jeunes filles en mantilles noires, vins de Malaga et d'Alicante, cathédrales, cardinaux, courses de taureaux, bohémiennes, sérénades — bref, l'Espagne. De toute l'Europe c'était le pays qui avait le plus hanté mon imagination. Quel dommage que lorsque j'avais enfin pu y venir, ç'ait été pour n'y voir que ce coin du nord-est, dans le bouleversement d'une guerre et presque uniquement en hiver.

Il était tard lorsque j'arrivai à Barcelone, et il n'y avait pas de taxis. C'était inutile d'essayer de gagner le sanatorium Maurín qui était situé tout à fait à l'extérieur de la ville ; je me dirigeai donc vers l'hôtel Continental, en m'arrêtant en cours de route pour dîner. Je me souviens d'avoir eu une conversation avec un garçon très paternel à propos de pichets de chêne, cerclés de cuivre, dans lesquels on servait le vin. Je lui dis que j'aimerais bien en acheter un service pour le rapporter en Angleterre. Le garçon me répondit d'un ton plein de sympathie : « Oui, n'est-ce pas, ils sont beaux ? Mais impossible d'en acheter à présent. Personne n'en fabrique plus — personne ne fabrique plus rien. Ah ! cette guerre — c'est lamentable ! » Nous tombâmes d'accord que cette guerre était une chose lamentable. Une fois de plus je me fis l'effet d'un touriste. Le garçon me questionna aimablement : Avais-je aimé l'Espagne ? Reviendrais-je en Espagne ? Oh ! Oui, je reviendrais en Espagne. Le caractère temps-de-paix de cette conversation s'est gravé dans ma mémoire, à cause de ce qui l'a immédiatement suivie.

Lorsque j'arrivai à l'hôtel, ma femme était assise dans le salon. Elle se leva et vint à ma rencontre d'un air si dégagé que j'en fus frappé ; puis elle me passa un bras autour du cou et, tout en souriant tendrement à l'intention de la galerie, me murmura à l'oreille :

« *Va-t'en !*

— Comment ?

— Va-t'en d'ici *tout de suite !*

— Comment ?

— Ne reste pas ici ! Il faut vite t'en aller !

— Tu dis ? Pourquoi ? Qu'est-ce que tu veux dire ? »

Elle me tenait par le bras et déjà m'entraînait vers l'escalier. A mi-chemin en descendant, nous croisâmes un Français — je tairai son nom car, bien qu'il n'eût aucun lien avec le P.O.U.M., il s'est montré un véritable ami pour nous dans le malheur. En me voyant, l'expression de son visage se fit soucieuse :

« Écoutez donc ! Il ne faut pas que vous entriez

ici. Sortez vite d'ici et allez vous cacher avant qu'ils n'aient alerté la police. »

Et voilà qu'au bas de l'escalier un employé de l'hôtel, qui était membre du P.O.U.M. (à l'insu de la direction, j'imagine), sortit furtivement de l'ascenseur pour venir me dire en mauvais anglais de m'en aller. Mais je ne saisissais toujours pas ce qui était arrivé.

« Mais que diable veut donc dire tout cela ? demandai-je dès que nous fûmes sur le trottoir.

— Tu n'as pas *appris ?*

— Non. Appris quoi ? Je n'ai rien appris.

— Le P.O.U.M. a été supprimé. Ils ont saisi tous les locaux. En fait tout le monde est en prison. Et l'on dit qu'ils commencent déjà à fusiller. »

C'était donc cela ! Il nous fallait trouver quelque endroit où pouvoir parler. Tous les grands cafés sur les Ramblas étaient infestés de police, mais nous découvrîmes un café tranquille dans une rue écartée. Ma femme me raconta ce qui s'était passé pendant mon absence.

Le 15 juin la police avait brusquement arrêté Andrés Nin dans son bureau, et le même soir avait fait irruption à l'hôtel Falcón et arrêté toutes les personnes qui s'y trouvaient, des miliciens en permission pour la plupart. L'endroit avait été sur-le-champ converti en prison qui, en un rien de temps, regorgea de prisonniers de toutes sortes. Le lendemain le P.O.U.M. avait été déclaré organisation illégale et tous ses bureaux, librairies, sanatoriums, centres de Secours rouge, etc., avaient été saisis. Et pendant ce temps la police arrêtait tous ceux sur qui elle pouvait mettre la main qui étaient connus comme ayant quelque chose à voir avec le P.O.U.M. En l'espace d'un jour ou deux, les quarante membres du comité exécutif furent tous, ou presque tous, incarcérés. Peut-être, en se cachant, un ou deux d'entre eux avaient-ils réussi à échapper ; mais la police adopta un procédé (qu'on ne s'est pas fait faute de largement employer des deux côtés dans cette guerre) qui consistait, quand un homme disparaissait, à arrêter sa femme comme otage. Il n'y avait aucun moyen de savoir combien de personnes avaient été arrêtées. Ma femme avait entendu dire qu'il y en avait eu environ quatre cents rien qu'à Barcelone. J'ai depuis pensé que déjà à cette date il devait y en avoir eu davantage. Et l'on avait opéré les arrestations les plus imprévues. Dans certains cas la police avait même été jusqu'à tirer des hôpitaux des miliciens blessés.

Tout cela était de nature à jeter dans une profonde consternation. A quoi diable cela rimait-il ? Je pouvais comprendre, de leur part, la suppression du P.O.U.M., mais à quoi cela leur servait-il d'arrêter les gens ? Sans motif, autant qu'il était possible de s'en rendre compte. Manifestement la suppression du P.O.U.M. était avec effet rétroactif : le P.O.U.M. étant à présent illégal, c'était enfreindre la loi que d'y avoir auparavant appartenu. Comme d'habitude, les personnes arrêtées le furent sans avoir été inculpées. Cela n'empêchait pas les journaux communistes de Valence de lancer de façon flamboyante une histoire de « complot fasciste » monstre, avec communication par radio avec l'ennemi, documents signés à l'encre sympathique, etc. Je parlerai de cela plus en détail à la fin de ce livre *. Fait significatif, ce n'est que dans les journaux de Valence qu'on la vit apparaître. Je ne crois pas me tromper en disant qu'il n'y eut pas un mot à ce sujet, ou à propos de la suppression du P.O.U.M., dans aucun journal, communiste, anarchiste ou républicain, de Barcelone. Ce n'est pas par un journal espagnol que nous apprîmes la nature

* Voir Appendice II, p. 263.

exacte des accusations portées contre les leaders du P.O.U.M., mais par les journaux anglais qui parvinrent à Barcelone un ou deux jours plus tard. Ce que nous ne pouvions pas savoir à ce moment-là, c'est que le gouvernement n'était pas responsable de l'accusation de trahison et d'espionnage, et que des membres du gouvernement allaient par la suite la repousser. Nous ne savions vaguement qu'une seule chose, c'est qu'on accusait les leaders du P.O.U.M., et nous tous aussi probablement, d'être à la solde des fascistes. Et déjà partout le bruit courait que des gens étaient secrètement fusillés dans les prisons. A ce sujet, il y a eu pas mal d'exagérations, mais il est certain qu'il y a eu des détenus fusillés, et il ne fait guère de doute que ce fut le cas pour Nin. Après son arrestation, Nin fut transféré à Valence et de là à Madrid, et dès le 21 juin on sut à Barcelone, de façon vague d'abord, qu'il avait été fusillé. Plus tard la nouvelle se précisa : Nin avait été fusillé en prison par la police secrète, et son corps jeté dans la rue. On tenait cette histoire de différentes sources, en particulier de Federica Montseny, ex-membre du gouvernement. Depuis lors, on n'a jamais jusqu'ici entendu dire que Nin fût vivant. Quand, un peu plus tard, les délégués de plusieurs pays posèrent des questions à son sujet aux membres du gouvernement, ceux-ci tergiversèrent et tout ce qu'ils consentirent à dire, ce fut que Nin avait disparu et qu'ils ignoraient absolument où il était. Certains journaux publièrent un récit selon lequel Nin se serait enfui en territoire fasciste. Aucune preuve ne fut fournie à l'appui, et Irujo, ministre de la Justice, déclara par la suite que l'agence de presse « Espagne » avait falsifié son communiqué officiel *. D'ailleurs, il est bien improbable qu'on eût

* Voir les rapports sur la délégation Maxton auxquels je me reporte à la fin de ce livre (Appendice II).

laissé s'échapper un prisonnier politique de l'importance de Nin. A moins qu'un jour dans l'avenir on ne le retrouve vivant, je crois que la supposition qui s'impose est qu'il a été assassiné en prison.

Et ça n'en finissait pas, ces arrestations, cela dura des mois, tant et si bien que le nombre des détenus politiques, sans compter les fascistes, finit par s'élever à des milliers. Une chose à remarquer, ce fut l'autonomie des policiers de bas rang. Un grand nombre d'arrestations furent reconnues pour illégales, mais diverses personnes dont la relaxation avait été ordonnée par le chef de la police furent derechef arrêtées à la porte de la prison, enlevées et incarcérées dans des « prisons clandestines ». Un cas typique, ce fut celui de Kurt Landau et de sa femme. Ils furent arrêtés vers le 17 juin et immédiatement Landau « disparut ». Cinq mois plus tard sa femme était toujours en prison, n'avait pas été jugée et n'avait aucune nouvelle de son mari. Elle annonça son intention de faire la grève de la faim ; le ministre de la Justice lui fit alors savoir que son mari était mort. Peu de temps après elle fut relâchée, mais pour être presque immédiatement re-arrêtée et à nouveau jetée en prison. Ce qui vaut aussi d'être remarqué, c'est l'indifférence absolue dont firent preuve les policiers, au début en tout cas, quant aux répercussions de tous ordres que leurs actes pouvaient avoir sur la guerre. Ils n'hésitèrent pas à arrêter, sans en avoir demandé auparavant l'autorisation, des officiers occupant des postes militaires importants. Vers la fin juin, José Rovira, le général commandant la 29e division, fut arrêté quelque part près du front par une équipe de policiers envoyés de Barcelone. Ses hommes envoyèrent une délégation au ministère de la Guerre pour protester. Et l'on découvrit que ni le ministère de la Guerre, ni Ortega, le chef de la police, n'avaient même été informés de l'arrestation de Rovira. De toute l'affaire, le détail que je peux le moins digérer, bien qu'il ne soit peut-être pas de grande importance, c'est le fait qu'on ait laissé les troupes du front dans l'ignorance totale de ce qui était en train de se passer. Comme vous l'avez vu, ni moi ni personne au front n'avions rien su de la suppression du P.O.U.M. Tous les quartiers généraux des milices du P.O.U.M., ses centres de Secours rouge, etc., fonctionnaient comme à l'ordinaire, et le 20 juin encore et jusqu'à Lérida, à cent kilomètres à peine de Barcelone, personne ne savait rien des événements. Les journaux de Barcelone n'en soufflèrent pas mot (ceux de Valence qui lançaient les histoires d'espionnage ne parvenaient pas sur le front d'Aragon), et il est hors de doute que si l'on arrêta tous les miliciens en permission à Barcelone, ce fut pour les empêcher de remonter en ligne porteurs de ces nouvelles. Le détachement avec lequel j'étais retourné au front le 15 juin doit avoir été le dernier à partir. Je ne suis pas encore arrivé à comprendre comment la chose put être tenue secrète, car enfin les camions de ravitaillement, entre autres, faisaient toujours la navette ; mais il n'y a pas de doute, elle fut bel et bien tenue secrète, et, comme je l'ai depuis appris de la bouche de beaucoup d'autres, les hommes du front n'entendirent parler de rien encore pendant plusieurs jours. La raison de tout cela est suffisamment claire. L'offensive sur Huesca venait d'être déclenchée, les milices du P.O.U.M. formaient encore une unité à part, et l'on craignit probablement que si les miliciens venaient à apprendre ce qui était arrivé, ils ne refusassent de combattre. A la vérité, il ne se passa rien de tel quand la nouvelle fut connue. Dans l'intervalle il doit y avoir eu un grand nombre d'hommes qui furent tués sans avoir jamais su que les journaux, à l'arrière, les traitaient de fascistes. C'est là le genre de choses qu'on a du mal à pardonner. Je sais bien que c'était une tactique courante de laisser ignorer aux troupes les mauvaises nouvelles, et peut-être qu'en général on a en cela raison. Mais c'était tout autre chose d'envoyer des hommes au combat, et de ne pas même leur dire que derrière leur dos on était en train de supprimer leur parti, d'accuser leurs chefs de trahison et de jeter en prison leurs parents et leurs amis.

Ma femme commença de me raconter ce qui était arrivé à nos différents amis. Certains parmi les Anglais et les autres étrangers avaient pu franchir la frontière. Williams et Stafford Cottman n'avaient pas été arrêtés lors de la descente de police dans le sanatorium Maurín et se tenaient cachés quelque part dans la ville. C'était le cas aussi de John McNair, qui était allé en France et était revenu en Espagne après la mise en illégalité du P.O.U.M. — acte téméraire, mais il ne s'était pas senti le cœur de rester à l'abri tandis que ses camarades étaient en danger. Mais pour tous les autres amis, ce fut l'antienne : « Ils ont "eu" un tel et un tel », « ils ont "eu" un tel et un tel ». Ils paraissaient avoir « eu » presque tout le monde. Je pensai tomber de mon haut en apprenant qu'ils avaient également « eu » Georges Kopp.

« Comment ! Kopp ? Je le croyais à Valence ? »

J'appris que Kopp était revenu à Barcelone ; il était porteur d'une lettre du ministère de la Guerre au colonel commandant les opérations du Génie sur le front est. Il savait, bien sûr, que le P.O.U.M. avait été supprimé, mais probablement ne lui était-il pas venu à l'idée que la police pût être assez absurde pour l'arrêter alors qu'il était en route pour le front avec une mission militaire urgente à remplir. Il était venu faire un tour à l'hôtel Continental pour reprendre ses valises ; ma femme était à ce moment-là sortie, et les gens de l'hôtel s'étaient arrangés pour le retenir sous un prétexte quelconque tandis qu'ils appelaient la police. J'avoue que j'eus un accès de colère lorsque j'appris l'arrestation de Kopp. Il était mon ami personnel, j'avais servi sous ses ordres pendant des mois, je m'étais trouvé sous le feu de l'ennemi avec lui et je connaissais son histoire. C'était un homme qui avait tout sacrifié — famille, nationalité, situation — tout simplement pour venir en Espagne combattre contre le fascisme. En quittant la Belgique sans autorisation et en s'engageant dans une armée étrangère alors qu'il était dans l'armée belge de réserve, et, auparavant, en ayant aidé à fabriquer illégalement des munitions pour le gouvernement espagnol, il s'était amassé bon nombre d'années d'emprisonnement si jamais il revenait dans son propre pays. Depuis octobre 1936 il était sur le front où, de simple milicien, il était devenu chef de bataillon, avait pris part à je ne sais combien de combats et avait été blessé une fois. Pendant les troubles de mai, comme j'en avais été personnellement témoin, il avait empêché un combat local et avait ainsi probablement sauvé une dizaine ou une vingtaine de vies. Et en retour, tout ce qu'ils savaient faire, c'était de le jeter en prison ! C'est perdre son temps que de se mettre en colère, mais la malignité stupide de choses de ce genre met la patience à rude épreuve.

Ils n'avaient pas « eu » ma femme. Elle était pourtant restée à l'hôtel Continental, mais la police n'avait pas fait mine de l'arrêter. Il sautait aux yeux qu'on voulait la faire servir d'appeau. Mais, deux nuits auparavant, au petit jour, six policiers en civil avaient fait irruption dans notre chambre d'hôtel et avaient perquisitionné. Ils avaient saisi jusqu'au moindre morceau de papier en notre possession, à l'exception, heureusement, de nos passeports et de notre carnet de chèques. Ils avaient emporté mes journaux intimes, tous nos livres, toutes les coupures de presse accumulées depuis des mois (je me suis souvent demandé de quelle utilité elles avaient bien pu leur être), tous mes souvenirs de guerre et toutes nos lettres. (Entre parenthèses, ils ont emporté quantité de lettres que j'avais reçues de mes lecteurs. Je n'avais pas répondu à certaines d'entre elles et je n'ai évidemment pas les adresses. Si quelqu'un, qui m'a écrit au sujet de mon dernier livre et n'a pas reçu de réponse, vient à lire ces dernières lignes, qu'il veuille bien y trouver mes excuses.) J'appris par la suite que la police s'était également emparée des affaires que j'avais laissées au sanatorium Maurín, allant jusqu'à emporter un paquet de linge sale. Peut-être s'est-elle imaginé que des messages pouvaient y avoir été écrits à l'encre sympathique.

Il était évident qu'il y aurait moins de danger pour ma femme à rester à l'hôtel, tout au moins momentanément. Si elle tentait de disparaître, ils seraient immédiatement à ses trousses. Quant à moi, il me fallait me cacher sans plus tarder. Cela me révoltait. En dépit de ces innombrables arrestations, je ne parvenais pas à croire que je courais un danger quelconque. Tout cela me semblait par trop absurde. C'était ce même refus de prendre au sérieux des attaques ineptes qui avait conduit Kopp en prison. Je ne cessais de répéter : « Mais pour quelle raison trouverait-on nécessaire de m'arrêter ? Qu'avais-je fait ? » Je n'étais même pas membre du P.O.U.M. Oui, j'avais porté les armes durant les troubles de mai, mais comme l'avaient fait, disons, quarante ou cinquante mille autres. En outre, j'avais rudement besoin d'une bonne nuit de sommeil. J'avais envie de courir le risque et de retourner à l'hôtel. Mais ma femme ne voulut pas en entendre parler. Patiemment elle m'expliqua la situation. Peu importait ce que j'avais ou n'avais pas fait. Il ne s'agissait pas d'une rafle de criminels ; il s'agissait d'un régime de terreur. Je n'étais coupable d'aucun acte précis, mais j'étais coupable de « trotskysme ». Le fait d'avoir servi dans les milices du P.O.U.M. était à lui seul amplement suffisant à me mener en prison. Il était vain, ici, de se cramponner à la notion anglaise qu'on est en sécurité aussi longtemps qu'on respecte la loi. Dans la pratique la loi était ce qui plaisait à la police qu'elle fût. La seule chose à faire était de me terrer et de ne pas laisser savoir que j'avais eu quelque rapport que ce fût avec le P.O.U.M. Nous fîmes la revue des papiers que contenaient mes poches. Ma femme me fit déchirer ma carte de milicien, qui portait « P.O.U.M. » écrit en gros caractères, ainsi que la photo d'un groupe de miliciens avec un drapeau du P.O.U.M. à l'arrière-plan ; c'étaient des choses de ce genre qui vous faisaient arrêter à présent. Il fallait cependant que je garde mes papiers de démobilisation. Même eux étaient un danger, car ils portaient le sceau de la 29ᵉ division et les policiers sauraient probablement que la 29ᵉ division, c'était le P.O.U.M. ; mais sans eux je risquais d'être arrêté comme déserteur.

Ce à quoi il nous fallait penser, c'était à sortir d'Espagne. Cela n'avait pas le sens commun de rester ici avec la certitude d'être tôt ou tard emprisonné. A vrai dire, tous deux, nous eussions bien aimé rester, simplement pour voir ce qui allait arriver. Mais je songeai que les prisons espagnoles devaient être de vraies pouilleries (en fait, elles étaient encore pires que je ne les imaginais) et qu'une fois en prison on ne savait jamais quand on en sortirait, et que j'étais en mauvaise santé, sans parler de ma douleur au bras. Il fut convenu que nous nous rencontrerions le lendemain au consulat britannique, où devaient aussi aller Cottman et McNair. Cela nous prendrait probablement deux jours pour faire mettre en règle nos passeports. Avant de quitter l'Espagne, on avait à les faire timbrer en trois endroits différents : par le chef de la police, par le consul français et par les autorités catalanes du service de l'immigration. Le dangereux, c'était le chef de la police, naturellement. Mais peut-être le consul britannique pourrait-il s'arranger de manière à n'avoir pas à révéler mes rapports avec le P.O.U.M. Évidemment il devait bien exister une liste des étrangers suspects de « trotskysme », et très probablement nos noms s'y trouvaient-ils, mais avec de la chance nous parviendrions peut-être à la frontière avant la liste. Car on pouvait compter sur pas mal de désordre et de *mañana*. Heureusement c'était l'Espagne, et non l'Allemagne. La police secrète espagnole participait de l'esprit de la Gestapo, mais ne possédait guère sa compétence.

Nous nous séparâmes donc. Ma femme retourna à l'hôtel et moi je me mis à errer dans l'obscurité, en quête d'un endroit où pouvoir dormir. J'étais, il m'en souvient, de fort mauvaise humeur et excédé. J'avais tellement désiré une nuit dans un lit ! Je n'avais nulle part où aller, ne connaissais aucune maison où pouvoir chercher refuge. Le P.O.U.M. n'avait pratiquement pas d'organisation clandestine. Ses leaders s'étaient sûrement toujours rendus compte que, très probablement, le parti serait supprimé ; mais jamais ils ne s'étaient attendus à une chasse à la sorcière de cette sorte et aussi étendue. Ils s'y étaient, en vérité, si peu attendus que jusqu'au jour même de la suppression du P.O.U.M. ils avaient poursuivi les travaux d'aménagement des locaux du P.O.U.M. (entre autres choses, ils faisaient construire un cinéma dans l'immeuble du comité exécutif, qui avait été auparavant une banque). Aussi le P.O.U.M. était-il dépourvu des lieux de rendez-vous et des cachettes que tout parti révolutionnaire devrait, cela va de soi, posséder. Dieu sait combien de gens dont la maison avait reçu la visite de la police dormirent dans la rue cette nuit-là. Je venais de passer cinq jours en voyages fatigants et pendant lesquels j'avais dormi dans des endroits impossibles, mon bras me faisait diablement souffrir, et voilà maintenant que ces imbéciles me donnaient la chasse et qu'il allait encore falloir dormir par terre ! A cela, à peu près, se bornaient mes pensées. Je ne me livrais à aucune des réflexions politiques tout indiquées. Ça ne m'arrive jamais pendant que les choses sont en train de se passer. Il semble en aller toujours de même chaque fois que je prends part à la guerre ou à la politique : je n'ai jamais conscience de rien d'autre que de l'inconfort physique et de mon désir profond que prenne fin au plus vite toute cette maudite absurdité. Après coup il m'est possible de saisir la signification des événements, mais tant qu'ils sont en train de se produire, je ne fais que souhaiter d'être en dehors — trait ignoble, peut-être.

J'avais marché longtemps et me trouvai non loin de l'hôpital général. Je cherchais un coin où pouvoir m'étendre et où la police ne viendrait pas fourrer son nez pour me demander mes papiers. J'essayai d'un abri contre raids aériens, mais, creusé de trop fraîche date, il ruisselait d'humidité. Je pénétrai alors dans les ruines d'une église qui avait été incendiée à la révolution et dont il ne restait que les murs. Ce n'était plus qu'une carcasse : quatre murs sans toit entourant un amas de décombres. En tâtonnant dans la demi-obscurité, je finis par trouver une sorte de cavité dans laquelle je pus me coucher. Des blocs de maçonnerie brisés, ce n'est guère moelleux comme couche. Mais heureusement c'était une nuit chaude et je parvins à dormir quelques heures.

XII

Le pis de tout, lorsqu'on est recherché par la police dans une ville comme Barcelone, c'est que tout ouvre si tard. Quand on dort à la belle étoile, on s'éveille toujours à l'aube, et aucun des cafés de Barcelone n'ouvre guère avant neuf heures. J'avais des heures à attendre avant de pouvoir boire une tasse de café et me faire raser. Qu'il me parut étrange, chez le coiffeur, de voir encore au mur l'affiche anarchiste exposant les raisons de la prohibition des pourboires ! « La Révolution a rompu nos chaînes », disait l'affiche. J'avais envie de dire aux coiffeurs qu'ils retrouveraient bientôt leurs chaînes s'ils n'y prenaient garde.

Je me remis à errer dans le centre de la ville. Au-dessus des immeubles du P.O.U.M. les drapeaux rouges avaient été arrachés et à leur place flottaient des drapeaux républicains, et des groupes de gardes civils tiraient leur flemme dans l'encadrement de la porte. Au centre du Secours rouge, au coin de la place de Catalogne, les policiers s'étaient amusés à briser la plupart des vitres. On avait vidé de leurs livres les librairies du P.O.U.M., et collé sur un panneau d'affichage, un peu plus bas sur les Ramblas, un dessin-charge contre le P.O.U.M. — celui qui représentait un visage fasciste se dissimulant derrière un masque. Tout à fait au bas des Ramblas, près du quai, je tombai sur un singulier spectacle : une rangée de miliciens, encore en loques boueuses du front, vautrés, recrus de fatigue, sur les chaises placées là pour les cireurs de bottes. Je savais qui ils étaient — je reconnus l'un d'eux, en fait. C'étaient des miliciens du P.O.U.M. qui étaient arrivés la veille du front, pour trouver le parti supprimé, et qui avaient dû passer la nuit dans les rues parce que la police avait fait des descentes dans leurs maisons. Tout milicien du P.O.U.M. qui revint à Barcelone à cette date-là eut le choix entre immédiatement se cacher ou être immédiatement jeté en prison : réception qui manque d'agrément après trois ou quatre mois de front !

C'était une situation bizarre que celle où nous nous trouvions ! La nuit, nous étions des fugitifs traqués, mais dans la journée nous pouvions mener une vie presque normale. Toute maison connue pour donner asile à des adhérents du P.O.U.M. était — ou en tout cas risquait d'être — placée sous surveillance, et il était impossible d'aller dans un hôtel ou dans une pension de famille, parce qu'il avait été ordonné par décret à tout tenancier d'hôtel d'informer immédiatement la police de l'arrivée de tout nouveau client. Autrement dit, il fallait passer la nuit dehors. Dans la journée, en revanche, dans une ville de l'importance de Barcelone, on était relativement en sécurité. Les rues fourmillaient de gardes civils, de gardes d'assaut, de carabiniers et de policiers ordinaires, sans parler de Dieu sait combien d'espions en civil ; mais ils ne pouvaient arrêter tous les passants, et si vous présentiez une apparence normale, vous pouviez espérer passer inaperçu. Mais il fallait éviter de rôder aux environs des locaux du P.O.U.M. et d'aller dans les cafés ou les restaurants dont les garçons vous connaissaient de vue. Je passai beaucoup de temps, ce jour-là et le suivant, à prendre un bain dans l'un des établissements de bains. L'idée m'était venue que c'était là un excellent moyen de passer le temps tout en me tenant hors de vue. Malheureusement quantité de gens eurent la même idée et quelques jours plus tard — j'avais alors déjà quitté Barcelone — la police fit une descente dans l'un de ces bains publics et arrêta un grand nombre de « trotskystes » dans l'habit du père Adam.

A mi-chemin, en remontant les Ramblas, je me trouvai nez à nez avec l'un des blessés du sanatorium Maurín. Nous échangeâmes l'espèce de clin d'œil imperceptible que les gens échangeaient à cette époque et, sans avoir l'air de rien, nous nous arrangeâmes pour nous retrouver un peu plus loin dans un café. Il avait échappé à l'arrestation lors de la descente de police dans le Maurín, mais il était maintenant, comme les autres, à la rue. Et en bras de chemise — il avait dû fuir sans sa veste — et sans argent. Il me raconta qu'un garde civil avait arraché du mur le grand portrait peint de Maurín et l'avait détruit à coups de pied. Maurín (l'un des fondateurs du P.O.U.M.) était prisonnier des fascistes et à cette époque-là on croyait qu'il avait été fusillé par eux.

Je rencontrai ma femme au consulat britannique à dix heures. McNair et Cottman arrivèrent peu après. La première chose qu'ils m'apprirent, ce fut que Bob Smillie était mort. Il était mort en prison à Valence — de quoi, personne ne le savait exactement. Il avait été immédiatement enterré et le délégué local de l'I.L.P. n'avait pas obtenu l'autorisation de voir son corps.

Naturellement je supposai aussitôt qu'il avait été fusillé. C'est ce que tout le monde crut à l'époque, mais j'ai depuis pensé que j'étais peut-être dans l'erreur. Un peu plus tard, on donna officiellement pour cause de sa mort une crise d'appendicite et nous apprîmes par la suite, de la bouche d'un autre prisonnier qui avait été relâché, qu'il était bien vrai que Smillie avait été malade en prison. Peut-être donc que l'histoire de l'appendicite était réelle. Le refus opposé à Murray de lui laisser voir sa dépouille pouvait être dû à une pure malveillance. Mais j'ai tout de même ceci à dire : Bob Smillie n'avait que vingt-deux ans, et il était physiquement l'un des hommes les plus vigoureux que j'aie jamais vus. De tous les Anglais et Espagnols que j'ai connus, il avait été le seul, je crois, à passer trois mois dans les tranchées sans un jour de maladie. Quand ils sont aussi bien portants que cela, les gens, en général, ne meurent pas de l'appendicite, s'ils sont convenablement soignés. Mais quand on a vu ce qu'étaient les prisons espagnoles — les prisons de fortune que l'on utilisait pour les prisonniers politiques — on se rend compte des chances qu'avait un malade d'y recevoir des soins appropriés à son état. Ces prisons, on ne peut plus justement les comparer qu'aux cachots des châteaux du Moyen Age. En Angleterre, il faudrait remonter au XVIIIe siècle pour retrouver rien de comparable. Les gens étaient parqués dans de petites pièces où ils n'avaient qu'à peine la place de s'étendre, et souvent on les enfermait dans des caves ou dans d'autres lieux obscurs. Et il ne s'agissait pas là d'une mesure provisoire — on peut citer des cas de détenus qui, durant quatre ou cinq mois, ne virent à peu près pas la lumière du jour. Et la nourriture était infecte et insuffisante : deux assiettes de soupe et deux morceaux de pain par jour. (Quelques mois plus tard, cependant, il paraît y avoir eu quelque amélioration dans la nourriture.) Je n'exagère pas ; demandez à n'importe quel suspect politique ayant été emprisonné en Espagne. Les descriptions qui m'ont été faites des prisons espagnoles proviennent d'un grand nombre de sources séparées, et s'accordent toutes trop bien entre elles pour pouvoir être mises en doute ; du reste, j'ai moi-même pu jeter quelques coups d'œil dans une prison espagnole. Et un autre ami anglais, qui fut emprisonné ultérieurement, écrit que les souvenirs de son propre emprisonnement « rendent le cas de Smillie plus facile à comprendre ». La mort de Smillie n'est pas une chose que je puisse aisément pardonner. Voilà un jeune homme bien doué et courageux, qui a renoncé à sa carrière à l'université de Glasgow pour venir combattre le fascisme et qui, comme j'en ai été moi-même témoin, a rempli tout son devoir au front avec une bonne volonté et un courage sans défaillance ; et tout ce qu'ils ont su faire de lui, ce fut de le jeter en prison et de le laisser mourir comme une bête abandonnée. Je sais qu'au milieu d'une grande et sanglante guerre il ne sied pas de faire trop d'histoire au sujet d'une mort individuelle. Une bombe d'avion qui tombe dans une rue fréquentée cause plus de souffrances que toute une suite de persécutions politiques. Mais ce qui révolte dans une mort comme celle-là, c'est son extrême manque d'à-propos. Être tué dans la bataille — très bien, c'est à quoi chacun s'attend ; mais être jeté en prison, non pas même pour quelque faute imaginaire, mais uniquement par l'effet d'une malveillance stupide et aveugle, et y être laissé à mourir dans l'abandon, c'est tout autre chose ! Je ne vois pas comment des faits de ce genre — car le cas de Smillie n'est pas exceptionnel — peuvent rapprocher si peu que ce soit de la victoire.

Nous allâmes, ma femme et moi, faire visite à Kopp ce même après-midi. Il était permis de venir voir les détenus qui n'étaient pas gardés *incomunicados ;* mais il n'était évidemment pas prudent d'y aller plus d'une ou deux fois. La police guettait les gens qui entraient et sortaient et, si vous alliez voir trop souvent les prisonniers, vous vous classiez comme ami des « trotskystes » et généralement finissiez vous-même en prison. C'était arrivé déjà à bon nombre de gens.

Kopp n'était pas *incomunicado* et nous obtînmes sans difficulté l'autorisation de le voir. Au moment où, venant de franchir les portes d'acier, on nous faisait pénétrer dans la prison, un milicien espagnol, que j'avais connu au front, en sortait entre deux gardes civils. Nos regards se croisèrent : une fois de plus l'imperceptible clin d'œil. Et la première personne que nous vîmes à l'intérieur fut un milicien américain qui, peu de jours auparavant, était parti pour rentrer chez lui. Ses papiers étaient en règle, mais on ne l'en avait pas moins arrêté à la frontière, probablement parce qu'il portait encore des culottes de velours à côtes, ce qui permettait de l'identifier comme milicien. Nous passâmes l'un à côté de l'autre comme si nous avions été complètement étrangers l'un à l'autre. Ce fut là quelque chose d'affreux. Je l'avais connu pendant des mois, j'avais partagé une cagna avec lui, il avait aidé à me porter quand on m'avait ramené blessé du front ; mais on ne pouvait rien faire d'autre. Les gardiens en uniforme bleu étaient partout à épier. Il nous eût été fatal de reconnaître trop de monde.

Cette prétendue prison était en réalité le rez-de-chaussée d'un magasin. Dans deux pièces, mesurant chacune vingt pieds carrés environ, serrées les unes contre les autres, une centaine de personnes étaient parquées. L'aspect de ce lieu était tel qu'on l'eût dit tout droit sorti d'une illustration du *Recueil des causes célèbres au XVIII*e *siècle,* avec sa saleté et son odeur de renfermé, son enchevêtrement de corps humains, son absence de meubles (il n'y avait que le sol de pierre nue, un banc et quelques couvertures en loques), et son jour fuligineux, car les tabliers de tôle ondulée des vitrines avaient été baissés. Sur les murs encrassés des mots d'ordre révolutionnaires, *Visca P.O.U.M. ! Viva la Revolución !*, etc., avaient été griffonnés. Cet endroit servait de dépôt pour les prisonniers politiques depuis des mois. Le tapage des voix était assourdissant. C'était l'heure de la visite et l'endroit était à tel point bondé de gens qu'on avait du mal à s'y mouvoir. Presque tous ces gens appartenaient aux couches les plus pauvres de la classe ouvrière. On voyait des femmes déballer de misérables paquets de provisions qu'elles avaient apportés pour leurs hommes emprisonnés. Il y avait plusieurs blessés du sanatorium Maurín parmi les prisonniers. Deux d'entre eux étaient amputés d'une jambe. L'un des deux avait été amené à la prison sans sa béquille et était obligé de sautiller sur un pied. Il y avait aussi un jeune garçon de douze ans au plus ; ils arrêtaient donc même les enfants, il fallait croire. Il régnait en cet endroit la puanteur écœurante de tout lieu où une foule de gens se trouvent entassés sans aménagement sanitaire approprié.

Kopp, en jouant des coudes, se fraya un passage jusqu'à nous. Il avait le même visage poupin au teint frais que d'habitude, et dans ce lieu infect il avait su garder propre son uniforme et avait même trouvé moyen de se raser. Il y avait parmi les prisonniers un autre officier en uniforme de l'armée populaire. Lui et Kopp se firent le salut militaire lorsqu'ils se croisèrent cependant qu'ils luttaient pour se frayer un passage. Ce geste eut je ne sais quoi de pathétique. Le moral de Kopp semblait excellent. « Eh bien ! je suppose qu'on va tous nous fusiller », dit-il gaiement. Au mot « fusiller », je me sentis intérieurement frémir. Il n'y avait pas longtemps qu'une balle s'était ouvert un chemin dans mon propre corps et la sensation en était encore trop fraîche dans mon souvenir ; ça n'a rien d'agréable d'imaginer cela arrivant à quelqu'un que l'on connaît bien. A ce moment-là j'étais persuadé que tous les principaux membres du P.O.U.M., et Kopp avec eux, seraient fusillés. La première nouvelle de la mort de Nin venait juste de filtrer et nous savions que l'on accusait le P.O.U.M. de trahison et d'espionnage. Tout semblait annoncer un procès monstre monté de toutes pièces, suivi du massacre des cadres « trotskystes ». C'est une chose terrible de voir votre ami en prison et de vous savoir impuissant à le secourir. Car on ne pouvait rien faire ; même pas faire appel aux autorités belges, puisqu'en venant ici Kopp avait enfreint la loi de son propre pays. Ce fut ma femme qui dut parler presque tout le temps ; car avec mon filet de voix aiguë je n'arrivais pas à me faire entendre au milieu de tout ce vacarme. Kopp nous parla des amis qu'il s'était faits parmi les autres prisonniers et parmi les gardiens ; certains de ceux-ci étaient de braves garçons, mais il y en avait d'autres qui insultaient et frappaient les prisonniers les plus craintifs ; il nous parla aussi de la nourriture qui n'était que de la « lavasse pour cochons ». Heureusement nous avions pensé à apporter un paquet de victuailles et aussi des cigarettes. Puis Kopp se mit à nous parler des papiers qu'on lui avait enlevés au moment de son arrestation, et au nombre desquels se trouvait la lettre du ministère de la Guerre adressée au colonel commandant les opérations du Génie dans l'armée de l'Est. La police s'en était emparée et avait refusé de la rendre, et l'on disait qu'elle traînait à présent dans le bureau du chef de la police. Cela pourrait changer les choses du tout au tout si on la retrouvait.

Je compris aussitôt de quelle importance cela pourrait être. Une lettre officielle de cette nature, contenant la recommandation du ministre de la Guerre et du général Pozas, établirait le loyalisme de Kopp. Mais le difficile était de prouver l'existence de la lettre ; si elle venait à être ouverte dans le bureau du chef de la police, on pouvait être sûr que quelque indicateur de la police la détruirait. Il n'y avait qu'une seule personne qui pourrait peut-être obtenir qu'on la rende, et c'était l'officier à qui elle était adressée. Kopp avait déjà pensé à cela et avait écrit une lettre qu'il me demanda de sortir clandestinement de la prison et de mettre à la poste. Mais il était évidemment plus rapide et plus sûr d'aller en personne. Laissant ma femme avec Kopp, je me hâtai de sortir et, après avoir longtemps cherché un taxi, en trouvai enfin un. Je savais que tout était une question de minutes. Il était alors cinq heures et demie environ, le colonel devait probablement quitter son bureau à six heures, et d'ici au lendemain la lettre pouvait aller Dieu savait où — être déchirée peut-être, ou égarée dans le fouillis des documents qui devaient s'entasser au fur et à mesure qu'on arrêtait suspect après suspect. Le bureau du colonel se trouvait dans le service du ministère de la Guerre, près du quai. Comme je gravissais à la hâte les marches, le garde d'assaut de faction à la porte me barra le passage de sa longue baïonnette et dit : « Papiers ! » Je lui montrai mon certificat de démobilisation. Visiblement il ne savait pas lire et me laissa passer, impressionné par le vague mystère des « papiers ». A l'intérieur, c'était, autour d'une cour centrale, une immense garenne compliquée avec des centaines de bureaux par étage ; et, comme on était en Espagne, personne ne savait le moins du monde où pouvait bien se trouver le bureau que je cherchais. Je ne cessais de répéter : *El coronel... jefe de ingenieros. Ejército de Este !* Les gens souriaient et haussaient avec grâce les épaules. Chacun de ceux qui avaient une opinion m'envoya dans une direction différente : en haut de cet escalier-là, en bas de celui-ci, le long d'interminables couloirs qui soudain finissaient en culs-de-sac. Et le temps passait. J'avais la très singulière impression de me débattre en plein cauchemar : cette course précipitée en montant et en descendant tous ces escaliers, les allées et venues de ces gens mystérieux, ces coups d'œil jetés par des portes ouvertes dans des bureaux chaotiques, avec des paperasses étalées partout et des machines à écrire cliquetant ; et cette fuite du temps et tout cela qui décidait peut-être d'une vie...

Pourtant j'arrivai à temps et, à ma légère surprise, n'eus pas de peine à obtenir une audience. Je ne vis pas le colonel ; mais son aide de camp ou secrétaire, un petit officier fluet, en élégant uniforme, aux grands yeux qui louchaient, vint s'entretenir avec moi dans l'antichambre. Je me mis à lui débiter mon histoire. J'étais venu au nom de mon supérieur, le chef de bataillon Georges Kopp, qui, en route pour le front avec une mission urgente, avait été arrêté par erreur. La lettre adressée au colonel... était de nature confidentielle et devait être retrouvée sans délai. J'avais servi sous les ordres de Kopp pendant des mois, c'était un officier au caractère le plus noble, son arrestation ne pouvait être que le fait d'une erreur, la police avait dû le confondre avec quelqu'un d'autre, etc. Je revenais sans cesse sur l'urgence de la mission de Kopp, sentant bien que c'était le point fort. Mais tout cela devait paraître une bien bizarre histoire, dans mon mauvais espagnol qui, aux moments décisifs, retombait dans le français. Qui pis est, ma voix m'avait presque immédiatement lâché, et ce n'était qu'au prix du plus violent effort que j'arrivais à émettre une sorte de coassement. Et j'avais tout le temps peur qu'elle me manque complètement et que le petit officier se lasse d'essayer de me comprendre. Je me suis souvent demandé ce qu'il avait bien pu s'imaginer au sujet de ma voix — s'il m'avait cru ivre, ou simplement affligé d'une conscience pas tranquille.

Néanmoins il m'écouta patiemment, hocha la tête un grand nombre de fois et donna son assentiment avec circonspection à ce que je lui dis. Oui, il semblait qu'il devait y avoir eu erreur. Mais certainement, c'était une chose à éclaircir. *Mañana*... Je protestai. Non, pas *mañana !* C'était urgent. Kopp aurait déjà dû être sur le front. De nouveau l'officier parut être du même avis que moi. Puis vint la question que je redoutais :

« Ce commandant Kopp, dans quelle unité servait-il ? »

Le mot terrible avait à être dit :

« Dans les milices du P.O.U.M.

— Du P.O.U.M. ! »

Je voudrais pouvoir vous donner une idée du ton scandalisé et alarmé de sa voix. Il vous faut vous rappeler ce que le P.O.U.M. passait pour être à cette époque-là. On était au plus fort de la terreur panique de l'espionnage ; et probablement tous les bons républicains crurent-ils, l'espace d'un jour ou deux, que le P.O.U.M. était une vaste organisation d'espionnage à la solde de l'Allemagne. Avoir à faire une telle réponse à un officier de l'armée populaire, c'était comme d'entrer au Cercle de la cavalerie tout de suite après la panique causée par « La Lettre rouge » * en s'y présentant comme communiste. De ses yeux noirs il me dévisageait de biais. Il y eut un long silence, puis il dit lentement :

« Et vous dites que vous étiez avec lui au front. Alors vous serviez, vous aussi, dans les milices du P.O.U.M. ?

---

* Au temps du premier gouvernement socialiste, en 1924, les journaux conservateurs anglais avaient publié une lettre de Zinoviev à Ramsay Mac Donald d'après laquelle il semblait que Mac Donald prît ses ordres chez les Russes. On appelait cette lettre « *The Red Letter* », « La Lettre rouge ». Il est à peu près certain que cette lettre avait été falsifiée par la police secrète, mais à cette époque-là on avait grand peur des bolchevistes ; cela avait provoqué la chute du gouvernement, et les conservateurs étaient revenus au pouvoir.

— Oui. »

Il fit demi-tour et s'engouffra dans le bureau du colonel. J'entendis les éclats d'une conversation animée. « Tout est fichu », pensai-je. Nous ne pourrions jamais ravoir la lettre de Kopp. Et en outre j'avais été amené à avouer que j'étais moi-même dans le P.O.U.M., et sans aucun doute ils allaient téléphoner à la police et me faire arrêter, simplement pour mettre un « trotskyste » de plus dans le sac. L'instant d'après, cependant, l'officier réapparut, mettant son képi, et d'un geste ferme me fit signe de le suivre. Nous nous rendions au bureau du chef de la police. C'était loin, à vingt minutes à pied. Le petit officier marchait avec raideur devant moi, d'un pas de militaire. Nous n'échangeâmes pas un seul mot durant tout le trajet. Lorsque nous arrivâmes au bureau du chef de la police, une foule de gredins du plus redoutable aspect, visiblement indicateurs de police, mouchards et espions de tout acabit, fainéantaient à l'extérieur, aux abords de la porte. Le petit officier entra. Il y eut une longue conversation enflammée. On entendait s'élever des voix furieuses, on pouvait se représenter les gestes violents, les haussements d'épaules, les coups assenés sur la table. Manifestement la police refusait de rendre la lettre. A la fin, cependant, l'officier ressortit, tout rouge, mais tenant une large enveloppe officielle. C'était la lettre de Kopp. Nous avions remporté une petite victoire — qui, en l'occurrence, n'apporta pas le moindre changement au sort de Kopp. La lettre fut délivrée en temps utile, mais les supérieurs militaires de Kopp ne purent rien pour le tirer de prison.

L'officier me promit que la lettre serait délivrée à son destinataire. Mais, et Kopp ? dis-je. Ne pouvions-nous obtenir qu'il fût relâché ? Il haussa les épaules. Ça, c'était une autre histoire. Ils ne savaient pas pourquoi l'on avait arrêté Kopp. Il put seulement me promettre que serait faite l'enquête qui s'imposait. Il n'y avait plus rien à dire, il était temps de nous quitter. Nous nous saluâmes d'une légère inclination. Et alors il se passa une chose inattendue et émouvante. Le petit officier hésita un instant, puis il fit un pas vers moi et me serra la main.

Je ne sais pas si je suis parvenu à faire sentir combien profondément ce geste me toucha. Cela paraît peu de chose, mais ce n'était pas peu de chose. Il vous faut vous représenter les sentiments dont on était animé à cette date — l'horrible atmosphère de suspicion et de haine, les mensonges, les mille bruits qui couraient partout, les placards criant sur les panneaux à affiches que moi et mes semblables nous étions des espions fascistes. Et il faut aussi se rappeler que nous nous trouvions alors à l'extérieur du bureau du chef de police, devant cette sale bande de mouchards et d'agents provocateurs, et que chacun d'eux pouvait savoir que j'étais « recherché » par la police. Ce geste, c'était comme de serrer publiquement la main d'un Allemand pendant la Grande Guerre. Je suppose que de quelque manière il était arrivé à la conclusion que je n'étais pas un espion fasciste, en réalité ; n'empêche que cette poignée de main, ce fut beau de sa part.

J'ai raconté ce petit fait, si futile qu'il puisse paraître, parce qu'il est en quelque sorte caractéristique de l'Espagne — de ces éclats de grandeur d'âme que vous pouvez tirer des Espagnols, dans les pires circonstances. J'ai de l'Espagne les plus pénibles souvenirs, mais j'ai bien peu de mauvais souvenirs des Espagnols. Seulement deux fois je me souviens d'avoir été sérieusement en colère contre un Espagnol, et encore, quand je me reporte en arrière, je crois que dans les deux cas j'avais tort moi-même. Ils ont sans conteste une générosité, une noblesse d'une qualité qui n'est pas exactement du XXe siècle. C'est ce qui permet d'espérer qu'en Espagne, même le fascisme pourrait prendre une forme relativement moins autoritaire et plus supportable. Peu d'Espagnols possèdent les odieuses capacités et l'esprit de suite qu'exige un État totalitaire moderne. On avait eu une curieuse petite illustration de ce fait, quelques nuits auparavant, lorsque la police était venue perquisitionner dans la chambre de ma femme. En fait, cette perquisition avait été une chose très intéressante à observer, et j'eusse aimé y assister, mais il est sans doute préférable que je n'aie pas été présent, car je n'aurais peut-être pas pu demeurer calme.

La police mena la perquisition dans le style, aisément reconnaissable, du Guépéou ou de la Gestapo. Au petit jour, on donna de grands coups dans la porte, et six hommes entrèrent et immédiatement se postèrent en différents points de la chambre, selon des instructions préalablement données. Puis ils fouillèrent de fond en comble les deux pièces (il y avait une salle de bains attenante) avec une inimaginable conscience. Ils firent résonner les murs, soulevèrent les paillassons, examinèrent le plancher, palpèrent les rideaux, explorèrent sous la baignoire et le radiateur ; vidèrent tous les tiroirs et les valises, tâtèrent et regardèrent à contre-jour tous les vêtements. Ils confisquèrent tous les papiers, y compris ceux du contenu de la corbeille à papier, et tous nos livres par-dessus le marché. Un délire de défiance les prit quand ils découvrirent que nous possédions un exemplaire de la traduction française du *Mein Kampf* de Hitler. Si ç'avait été le seul livre trouvé chez nous, c'en était fait de nous. Car il tombe sous le sens que quelqu'un qui lit *Mein Kampf* doit être un fasciste. Mais aussitôt après ils tombèrent sur un exemplaire de la brochure de Staline (*Comment liquider les trotskystes et autres fourbes*), ce qui les rassura quelque peu. Dans un tiroir il y avait un certain nombre de paquets de papier à cigarettes.

Ils défirent chaque paquet et l'examinèrent feuille par feuille, au cas que des messages s'y trouvassent écrits. Pour venir à bout de leur tâche, ils s'affairèrent tous pendant près de deux heures. Or, de tout ce temps, *pas une seule fois ils ne fouillèrent le lit*. Ma femme resta couchée tout le temps ; il était évident qu'il aurait pu y avoir une demi-douzaine de fusils mitrailleurs cachés sous le matelas, sans parler de toute une bibliothèque d'écrits trotskystes sous l'oreiller. Et cependant ces détectives ne firent pas une seule fois le geste de toucher au lit, ni même ne regardèrent jamais dessous. Je ne puis croire que ce soit là une pratique courante de la routine du Guépéou. Il faut se rappeler que la police était alors presque entièrement sous le contrôle des communistes, ces hommes étaient probablement eux-mêmes membres du parti communiste. Mais ils étaient aussi Espagnols, et faire sortir une femme de son lit, c'était un peu trop leur demander. D'un tacite accord ils renoncèrent à cette partie-là du travail, le rendant ainsi vain tout entier.

Cette nuit-là, McNair, Cottman et moi, nous dormîmes au milieu des hautes herbes en bordure d'un lotissement abandonné. C'était une nuit froide pour la saison et aucun de nous ne put beaucoup dormir. Je me souviens des longues et mornes heures à traînasser avant de pouvoir prendre une tasse de café. Pour la première fois depuis que j'étais à Barcelone, j'allai jeter un coup d'œil sur la cathédrale ; c'est une cathédrale moderne et l'un des plus hideux monuments du monde. Elle a quatre flèches crénelées qui ont exactement la forme de bouteilles de vin du Rhin. A la différence de la plupart des autres églises de Barcelone, elle n'avait pas été endommagée pendant la révolution ; elle avait été épargnée à cause de sa « valeur artistique », disaient les gens. Je trouve que les anarchistes ont fait preuve de bien mauvais goût en ne la faisant pas sauter alors qu'ils en avaient l'occasion, et en se contentant de suspendre entre ses flèches une bannière rouge et noire. Cet après-midi-là, nous allâmes, ma femme et moi, voir Kopp pour la dernière fois. Nous ne pouvions rien faire pour lui, absolument rien, qu'aller lui dire au revoir et laisser de l'argent à des amis espagnols qui lui porteraient des provisions et des cigarettes. Mais quelque temps plus tard, il fut mis *incomunicado* et il devint impossible de lui faire parvenir même des vivres. Ce soir-là, en descendant les Ramblas, nous passâmes devant le café Moka que les gardes civils occupaient toujours en nombre. Cédant à une impulsion, j'entrai et parlai à deux d'entre eux qui étaient accoudés au comptoir, le fusil passé en bandoulière sur l'épaule. Je leur demandai s'ils savaient quels étaient ceux de leurs camarades qui s'étaient trouvés là en faction au moment des troubles de mai. Ils ne savaient pas, et, avec le vague habituel des Espagnols, ne savaient même pas ce qu'il convenait de faire pour les retrouver. Je leur dis que mon ami Georges Kopp était en prison et passerait peut-être en jugement pour quelque chose qui avait trait aux troubles de mai ; que les hommes qui étaient postés dans le café à cette époque savaient qu'il avait arrêté le combat et sauvé quelques-unes de leurs vies ; qu'il serait de leur devoir d'aller en témoigner. L'un des deux hommes à qui je parlais était un lourdaud maussade qui n'arrêtait pas de secouer la tête parce qu'avec le bruit de la circulation il avait du mal à entendre ma voix. Mais l'autre était différent. Il répondit qu'il avait entendu certains de ses camarades parler du geste d'initiative de Kopp ; Kopp était *buen chico* (un chic type). Mais déjà même à ce moment-là je compris que tout cela était vain. Si Kopp venait jamais à passer en jugement, ce serait, comme dans tous les procès de ce genre, avec des témoignages truqués. S'il a été fusillé (et c'est le plus probable, j'en ai peur), ce sera cela son épitaphe : le *buen chico* de ce pauvre garde civil qui faisait partie d'un sale système, mais avait gardé en lui suffisamment d'un être humain pour savoir reconnaître une belle action quand il en voyait une.

C'était une existence extraordinaire, insensée, que nous menions. La nuit, nous étions des criminels, et dans la journée de riches touristes anglais — ou du moins nous faisions semblant de l'être. Même après avoir passé la nuit à la belle étoile, c'est merveilleux comme il suffit de se faire raser, de prendre un bain et de faire donner un coup de cirage à ses chaussures pour avoir tout de suite une autre allure. Le prudent, à présent, c'était de paraître le plus bourgeois possible. Nous fréquentions les beaux quartiers où l'on ne nous connaissait pas de vue, nous allions dans des restaurants chers et nous nous montrions très anglais avec les garçons. Pour la première fois de ma vie je me surpris à écrire des choses sur les murs. Les couloirs de plusieurs restaurants chics portent des *Visca P.O.U.M. !* écrits en aussi grandes lettres qu'il me fut possible. Et pendant tout ce temps-là, tout en me tenant caché avec technique, je n'arrivais pas vraiment à me sentir en danger. Tout cela me paraissait trop absurde. J'avais l'indéracinable conviction anglaise qu' « ils » ne peuvent pas vous arrêter à moins que vous n'ayez enfreint la loi. C'est la plus dangereuse des convictions à avoir en temps de pogrom politique ! On avait lancé un mandat d'arrêt contre McNair et il y avait de grandes chances pour que le reste d'entre nous fût aussi sur la liste. Arrestations, descentes de police, perquisitions continuaient sans arrêt ; en fait, tous ceux que nous connaissions, à l'exception de ceux qui étaient encore au front, étaient à cette heure en prison. La police allait même jusqu'à monter à bord des bateaux français qui, parfois, recueillaient des réfugiés, et à s'y saisir de gens suspectés de « trotskysme ».

Grâce à l'obligeance du consul de Grande-Bretagne — quelle semaine exténuante il doit avoir eue ! — nous étions parvenus à avoir en règle nos passeports. Le plus tôt nous partirions, le mieux cela vaudrait. Il y avait un train qui devait partir pour Port-Bou à sept heures et demie du soir ; on pouvait donc normalement s'attendre à ce qu'il parte vers huit heures et demie. Il fut convenu que ma femme commanderait à l'avance un taxi, puis ferait ses valises, réglerait sa note et quitterait l'hôtel au tout dernier moment. Car si elle donnait l'éveil aux gens de l'hôtel, ils feraient sûrement chercher la police. Je me rendis à la gare vers sept heures, pour m'apercevoir que le train était déjà parti — il était parti à sept heures moins dix. Le mécanicien avait changé d'avis, comme d'habitude. Heureusement nous pûmes prévenir ma femme à temps. Il y avait un autre train de bonne heure, le lendemain matin. McNair, Cottman et moi, nous allâmes dîner dans un petit restaurant près de la gare et, en posant prudemment des questions, nous découvrîmes que le patron du restaurant était un membre de la C.N.T. et dans des dispositions amicales à notre égard. Il nous loua une chambre à trois lits et oublia d'avertir la police. C'était la première fois depuis cinq nuits qu'il m'était possible de me dévêtir pour dormir.

Le lendemain matin ma femme réussit à se glisser hors de l'hôtel. Le train partit avec à peu près une heure de retard. J'occupai ce temps à écrire une longue lettre au ministre de la Guerre exposant le cas de Kopp, disant qu'il était hors de doute qu'il avait été arrêté par erreur, qu'on avait un urgent besoin de lui au front, que d'innombrables personnes pouvaient affirmer sous serment qu'il ne s'était rendu coupable d'aucune faute, etc. Je me demande si quelqu'un a jamais lu cette lettre, écrite sur des feuilles arrachées à mon carnet de notes, d'une écriture vacillante (mes doigts étaient encore en partie paralysés) et dans un espagnol encore plus vacillant. En tout cas, ni cette lettre ni rien d'autre n'eut d'effet. A la date où j'écris ceci, six mois après ces événéments, Kopp (s'il n'a pas été fusillé) est toujours en prison, sans avoir ni passé en jugement ni été inculpé. Au début nous reçûmes de lui deux ou trois lettres que des prisonniers relâchés avaient passées clandestinement et mises à la poste en France. Elles racontaient toutes la même histoire : emprisonnement dans d'infects cachots obscurs, nourriture mauvaise et insuffisante, état sérieux de maladie dû aux conditions d'emprisonnement et refus de soins médicaux. J'ai eu confirmation de tout cela par différentes autres sources, par des Anglais et des Français. Plus récemment Kopp a disparu dans une de ces « prisons clandestines » avec lesquelles il est impossible d'avoir aucune sorte de communication. Son cas est celui de vingtaines ou de centaines d'étrangers et de qui sait combien de milliers d'Espagnols.

Enfin la frontière fut franchie sans incident. Notre train avait des première classe et un wagon-restaurant, le premier que je voyais en Espagne. Jusque dans ces derniers temps les trains de Catalogne n'avaient eu qu'une seule classe. Deux détectives vinrent faire un tour dans le train pour prendre le nom des étrangers, mais, quand ils nous virent dans le wagon-restaurant, ils parurent convaincus que nous étions des gens respectables. C'était étrange comme tout avait changé ! Il y avait de cela seulement six mois, à l'époque où les anarchistes étaient encore au pouvoir, c'était d'avoir l'air d'un prolétaire qui vous rendait respectable. Durant le trajet de Perpignan à Cerbère, un voyageur de commerce français m'avait dit sur un ton solennel : « Vous ne devez pas entrer en Espagne vêtu comme cela. Enlevez votre col et votre cravate. Ils vous les arracheront à Barcelone. » Il exagérait, mais enfin cela montrait quelle idée on se faisait de la Catalogne. Et, à la frontière, les gardes anarchistes avaient fait faire demi-tour à un Français élégamment vêtu et à sa femme, pour l'unique raison, je crois, qu'ils avaient l'air trop bourgeois. A présent c'était le contraire : avoir l'air bourgeois était l'unique salut. Au bureau des passeports on regarda si nos noms ne se trouvaient pas sur la liste des suspects, mais grâce à l'incapacité professionnelle de la police, ils n'y étaient pas, pas même celui de McNair. On nous fouilla des pieds à la tête, mais nous n'avions sur nous rien de compromettant, à l'exception de mes papiers de démobilisation, et les carabiniers qui nous fouillèrent ne savaient pas que la 29ᵉ division, c'était le P.O.U.M. Ainsi donc nous passâmes entre les mailles du filet, et après juste six mois d'intervalle je foulai à nouveau le sol français. Les seuls souvenirs d'Espagne qui me restaient étaient une outre en peau de bouc et une de ces toutes petites lampes en fer dans lesquelles les paysans aragonais brûlent de l'huile d'olive — lampes qui ont exactement la forme des lampes en terre cuite dont se servaient les Romains il y a deux mille ans — que j'avais ramassée dans quelque masure en ruine et qui, je ne sais comment, s'était logée dans mes bagages.

En fin de compte il apparut que nous étions partis juste à temps. Le tout premier journal que nous vîmes annonçait l'arrestation pour espionnage de McNair. Les autorités espagnoles s'étaient un peu trop pressées de l'annoncer. Heureusement que le « trotskysme » n'est pas un cas qui justifie l'extradition.

Je me demande quel est le premier acte qu'il sied d'accomplir quand, arrivant d'un pays en guerre, on met pied sur une terre en paix. Moi, je me précipitai dans un bureau de tabac et achetai autant de cigares et de cigarettes que mes poches en purent contenir. Puis nous allâmes au buffet boire une tasse de thé, le premier thé avec du lait frais bu depuis bien des mois. Il me fallut plusieurs jours avant de m'habituer à l'idée qu'on pouvait acheter des cigarettes chaque fois qu'on en avait envie. Je m'attendais toujours un peu à trouver le bureau de tabac fermé et, à la devanture, la rébarbative pancarte : *No hay tabaco.*

McNair et Cottman continuaient sur Paris. Ma femme et moi nous quittâmes le train à Banyuls, la première station sur la ligne, sentant le besoin d'un repos. Nous ne fûmes pas très bien reçus à Banyuls quand on sut que nous venions de Barcelone. Des quantités de fois je me trouvai entraîné au même échange de propos : « Vous venez d'Espagne ? De quel côté combattiez-vous ? Du côté du gouvernement ? Oh ! » — et alors un froid marqué. La petite ville semblait fermement pro-Franco, sans doute à cause des Espagnols fascistes qui étaient venus s'y réfugier. Le garçon du café que je fréquentais était Espagnol et franquiste, aussi me jetait-il des regards de mépris en me servant mon apéritif. Il en allait tout autrement à Perpignan qui en tenait obstinément pour les partisans du gouvernement et où les diverses factions cabalaient les unes contre les autres presque autant qu'à Barcelone. Il y avait un café où le mot « P.O.U.M. » vous procurait aussitôt des amis français et les sourires du garçon.

Nous restâmes, je crois, trois jours à Banyuls. Trois jours étrangement tourmentés. Dans cette calme ville de pêcheurs, loin des bombes, des mitrailleuses, des queues pour l'alimentation, de la propagande et de l'intrigue, nous aurions dû nous sentir profondément soulagés et heureux. Mais non, absolument pas. Le souvenir de tout ce que nous avions vu en Espagne revenait fondre sur nous, de façon beaucoup plus vive qu'auparavant. Sans trêve nous pensions à l'Espagne, nous en parlions, nous en rêvions. Depuis de nombreux mois nous nous étions promis, lorsque nous « serions sortis d'Espagne », d'aller quelque part au bord de la Méditerranée nous reposer quelque temps et peut-être pêcher un peu ; mais voici qu'à présent que nous y étions, nous n'éprouvions que désappointement et ennui. Il ne faisait pas chaud, un vent persistant soufflait, la mer était maussade et agitée, et sur le pourtour du port une écume de cendres, de bouts de liège et d'entrailles de poissons venait battre les pierres. Ça peut paraître de la folie, mais ce dont nous avions l'un et l'autre envie, c'était de retourner en Espagne. Bien que cela n'eût été d'aucune utilité pour personne et même eût pu être très nuisible, oui, tous deux nous regrettions de n'être pas demeurés là-bas pour y être emprisonnés avec les autres. Je crains de n'avoir su vous donner qu'une bien faible idée de tout ce que ces mois passés en Espagne représentent pour moi. J'ai raconté quelques événements extérieurs, mais comment communiquer l'impression qu'ils m'ont laissée ! Tout pour moi est étroitement mêlé à des visions, des odeurs, des sons, que les mots sont impuissants à rendre : l'odeur des tranchées, les levers du jour sur des horizons immenses dans les montagnes, le claquement glacé des balles, le rugissement et la lueur des bombes ; la pure et froide lumière des matins à Barcelone, et le bruit des bottes dans les cours de quartier, en décembre, au temps où les gens croyaient encore à la révolution ; et les queues aux portes des magasins d'alimentation, et les drapeaux rouge et noir, et les visages des miliciens espagnols ; surtout les visages des miliciens — d'hommes que j'ai connus au front et qui sont à présent dispersés et Dieu sait où, les uns tués dans la bataille, d'autres mutilés, certains en prison ; la plupart d'entre eux, je l'espère, encore sains et saufs. Bonne chance à eux tous ! J'espère qu'ils gagneront leur guerre et chasseront d'Espagne tous les étrangers, les Allemands, les Russes et les

Italiens. Cette guerre, à laquelle j'ai pris une part si inefficace, m'a laissé des souvenirs qui sont pour la plupart de mauvais souvenirs, et cependant je ne puis souhaiter ne pas en avoir été. Quand on a eu un aperçu d'un désastre tel que celui-ci — car, quelle qu'en soit l'issue, cette guerre d'Espagne, de toute manière, se trouvera avoir été un épouvantable désastre, sans même parler du massacre et des souffrances physiques —, il n'en résulte pas forcément de la désillusion et du cynisme. Il est assez curieux que dans son ensemble cette expérience m'ait laissé une foi, pas seulement non diminuée, mais accrue, dans la dignité des êtres humains. Et j'espère que le récit que j'en ai fait n'induit pas trop en erreur. Je crois que devant un événement comme celui-là, personne n'est, ne peut être, absolument véridique. Il est difficile d'arriver à une certitude à propos de quelque fait que ce soit, à moins d'en avoir été soi-même le témoin oculaire, et, consciemment ou inconsciemment, chacun écrit en partisan. Au cas où je ne vous l'aurais pas déjà dit précédemment au cours de ce livre, je vais vous dire à présent ceci : méfiez-vous de ma partialité, des erreurs sur les faits que j'ai pu commettre, et de la déformation qu'entraîne forcément le fait de n'avoir vu qu'un coin des événements. Et méfiez-vous exactement des mêmes choses en lisant n'importe quel autre livre sur la guerre d'Espagne.

Parce que nous avions le sentiment que nous avions le devoir de faire quelque chose, alors qu'en réalité il n'y avait rien que nous pussions faire, nous partîmes de Banyuls plus tôt que nous n'en avions d'abord eu l'intention. A chaque kilomètre que l'on faisait vers le nord, la France devenait plus verte et plus douce. Adieu les montagnes et les vignes ; nous allions revoir les prairies et les ormes. Lorsque j'avais traversé Paris en me rendant en Espagne, il m'avait paru déchu et morne, tout différent du Paris que j'avais connu huit ans auparavant, au temps où la vie était bon marché et où l'on n'entendait pas parler de Hitler. La moitié des cafés que j'avais fréquentés étaient fermés, faute de clientèle, et tout le monde était obsédé par le coût élevé de la vie et la crainte de la guerre. Maintenant, après la pauvre Espagne, même Paris paraissait gai et prospère. Et l'Exposition battait son plein ; mais nous pûmes éviter de la visiter.

Et puis ce fut l'Angleterre — l'Angleterre du Sud, probablement le plus onctueux paysage du monde. Il est difficile, quand vous faites ce trajet, particulièrement quand vous vous remettez paisiblement du mal de mer, le derrière flatté par les coussins de peluche d'un compartiment de train-paquebot, de croire que réellement il se passe quelque chose quelque part. Des tremblements de terre au Japon, des famines en Chine, des révolutions au Mexique ? Ne vous en faites pas ; le lait sera sur le seuil demain matin, le *New Statesman* paraîtra vendredi. Les villes industrielles étaient loin, salissure de fumée et de misère rendue invisible par la courbure de la terre. Ici, c'était toujours l'Angleterre que j'avais connue dans mon enfance : des talus de voie ferrée enfouis sous l'exubérance des fleurs sauvages, des prairies profondes où de grands et luisants chevaux broutent et méditent, de lents cours d'eau frangés de saules, les vertes rondeurs des ormes, les pieds-d'alouette dans les jardins des villas — et puis ce fut la morne immensité paisible des environs de Londres, les berges du fleuve boueux, les rues familières, les affiches parlant de matches de cricket et de noces royales, les hommes en chapeau melon, les pigeons de Trafalgar Square, les autobus rouges, les agents de police bleus — tout cela plongé dans le profond, profond, profond sommeil d'Angleterre, dont parfois j'ai peur que nous ne nous réveillions qu'arrachés à lui par le rugissement des bombes.

APPENDICE I

Les dissensions entre les partis politiques

Au début, je n'avais tenu aucun compte du côté politique de la guerre, et ce ne fut que vers le mois de février qu'il commença de s'imposer à mon attention. Si les horreurs de la politique partisane ne vous intéressent pas, ne lisez pas ce qui suit, je vous en prie. C'est précisément pour vous permettre de ne pas le lire que je me suis efforcé de concentrer toute la substance politique de ce récit dans ces deux Appendices. Mais, d'autre part, il serait tout à fait impossible d'écrire sur la guerre d'Espagne en s'en tenant à un point de vue exclusivement militaire. Car ce fut avant tout une guerre politique. Aucun de ses épisodes, tout au moins pendant la première année, n'est intelligible sans quelque connaissance de la lutte intestine des partis qui se poursuivait à l'arrière du front gouvernemental.

A mon arrivée en Espagne, et durant un certain temps ensuite, non seulement je ne m'intéressais pas à la situation politique, mais je l'ignorais. Je savais qu'on était en guerre, mais je ne me doutais pas de la nature de cette guerre. Si vous m'aviez demandé pourquoi je m'étais engagé dans les milices, je vous aurais répondu : « Pour combattre le fascisme », et si vous m'aviez demandé *pour* quoi je me battais, je vous aurais répondu : « Pour maintenir le respect de l'humain ». J'avais accepté la version *News Chronicle*-

New Statesman de la guerre : défense de la civilisation contre l'explosion de la folie furieuse d'une armée de colonels Blimp * à la solde de Hitler. L'atmosphère de Barcelone m'avait profondément séduit, mais je n'avais fait aucun effort pour la comprendre. Quant au kaléidoscope des partis politiques et des syndicats, avec leurs fastidieuses appellations : P.S.U.C. — P.O.U.M. — F.A.I. — C.N.T. — U.G.T. — J.C.I. — J.S.U. — A.I.T., il m'exaspérait tout simplement. L'on eût dit, à première vue, que l'Espagne souffrait d'une épidémie d'initiales. Je savais que je servais dans quelque chose qui s'appelait P.O.U.M. (si je m'étais engagé dans les milices du P.O.U.M., c'était simplement parce que j'étais venu en Espagne avec un laissez-passer de l'I.L.P.), mais je ne me rendais pas compte qu'il y avait de graves différences entre les partis politiques. Quand, au Monte Pocero, on me montra la position sur notre gauche en me disant : « Ceux-là, ce sont des socialistes » (voulant dire par là : des membres du P.S.U.C.), je rétorquai, tout étonné : « Mais, ne sommes-nous pas tous des socialistes ? » Et je trouvais idiot que des gens qui se battaient pour l'existence formassent plusieurs partis séparés. Pourquoi donc ne pas renoncer une bonne fois pour toutes à ces niaiseries politiques et ne pas nous occuper exclusivement de gagner la guerre ? telle était de façon constante ma manière de voir. C'était, bien entendu, la manière de voir « antifasciste » réputée juste et propagée avec zèle par les journaux anglais, dans le but principalement d'empêcher les gens de saisir la nature réelle de la lutte. Mais en Espagne, tout particulièrement en Catalogne, c'était une manière de voir que personne ne pouvait indéfiniment conserver et ne conservait. Chacun, bien qu'à contrecœur, prenait parti tôt ou tard. Car même si quelqu'un ne se souciait pas des partis politiques et de leurs « lignes » contradictoires, il n'était que trop évident que son propre sort ne s'y trouvait pas moins engagé. En tant que milicien on était un soldat contre Franco, mais on était aussi un pion dans la gigantesque lutte que se

* Le « Colonel Blimp » est un type caricatural familier aux lecteurs de l'*Evening Standard :* ancien militaire qui a longtemps servi aux Indes, il symbolise tout ce qu'il y a de stupide et de réactionnaire dans les classes moyennes de l'Angleterre.

livraient deux théories politiques. Quand, à flanc de montagne, j'allais à la recherche de bois à brûler en me demandant si réellement c'était là une guerre ou si le *News Chronicle* l'avait inventée ; quand j'évitais les mitrailleuses communistes pendant les émeutes de Barcelone ; quand finalement je me suis enfui d'Espagne avec la police à mes trousses — tout cela m'est arrivé très précisément de cette manière parce que je servais dans les milices du P.O.U.M. et non dans le P.S.U.C. Tant est grande la différence entre deux jeux d'initiales !

Pour comprendre la démarcation des partis politiques du côté gouvernemental, il faut se rappeler de quelle manière la guerre avait commencé. Au moment où la lutte se déclencha, le 18 juillet, il est probable que tout antifasciste en Europe sentit un frémissement d'espoir. Car ici enfin, manifestement, une démocratie affrontait bravement le fascisme ! Depuis des années, les pays soi-disant démocratiques avaient cédé devant le fascisme, à chaque pas. On avait permis aux Japonais de faire ce qu'ils voulaient en Mandchourie. Hitler était parvenu au pouvoir et s'était mis à massacrer ses adversaires politiques de toutes nuances. Mussolini avait bombardé les Abyssiniens et cinquante-trois nations (si je ne me trompe) s'étaient contentées de faire un pieux tapage à la cantonade. Mais voici que, lorsque Franco tentait de renverser un gouvernement modérément de gauche, le peuple espagnol, contre toute attente, s'était dressé contre lui. Il semblait que ce fût — et c'était peut-être — le renversement de la marée.

Mais il y avait plusieurs points qui échappèrent à l'attention générale. En premier lieu, Franco n'était pas exactement comparable à Hitler ou à Mussolini. Sa rébellion était une mutinerie militaire épaulée par l'aristocratie et l'Église, et, à tout prendre, fut, au début surtout, une tentative non tant pour imposer le fascisme que pour restaurer le régime féodal — ce qui signifiait que Franco devait donc avoir contre lui non seulement la classe ouvrière, mais aussi diverses couches de la bourgeoisie libérale, celles-là mêmes qui sont le soutien du fascisme quand il se propose sous une forme plus moderne. Et il y eut quelque chose de plus important encore: la classe ouvrière espagnole ne résista pas à Franco au nom de la « démocratie » et du *statu quo*, comme il est concevable que nous le ferions en Angleterre ; sa résistance s'accompagna — on pourrait presque dire qu'elle fut faite — d'une insurrection révolutionnaire caractérisée. Les paysans saisirent la terre ; les syndicats saisirent beaucoup d'usines et la plus grande partie des moyens de transport ; on détruisit des églises et les prêtres furent chassés et tués. Le *Daily Mail,* aux applaudissements du clergé catholique, put représenter Franco comme un patriote délivrant son pays de hordes de « rouges » démoniaques.

Pendant les tout premiers mois de la guerre, le véritable adversaire de Franco, ce ne fut pas tant le gouvernement que les syndicats. Dès que la rébellion éclata, les ouvriers urbains organisés répondirent par l'appel à la grève générale, puis réclamèrent — et obtinrent de haute lutte — les armes des arsenaux nationaux. S'ils n'avaient pas spontanément agi, et avec plus ou moins d'indépendance, on est en droit de penser que jamais Franco n'aurait rencontré de résistance. Il ne peut évidemment pas y avoir de certitude à ce sujet. Mais il y a tout au moins lieu de le penser. Le gouvernement n'avait rien fait, ou si peu de chose, pour prévenir la rébellion qui était depuis longtemps prévue, et quand celle-ci éclata, son attitude fut toute d'hésitation et de faiblesse, au point que l'Espagne connut en un seul jour trois premiers ministres *. En outre, la seule mesure qui pouvait sauver la situation dans l'immédiat, l'armement des ouvriers, ne fut prise qu'à contrecœur et sous la pression de l'impérieuse volonté populaire qui la demandait à grands cris. Les armes furent distribuées, et dans les grandes villes de l'est de l'Espagne les fascistes furent vaincus, grâce à l'effort extraordinaire déployé principalement par la classe ouvrière, aidée par certaines des forces armées (gardes d'assaut, etc.) demeurées fidèles. C'était là le genre d'effort que probablement seuls peuvent accomplir des gens convaincus qu'ils se battent pour quelque chose de mieux que le *statu quo.* Dans les divers centres de la rébellion, on pense que trois mille personnes moururent en un seul jour dans les combats de rues. Hommes et femmes, armés seulement de rouleaux de dynamite, franchirent, dans leur élan, les places à découvert et prirent

---

* Quiroga, Barrios et Giral. Les deux premiers refusèrent de distribuer des armes aux syndicats.

d'assaut des bâtiments de pierre occupés par des soldats exercés et armés de mitrailleuses. Les nids de mitrailleuses que les fascistes avaient placés en des points stratégiques furent écrasés par des taxis qui se ruèrent sur eux à cent à l'heure. Même si l'on n'avait pas du tout entendu parler de la saisie des terres par les paysans ni de l'établissement de soviets locaux, et d'autres mesures révolutionnaires, il serait difficile de croire que les anarchistes et les socialistes, qui étaient l'âme et le nerf de la résistance, accomplissaient de tels exploits pour sauvegarder la démocratie capitaliste qui ne représentait rien de plus à leurs yeux, surtout à ceux des anarchistes, qu'un appareil centralisé d'escroquerie !

Cependant les ouvriers avaient en main des armes, et à ce stade des événements ils se gardèrent bien de les rendre. (On a calculé que même un an plus tard les anarcho-syndicalistes étaient encore en possession de 30 000 fusils.) En beaucoup d'endroits les paysans saisirent les domaines des grands propriétaires fonciers pro-fascistes. Tout en procédant à la collectivisation de l'industrie et des transports, on tenta d'établir un gouvernement ouvrier rudimentaire au moyen de comités locaux, de patrouilles d'ouvriers remplaçant les anciennes forces de police pro-capitalistes, et de milices d'ouvriers levées sur la base des syndicats, etc. Naturellement le processus ne fut pas uniforme et il fut plus accentué en Catalogne que partout ailleurs. Il y eut des régions où les institutions du gouvernement local demeurèrent à peu près sans changement, et d'autres où elles coexistèrent avec les comités révolutionnaires. Dans quelques localités, des communes anarchistes indépendantes s'organisèrent, dont certaines restèrent en exercice pendant un an environ, jusqu'au moment où le gouvernement les supprima par la violence. En Catalogne, pendant les tout premiers mois, la plus grande partie du pouvoir effectif était aux mains des anarcho-syndicalistes qui contrôlaient la plupart des industries de base. Ce qui avait eu lieu en Espagne, en réalité, ce n'était pas simplement une guerre civile, mais le commencement d'une révolution. C'est ce fait-là que la presse antifasciste à l'étranger avait pris tout spécialement à tâche de camoufler. Elle avait rétréci l'événement aux limites d'une lutte « fascisme contre démocratie » et en avait dissimulé, autant que possible, l'aspect révolutionnaire. En Angleterre, où la presse est plus centralisée et le public plus facilement abusé que partout ailleurs, deux versions seulement de la guerre d'Espagne avaient pu être publiées : la version de la droite selon laquelle il s'agissait de patriotes chrétiens luttant contre des bolcheviks dégouttants de sang ; et la version de la gauche selon laquelle il s'agissait de républicains bien élevés réprimant une rébellion militaire. La vérité intermédiaire a été soigneusement dissimulée.

Il y eut diverses raisons à cela. En premier lieu, la presse pro-fasciste répandait d'effroyables et mensongers récits d'atrocités, et des propagandistes bien intentionnés s'imaginèrent certainement rendre service au gouvernement espagnol en niant que l'Espagne fût devenue « rouge ». Mais la raison principale était la suivante : à l'exception des petits groupements révolutionnaires qui existent dans tous les pays, le monde entier était résolu à empêcher la révolution en Espagne. Notamment le parti communiste, avec la Russie soviétique derrière lui, s'était jeté de tout son poids à l'encontre de la révolution. C'était la thèse communiste que, au stade actuel, faire la révolution serait fatal et que le but à atteindre en Espagne ne devait pas être le pouvoir ouvrier, mais la démocratie bourgeoise. Il est à peine besoin de souligner pourquoi ce fut cette ligne-là qu'adopta également l'opinion capitaliste « libérale ». Un énorme capital étranger était investi en Espagne. La Compagnie des Transports de Barcelone, par exemple, représentait dix millions de livres de capital anglais ; or les syndicats avaient saisi tous les transports en Catalogne. Si la révolution se poursuivait, il n'y aurait pas de dédommagement, ou très peu ; si la république capitaliste prévalait, il n'y aurait pas à craindre pour les investissements étrangers. Et puisqu'il fallait écraser la révolution, cela simplifierait grandement les choses de prétendre qu'il n'y avait pas eu de révolution. De cette manière on pourrait dissimuler la signification véritable de chaque incident ; présenter tout transfert de pouvoir des syndicats au gouvernement central comme une étape nécessaire dans la réorganisation militaire. Il en résulta une situation curieuse à l'extrême. Hors d'Espagne peu de gens saisirent qu'il y avait une révolution ; en Espagne personne n'en doutait. Même les journaux du P.S.U.C., contrôlées par les communistes et plus ou moins tenus de faire une politique antirévolutionnaire, parlaient de « notre glorieuse révolution ». Et pendant ce temps la presse communiste dans les pays étrangers clamait sur tous les tons qu'il n'y avait nulle part signe de révolution, affirmait alternativement que la saisie des usines, l'organisation des comités ouvriers, etc., n'avaient pas eu lieu, ou qu'elles avaient eu lieu, mais étaient « sans signification politique ». Selon le *Daily Worker* (du 6 août 1936), ceux qui disaient que le peuple espagnol se battait pour la révolution sociale, ou pour quelque chose d'autre que la démocratie bourgeoise, étaient de « franches canailles qui mentaient ». En revanche, Juan López, membre du gouvernement de Valence, déclara en février 1937 que « le peuple espagnol versait son sang, non pour la République démocratique et sa constitution sur le papier, mais pour... une révolution ». Ainsi, au nombre des « franches canailles qui mentaient » se trouvaient donc des membres du gouvernement même pour lequel nous recevions l'ordre de nous battre ! Certains des journaux étrangers antifascistes s'abaissèrent même jusqu'au mensonge pitoyable de prétendre qu'on n'attaquait les églises que lorsqu'elles servaient de forteresses aux fascistes. En réalité les églises furent saccagées partout, comme de juste, parce qu'on avait parfaitement bien compris que l'Église espagnole était partie intégrante dans la combine capitaliste. En l'espace de six mois en Espagne, je n'ai vu que deux églises intactes, et jusqu'aux environs de juillet 1937 aucune église, à l'exception de deux ou trois temples protestants de Madrid, ne reçut l'autorisation de rouvrir et de célébrer les offices.

Mais, somme toute, il ne s'est agi que d'un commencement de révolution, de rien d'achevé. Même au moment où les ouvriers, en Catalogne à coup sûr et peut-être ailleurs, eurent le pouvoir de le faire, ils ne supprimèrent pas, ni ne changèrent complètement le gouvernement. Évidemment ça leur était difficile, à l'heure où Franco était en train d'enfoncer la porte, et tandis qu'ils avaient à leurs côtés des couches de la classe moyenne. Le pays était dans un état transitoire susceptible soit de se développer dans le sens du socialisme, soit de redevenir une république capitaliste ordinaire. Les paysans étaient en possession de la plus grande partie de la terre et il était probable qu'ils la conserveraient, à moins que Franco ne triomphât. Toutes les grandes industries avaient été collectivisées et, en définitive, ou elles le demeureraient ou le capitalisme serait réintroduit, suivant que tel ou tel groupement prendrait le pouvoir. Dans les premiers temps, et le gouvernement central et la Généralité de Catalogne (le gouvernement catalan à demi autonome) pouvaient nettement être considérés comme représentant la classe ouvrière. Le gouvernement avait à sa tête Caballero, socialiste de l'aile gauche, et il comprenait des ministres qui représentaient l'U.G.T. (la centrale syndicale socialiste) et la C.N.T. (la centrale contrôlée par les anarchistes). La Généralité de Catalogne fut, un temps, remplacée en fait par un comité de Défense antifasciste *, formé en majeure partie de délégués des syndicats. Par la suite, ce comité de Défense fut dissous et la Généralité reconstituée de manière à représenter les centrales syndicales et les différents partis de gauche. Mais toutes les fois qu'ultérieurement l'on rebattit les cartes gouvernementales, il en résulta une évolution vers la droite. D'abord ce fut le P.O.U.M. qui fut chassé de la Généralité ; six mois plus tard Caballero fut remplacé par Negrín, socialiste de l'aile droite ; peu de temps après, la C.N.T. fut éliminée du gouvernement ; finalement, un an après le début de la guerre et de la révolution, il restait un gouvernement composé entièrement de socialistes de l'aile droite, de libéraux et de communistes.

Le glissement général vers la droite date à peu près d'octobre-novembre 1936, du moment où l'U.R.S.S. commença de fournir des armes au gouvernement et où le pouvoir commença à passer des anarchistes aux communistes. La Russie et le Mexique exceptés, aucun pays n'avait eu assez de respect humain pour venir au secours du gouvernement espagnol, et comme le Mexique, pour des raisons évidentes, ne pouvait fournir des armes en grande quantité, les Russes étaient donc en situation de dicter leurs conditions. On ne peut guère douter qu'elles furent, en substance :

* Comité central des milices antifascistes : le nombre des délégués était pour chaque organisation proportionné au nombre des membres. Les syndicats étaient représentés par neuf délégués, les partis libéraux catalans par trois, et les différents partis marxistes (P.O.U.M. Communiste, etc.) par deux.

« Empêchez la révolution, ou vous n'aurez pas d'armes », et que le premier coup porté aux éléments révolutionnaires, l'éviction du P.O.U.M. de la Généralité de Catalogne, le fut sur les ordres de l'U.R.S.S. On a nié qu'aucune pression directe ait été exercée par le gouvernement russe, mais la question est de peu d'importance, car on peut considérer comme exécuteurs de la politique russe les partis communistes de tous les pays, et l'on ne nie pas que c'est à l'instigation du parti communiste que fut menée l'action contre le P.O.U.M. d'abord, puis contre les anarchistes et contre la fraction Caballero des socialistes, et, en général, contre toute politique révolutionnaire. A partir du moment où l'U.R.S.S. commença d'intervenir, le triomphe du parti communiste fut assuré. En premier lieu, la gratitude envers la Russie pour les envois d'armes et le fait que le parti communiste, surtout depuis l'arrivée des Brigades internationales, paraissait capable de gagner la guerre, accrurent considérablement le prestige du parti communiste. En second lieu, les armes russes étaient fournies par l'intermédiaire du parti communiste et des partis alliés, qui faisaient en sorte que le moins d'armes possible allât à leurs adversaires politiques *. En troisième lieu, se déclarer pour une politique non révolutionnaire donnait aux communistes la possibilité de rassembler tous ceux que les extrémistes avaient épouvantés. Il leur était facile, par exemple, de rallier les paysans les plus riches sur la base de l'opposition à la politique de collectivisation des anarchistes. Les effectifs du parti communiste s'accrurent énormément, et cela dans une large mesure par l'affluence de gens des classes moyennes : boutiquiers, fonctionnaires, officiers de l'armée, paysans aisés, etc. La guerre fut essentiellement une lutte triangulaire. Il fallait continuer à se battre contre Franco, mais simultanément le gouvernement poursuivait un autre but : reconquérir tout le pouvoir que pouvaient encore détenir les syndicats. Cela fut fait par une suite de menus changements — une politique

* C'est pourquoi il y avait si peu d'armes russes sur le front d'Aragon, où les troupes étaient en majeure partie anarchistes. Jusqu'en 1937 — à l'exception de quelques avions qui étaient peut-être russes, mais ce n'est même pas sûr — je n'ai vu qu'une arme russe : un seul et unique fusil-mitrailleur.

de coups d'épingle, comme quelqu'un l'a dit — et, dans l'ensemble, très intelligemment. Il n'y eut pas de mouvement contre-révolutionnaire général et sautant aux yeux, et jusqu'en mai 1937 il fut rarement besoin d'employer la force. On pouvait toujours mater les ouvriers par le moyen d'un argument qui se laisse aisément deviner tant il va de soi : « Il faut que vous fassiez ceci, et cela, et le reste, ou sinon nous perdrons la guerre. » Et chaque fois, inutile de le dire, il se trouva que ce qu'exigeaient les nécessités militaires c'était l'abandon d'une parcelle de ce que les ouvriers avaient conquis pour eux-mêmes en 1936. Mais l'argument portait toujours, parce que perdre la guerre était bien la dernière chose que voulussent tous les partis révolutionnaires : la perte de la guerre, c'était la démocratie et la révolution, le socialisme et l'anarchisme devenant des mots vides de sens. Les anarchistes, seul parti révolutionnaire suffisamment nombreux pour exercer un rôle important, furent amenés à céder point après point. On mit obstacle au progrès de la collectivisation, on se débarrassa des comités locaux, on supprima les patrouilles d'ouvriers et l'on remit en exercice les forces de police d'avant-guerre, largement renforcées et puissamment armées ; et les diverses industries de base qui avaient été sous le contrôle des syndicats passèrent sous la direction du gouvernement (la saisie du Central téléphonique de Barcelone, qui a été à l'origine des troubles de mai, fut un des épisodes de ce processus) ; enfin le plus important de tout, les milices ouvrières levées sur la base des syndicats furent graduellement dissoutes et réparties dans la nouvelle armée populaire, armée « non politique » de conception semi-bourgeoise, comportant des différences de soldes, une caste privilégiée d'officiers, etc. Étant donné les circonstances à cette date, ce fut vraiment là le pas décisif ; il fut franchi en Catalogne plus tard que partout ailleurs parce que c'était là que les partis révolutionnaires étaient les plus forts. Il était évident que la seule garantie que les ouvriers pouvaient avoir de conserver leurs conquêtes, c'était de garder quelques-unes des forces armées sous leur propre direction. Comme pour le reste, c'est au nom des exigences militaires que la dissolution des milices fut ordonnée, et personne ne nia qu'une totale réorganisation militaire fût nécessaire. Il eût été tout à fait possible, cependant, de réorganiser les milices, de les rendre plus aptes à leur tâche, tout en les laissant sous le contrôle direct des syndicats ; mais, à la vérité, ce changement avait pour principal but d'empêcher les anarchistes d'avoir leur armée à eux. Et puis, l'esprit démocratique des milices en faisait des terrains propices à la croissance des idées révolutionnaires. Les communistes ne l'ignoraient pas et ils ne cessaient d'invectiver âprement contre le principe, défendu par le P.O.U.M. et les anarchistes, de la solde égale pour tous, sans distinction de grades. Ce fut une « bourgeoisification » générale qui eut lieu, une destruction délibérée de l'esprit égalitaire des tout premiers mois de la révolution. Tout cela fut si rapide que ceux qui firent deux voyages successifs en Espagne à quelques mois d'intervalle se sont demandés s'ils avaient bien visité le même pays ; ce qui, superficiellement et pour un court laps de temps, avait paru être un État prolétarien se métamorphosait à vue d'œil en République bourgeoise ordinaire avec l'habituelle division en riches et en pauvres. A l'automne de 1937, le « socialiste » Negrín déclara dans un discours public : « Nous respectons la propriété privée », et tels membres des Cortès qui, suspects de sympathies fascistes, avaient dû s'enfuir du pays au début de la guerre, revinrent en Espagne.

Tout le processus est facile à comprendre si l'on se rappelle qu'il découle de l'alliance temporaire à laquelle le bourgeois et l'ouvrier se voient contraints par le fascisme, sous certaines de ses formes. Cette alliance, connue sous le nom de Front populaire, est essentiellement une alliance d'ennemis, et il semble bien qu'elle ne puisse jamais se terminer autrement que par l'un des partenaires avalant l'autre. Le seul trait inattendu dans la situation espagnole — et qui, hors d'Espagne, a été cause d'innombrables malentendus — c'est que, parmi les partis du côté gouvernemental, les communistes ne se trouvaient pas à l'extrême gauche, mais à l'extrême droite. Rien là d'ailleurs qui dût surprendre, puisque la tactique du parti communiste dans les autres pays, particulièrement en France, a clairement montré que le communisme officiel doit être tenu, actuellement en tout cas, pour une force antirévolutionnaire. Dans son ensemble, la politique du Komintern est actuellement subordonnée (chose excusable, étant donné la situation mondiale) à la défense de l'U.R.S.S., défense qui repose sur un système d'alliances militaires. En particulier, l'U.R.S.S. est alliée avec la France, pays capitaliste et impérialiste. Cette alliance ne peut être utile à la Russie que si le capitalisme français est fort ; la politique communiste en France a donc eu à devenir antirévolutionnaire. Et cela signifie, non seulement que les communistes français défilent à présent derrière le drapeau tricolore en chantant *La Marseillaise,* mais aussi, ce qui est beaucoup plus important, qu'ils ont eu à cesser toute agitation effective dans les colonies françaises. Il y a moins de trois ans de cela, Thorez, le secrétaire du parti communiste français, déclarait que les ouvriers français ne se laisseraient plus jamais refaire, qu'on ne les amènerait pas à se battre à nouveau contre leurs camarades allemands *. Il est aujourd'hui l'un des patriotes les plus forts en gueule de France. La clef de la conduite du parti communiste dans chaque pays est donnée par les rapports d'ordre militaire, existants ou possibles, de ce pays avec l'U.R.S.S. En Angleterre, par exemple, l'attitude est encore incertaine ; de là vient que le parti communiste se montre encore hostile au gouvernement national et qu'il est censé s'opposer au réarmement. Mais que la Grande-Bretagne en vienne à contracter avec l'U.R.S.S. une alliance ou un accord militaire, et les communistes anglais, tout comme les communistes français, n'auront plus alors le choix d'être autre chose que bons patriotes et impérialistes ; il y a des signes avant-coureurs de cela déjà. En Espagne, la « ligne » communiste fut, sans aucun doute, influencée par le fait que la France, alliée de la Russie, serait énergiquement opposée à un voisinage révolutionnaire et remuerait ciel et terre pour empêcher l'affranchissement du Maroc espagnol. Le *Daily Mail,* avec ses contes de révolution rouge financée par Moscou, se trompait de façon encore plus extravagante que d'habitude. En réalité ce furent les communistes, plus que tous les autres, qui empêchèrent la révolution en Espagne. Et, un peu plus tard, quand les forces de l'aile droite furent pleinement au pouvoir, les communistes se montrèrent résolus à aller beaucoup

* A la Chambre des députés, mars 1935.

plus loin que les libéraux dans la persécution des leaders révolutionnaires *.

J'ai tenté d'esquisser la marche générale de la révolution espagnole pendant la première année parce que cela permet de mieux comprendre la situation à un moment donné. Mais je n'entends pas suggérer que, en février, je professais toutes les opinions politiques qu'implique ce que je viens de dire. D'abord, les événements qui m'éclairèrent le mieux n'étaient pas encore survenus, et, de toute manière, mes sympathies, à certains égards, s'orientaient tout autrement qu'elles ne font aujourd'hui. Cela venait en partie de ce que le côté politique de la guerre m'ennuyait et de ce que, spontanément, je m'insurgeais contre le point de vue que j'entendais le plus souvent exposer — c'est-à-dire celui du P.O.U.M. et de l'I.L.P. Les Anglais parmi lesquels je me trouvais étaient pour la plupart membres de l'I.L.P., quelques-uns étaient membres du P.C. ; presque tous possédaient une éducation politique bien supérieure à la mienne. Pendant de longues semaines de suite, durant la morne période où rien ne se passait autour de Huesca, je me suis trouvé au sein d'une discussion politique qui ne finissait pour ainsi dire jamais. Partout, dans les granges puantes et pleines de vents coulis des fermes où l'on nous logeait, dans l'obscurité étouffante des abris souterrains, derrière le parapet pendant les heures glaciales du milieu de la nuit, le débat au sujet des « lignes » contradictoires des partis se poursuivait sans fin. Parmi les Espagnols c'était la même chose, et la plupart des journaux que nous lisions faisaient la plus grande place aux dissensions partisanes. Il eût fallu être sourd ou imbécile pour ne pas se faire quelque idée de ce que soutenait chaque parti.

Du point de vue de l'idéologie politique, trois partis seulement comptaient : le P.S.U.C., le P.O.U.M. et la C.N.T.-F.A.I. (inexactement appelée : les anarchistes). Je parlerai du P.S.U.C. en premier lieu, comme étant le plus important ; ce fut le parti qui finalement triompha, et, même déjà à cette époque, visiblement il prédominait.

---

* Pour le meilleur exposé de l'effet réciproque de cette lutte entre les partis du côté gouvernemental, voir *The Spanish Cockpit* de Franz Borkenau. Parmi les livres sur la guerre d'Espagne qui ont jusqu'ici paru, c'est de beaucoup celui qui est écrit avec le plus de compétence.

Il est nécessaire d'expliquer que parler de la « ligne » du P.S.U.C., c'est parler en fait de la « ligne » du parti communiste. Le P.S.U.C. (*Partido Socialista Unificado de Cataluña*) était le parti socialiste de Catalogne ; il avait été formé au début de la guerre par la fusion de différents partis marxistes, dont le parti communiste catalan ; mais il était à présent totalement dirigé par les communistes et affilié à la Troisième Internationale. Ailleurs en Espagne, l'unification entre socialistes et communistes n'avait pas formellement eu lieu ; mais on pouvait partout considérer comme identiques le point de vue communiste et celui de l'aile droite des socialistes. Généralement parlant, le P.S.U.C. était l'organe politique de l'U.G.T. (*Unión General de Trabajadores*), la centrale syndicale socialiste. Le nombre des membres de ces syndicats atteignait alors, pour toute l'Espagne, un million et demi. Ils comprenaient plusieurs sections de travailleurs manuels, mais depuis le début de la guerre ils s'étaient augmentés de membres de la classe moyenne qui avaient afflué en grand nombre, car, aux premiers jours de la « révolution », des gens de toutes sortes avaient jugé opportun d'adhérer soit à l'U.G.T., soit à la C.N.T. Les deux centrales syndicales se chevauchaient, mais des deux c'était la C.N.T. qui avait plus précisément le caractère d'une organisation de la classe ouvrière. Le P.S.U.C. était donc un parti à demi des ouvriers et à demi de la petite bourgeoisie : boutiquiers, fonctionnaires, paysans aisés.

La « ligne » du P.S.U.C., qui fut prêchée dans le monde entier par la presse communiste et pro-communiste, était en gros la suivante :

« Actuellement, une seule chose importe : gagner la guerre ; sans victoire dans la guerre, tout le reste est sans signification. Ce n'est donc pas le moment de parler de faire progresser la révolution. Nous ne pouvons nous permettre, ni de nous aliéner les paysans en les contraignant à la collectivisation, ni d'effaroucher les classes moyennes qui combattent à nos côtés. Et surtout, par souci de l'effet utile, nous devons en finir avec le chaos révolutionnaire. Nous devons avoir un gouvernement central fort à la place des comités locaux, et il nous faut une armée convenablement entraînée et totalement militarisée sous un commandement unifié. Se cramponner à des parcelles de pouvoir ouvrier et répéter comme un perroquet des phrases révolutionnaires, c'est mener une action non seulement vaine, non seulement gênante, mais contre-révolutionnaire, car elle conduit à des divisions qui peuvent être utilisées contre nous par les fascistes. En cette phase de la guerre nous ne nous battons pas pour la dictature du prolétariat, nous nous battons pour la démocratie parlementaire. Quiconque tente de transformer la guerre civile en révolution sociale fait le jeu des fascistes, et, par le fait sinon par l'intention, est un traître. »

La « ligne » du P.O.U.M. différait de celle du P.S.U.C. sur tous les points, sauf, naturellement, sur celui de l'importance de gagner la guerre. Le P.O.U.M. (*Partido Obrero de Unificación Marxista*) était l'un de ces partis communistes dissidents que l'on a vu apparaître en beaucoup de pays au cours de ces dernières années, par suite de l'opposition au « stalinisme », c'est-à-dire au changement réel ou apparent, de la politique communiste. Il était composé en partie d'ex-communistes et en partie d'un ancien parti, le Bloc ouvrier et paysan. Numériquement, c'était un petit parti *, n'ayant guère d'influence en dehors de la Catalogne, et dont l'importance tenait surtout à ce qu'il renfermait une proportion extraordinairement élevée de membres très conscients, politiquement parlant. En Catalogne, sa principale place forte était Lérida. Il ne représentait aucune centrale syndicale. Les miliciens du P.O.U.M. étaient pour la plupart membres de la C.N.T., mais les véritables membres du parti appartenaient en général à l'U.G.T. Ce n'était cependant que dans la C.N.T. que le P.O.U.M. exerçait quelque influence. La « ligne » du P.O.U.M. était en gros la suivante :

« C'est une absurdité de prétendre s'opposer au fascisme au moyen de la " démocratie " bourgeoise. " Démocratie " bourgeoise, ce n'est là qu'un autre nom donné au capitalisme, tout comme fascisme ; se battre contre le fascisme au nom de la " démocratie " revient à se battre contre une

* Quant au nombre de membres du P.O.U.M., voici les chiffres donnés : en juillet 1936, 10 000 ; en décembre 1936, 70 000 ; en juin 1937, 40 000. Mais ce sont là les chiffres donnés par le P.O.U.M. ; une estimation hostile les diviserait probablement par quatre. La seule chose que l'on puisse dire avec certitude au sujet des effectifs des partis politiques espagnols, c'est que chaque parti majorait les siens.

forme du capitalisme au nom d'une autre de ses formes, susceptible à tout instant de se transformer en la première. Le seul parti à prendre en face du fascisme, c'est le pouvoir ouvrier. Si vous vous proposez n'importe quel autre but plus restreint, ou vous tendrez la victoire à Franco, ou, au mieux, vous laisserez le fascisme entrer par la porte de derrière. D'ici la prise de pouvoir, les ouvriers doivent se cramponner à tout ce qu'ils ont conquis ; s'ils cèdent sur quoi que ce soit au gouvernement semi-bourgeois, ils peuvent s'attendre à être trompés. Ils doivent garder les milices ouvrières et les forces de police ouvrière constituées telles qu'elles le sont actuellement, et s'opposer à toute tentative pour les " bourgeoisifier ". Si les ouvriers ne dominent pas les forces armées, les forces armées domineront les ouvriers. La guerre et la révolution ne doivent pas être séparées. »

Le point de vue anarchiste est moins facile à définir. Ou plutôt le terme « anarchiste » est abusivement appliqué à une multitude de gens d'opinions très variées. L'énorme fédération de syndicats formant la C.N.T. (*Confederación Nacional del Trabajo*), avec ses quelque deux millions de membres, avait pour organe politique la F.A.I. (*Federación Anarquista Ibérica*), la véritable organisation anarchiste. Mais même les membres de la F.A.I., encore qu'imprégnés, comme peut-être le sont la plupart des Espagnols, de l'idéologie anarchiste, n'étaient pas forcément tous des anarchistes, au sens le plus pur du mot. Et particulièrement depuis le début de la guerre, ils avaient évolué dans le sens du socialisme ordinaire, ayant été forcés par les circonstances à participer à l'administration en entrant dans le gouvernement. Néanmoins ils différaient fondamentalement des communistes au point que, pour eux comme pour le P.O.U M., le but visé était le pouvoir ouvrier et non la démocratie parlementaire. Ils adoptaient le mot d'ordre du P.O.U.M. : « La guerre et la révolution ne doivent pas être séparées », mais se montraient à ce sujet moins dogmatiques. Voici, en gros, ce que voulait la C.N.T.-F.A.I. : 1) Contrôle direct exercé sur chaque industrie (par exemple transports, industrie textile, etc.) par les ouvriers y appartenant. 2) Gouvernement au moyen de comités locaux et résistance à toutes les formes de régime autoritaire centralisé. 3) Hostilité sans compromis à l'égard de la bourgeoisie et de l'Église. Ce dernier point, le moins précis pourtant, était le plus important. Les anarchistes étaient à l'opposé de la majeure partie des soi-disant révolutionnaires : si leur politique était assez vague, leur haine du privilège et de l'injustice était d'une intransigeante sincérité. Idéologiquement, communisme et anarchisme sont aux antipodes l'un de l'autre. Pour la pratique — c'est-à-dire quant à la forme de société souhaitée — il n'y avait entre eux qu'une différence d'accent, mais irréconciliable : les communistes mettent toujours l'accent sur le centralisme et l'efficacité, les anarchistes sur la liberté et l'égalité. L'anarchisme a des racines profondes en Espagne, et il est probable qu'il survivra au communisme lorsqu'elle ne sera plus sous l'influence russe. Pendant les deux premiers mois de la guerre, c'étaient les anarchistes, plus que tous les autres, qui avaient sauvé la situation, et longtemps encore ensuite les milices anarchistes, en dépit de leur indiscipline, furent sans conteste les meilleurs combattants d'entre les forces purement espagnoles. A partir environ de février 1937 on peut, dans une certaine mesure, parler en bloc des anarchistes et du P.O.U.M. Si les anarchistes, le P.O.U.M. et l'aile gauche des socialistes avaient eu le bon sens de s'unir dès le début et d'imposer une politique réaliste, l'histoire de la guerre eût pu être différente. Mais en cette période du début, où les partis révolutionnaires semblaient tenir le succès entre leurs mains, c'était impossible. Entre anarchistes et socialistes d'anciennes jalousies subsistaient, et le P.O.U.M., en tant que marxiste, était sceptique à l'égard de l'anarchisme, cependant que du pur point de vue anarchiste, le « trotskysme » du P.O.U.M. n'était guère préférable au « stalinisme » des communistes. Néanmoins, la tactique communiste eut pour effet de rapprocher ces deux partis. Ce fut surtout un instinct de solidarité à l'égard de la C.N.T. qui détermina le P.O.U.M. à prendre part aux désastreux combats de mai à Barcelone, et, plus tard, lors de la suppression du P.O.U.M., les anarchistes furent les seuls à oser élever la voix pour le défendre.

Donc, généralement parlant, la démarcation des forces était la suivante : d'un côté, la C.N.T.-F.A.I., le P.O.U.M. et une fraction des socialistes, tenants du pouvoir ouvrier ; de l'autre, l'aile droite des socialistes, les libéraux et les communistes, tenants d'un gouvernement centralisé et d'une armée militarisée.

On saisit aisément pourquoi, à cette époque, je préférais le point de vue communiste à celui du P.O.U.M. Les communistes avaient une politique pratique précise, nettement meilleure du point de vue du bon sens, d'un bon sens qui ne regardait que quelques mois en avant. Et certainement la politique au jour le jour du P.O.U.M., sa propagande, etc., fut plus mauvaise qu'on ne saurait le dire ; il faut bien croire qu'elle l'a été, sans cela il eût pu rallier un beaucoup plus grand nombre de partisans. Ce qui me confirmait alors dans mon opinion, c'était que les communistes — du moins à ce qu'il me semblait — poursuivaient activement la guerre, tandis que nous et les anarchistes n'agissions guère. C'était l'impression générale en ce temps-là. Les communistes avaient obtenu le pouvoir et largement augmenté le nombre de leurs partisans, en partie parce qu'ils avaient fait appel aux classes moyennes contre les révolutionnaires, et en partie parce qu'ils étaient les seuls à paraître capables de gagner la guerre. Les armes russes et la magnifique défense de Madrid par des troupes presque toutes sous contrôle communiste, avaient fait d'eux les héros de l'Espagne. Comme on l'a dit, chaque avion russe qui passait au-dessus de nos têtes faisait de la propagande communiste. Le purisme révolutionnaire du P.O.U.M., bien que j'en reconnusse la valeur logique, me semblait assez vain. Après tout, la seule chose qui importait, c'était de gagner la guerre.

En attendant, l'infernale querelle entre les partis se poursuivait sans trêve dans les journaux, par les tracts, sur les affiches, dans les livres — partout. A cette époque, les journaux qu'il me fut le plus souvent donné de lire c'étaient ceux du P.O.U.M., *La Batalla* et *Adelante,* et leurs critiques continuelles à l'égard du P.S.U.C. « contre-révolutionnaire » me produisaient l'effet d'un pédantisme ennuyeux. Quand, plus tard, j'ai étudié de plus près la presse des communistes et du P.S.U.C., je me suis aperçu que le P.O.U.M. était à ce sujet autant dire irréprochable, en comparaison de ses adversaires. Sans compter que ses possibilités de propagande étaient beaucoup moins grandes. A la différence des communistes, il n'avait pied dans aucune presse à l'étranger, et en Espagne il était très désavantagé, parce que la censure de la presse était presque entièrement tenue en subordination par les communistes, ce qui signifiait que les journaux du P.O.U.M. risquaient d'être supprimés ou condamnés à une amende s'ils imprimaient quelque chose de préjudiciable aux communistes. Il faut dire aussi, à l'honneur du P.O.U.M., que s'il ne se privait pas de prêcher interminablement sur le sujet de la révolution et de citer Lénine *ad nauseam,* il ne se permettait généralement pas de diffamations personnelles. Et qu'il se livrait à la polémique seulement dans les articles de ses journaux. Ses grandes affiches en couleurs, destinées à un plus large public (les affiches ont une grande importance en Espagne, à cause du nombre considérable d'illettrés), ne contenaient pas d'attaques contre les partis rivaux, mais étaient simplement antifascistes et révolutionnaires d'une manière abstraite ; et de même les chansons que chantaient les miliciens. Les attaques des communistes, c'était tout autre chose. Je parlerai de certaines d'entre elles dans l'Appendice II. Je ne veux donner ici qu'une brève indication sur la manière dont les communistes menaient leurs attaques.

A l'examiner superficiellement, le désaccord entre les communistes et le P.O.U.M. était un désaccord de tactique. Le P.O.U.M. était pour la révolution immédiate, les communistes non. Selon eux, le plus tard elle aurait lieu, le mieux cela vaudrait. Il y avait beaucoup à dire sur l'une et l'autre position. En outre, les communistes prétendaient que la politique du P.O.U.M. divisait et affaiblissait les forces gouvernementales et compromettait le succès de la guerre, et à ce sujet aussi, bien qu'en définitive je ne sois pas de cet avis, on pourrait longuement discuter. Mais c'est à présent qu'intervient la tactique particulière des communistes. D'abord en tâtant le terrain avec précaution, puis bientôt sans plus aucune retenue, les communistes se mirent à affirmer que le P.O.U.M. divisait les forces du gouvernement non par erreur de jugement, mais de propos délibéré. Ils déclarèrent que le P.O.U.M. n'était rien de moins qu'une bande de fascistes déguisés, à la solde de Franco et de Hitler, faisant sciemment le jeu de la cause fasciste en poussant à une politique pseudo-révolutionnaire. Le P.O.U.M. était une organisation « trotskyste » et la « cinquième colonne de Franco ». Cela impliquait que des milliers de gens de la classe ouvrière, y compris huit ou dix mille soldats en train de se geler dans les tranchées de première ligne, et des centaines d'étrangers venus en Espagne pour combattre le fascisme en ayant souvent sacrifié pour cela famille, situation et nationalité n'étaient que des traîtres à la solde de l'ennemi. Et cette histoire fut répandue dans toute l'Espagne par voie d'affiches, et autres, et répétée à satiété dans la presse communiste et pro-communiste du monde entier. Je pourrais remplir une demi-douzaine de livres avec des citations, s'il me plaisait d'en faire collection.

Ainsi donc, voilà ce que nous étions aux dires des communistes : des trotskystes, des fascistes, des traîtres, des assassins, des lâches, des espions, etc. J'avoue qu'il y avait de quoi ne pas être charmé, surtout lorsqu'on pensait en particulier à certains de ceux sur qui de telles accusations étaient portées. Imaginez tout l'odieux de voir un jeune Espagnol de quinze ans ramené du front sur une civière, de voir, émergeant des couvertures, son visage exsangue, hébété, et de penser que des messieurs tirés à quatre épingles sont, à Londres et à Paris, tranquillement en train d'écrire des brochures pour prouver que ce petit gars est un fasciste déguisé. L'un des traits les plus abominables de la guerre, c'est que toute la propagande de guerre, les hurlements et les mensonges et la haine, tout cela est invariablement l'œuvre de gens qui ne se battent pas. Les miliciens du P.S.U.C. que j'ai connus au front, les communistes des Brigades internationales qu'il m'est arrivé de rencontrer, ne m'ont jamais, ni les uns ni les autres, appelé trotskyste ou traître ; ils laissaient cela aux journalistes de l'arrière. Tous ceux qui écrivaient des brochures contre nous, et disaient de nous des infamies dans les journaux, restaient chez eux bien à l'abri, ou tout au plus s'aventuraient-ils dans les salles de rédaction de Valence, à des centaines de kilomètres des balles et de la boue. Et, mis à part les libelles de la querelle entre partis, tout l'inséparable de la guerre, — chauvinisme agressif, éloquence de carrefour, bluff, dépréciation de l'ennemi — tout cela, ceux qui s'en chargeaient étaient, comme toujours, des non-combattants, et certains d'entre eux eussent préféré faire cent kilomètres en courant plutôt que de se battre. L'un des plus tristes effets de cette guerre pour moi, ce fut d'apprendre que la presse de gauche est tout aussi fausse et malhonnête que celle de droite *. J'ai le ferme sentiment que de notre côté — du côté gouvernemental — cette guerre est différente des guerres ordinaires, impérialistes ; mais on ne le devinerait jamais, d'après le caractère de la propagande de guerre. La lutte était à peine déclenchée qu'instantanément journaux de droite et de gauche plongèrent à qui mieux mieux dans le même puisard d'insultes. Nous nous souvenons tous des en-têtes du *Daily Mail :* « Les rouges crucifient les religieuses », tandis qu'à en croire le *Daily Worker,* la Légion étrangère de Franco était « composée d'assassins, de pratiquants de la traite des blanches, de drogués et du rebut de tous les pays européens ». Encore en octobre 1937, le *New Statesman* nous entretenait d'histoires de fascistes se faisant une barricade avec les corps d'enfants vivants (ce qu'il y a bien de plus incommode comme barricade !), tandis que M. Arthur Bryant déclarait que « scier les jambes d'un commerçant conservateur » était « chose courante » en Espagne loyaliste. Ce ne sont jamais des combattants, ceux qui écrivent des sottises de ce genre ; peut-être croient-ils que le fait de les écrire est pour eux un succédané de combat ! C'est la même chose dans toutes les guerres : les soldats se battent, les journalistes mènent grand bruit, et jamais aucun grand patriote ne vient à proximité d'une tranchée de première ligne, si ce n'est en rapide tournée de propagande. Ce m'est parfois un réconfort de penser que les progrès de l'aviation sont en train de changer les conditions de la guerre. Peut-être la prochaine grande guerre nous réservera-t-elle un spectacle sans précédent dans l'Histoire : un chauvin troué par une balle.

Par tout son côté journalistique, cette guerre était une escroquerie comme toutes les autres guerres. Mais avec cette différence que, tandis que les journalistes réservent habituellement leurs invectives les plus meurtrières à l'ennemi, dans ce cas-ci, au fur et à mesure que le temps passait, les communistes et le P.O.U.M. en venaient, en écrivant, à mettre dans leurs attaques réciproques plus d'âpreté qu'à l'égard

---

* Je voudrais faire exception pour le *Manchester Guardian*. Pour écrire ce livre, j'ai dû parcourir les collections d'un bon nombre de journaux anglais. De tous nos plus grands journaux, seul le *Manchester Guardian* m'a laissé un respect accru pour son honnêteté.

des fascistes. Pourtant, à cette époque, je ne pouvais encore me résoudre à prendre tout cela vraiment au sérieux. Cette inimitié entre partis m'ennuyait, m'écœurait même, mais je n'y voyais qu'un chamaillis domestique. Je ne croyais pas qu'elle fût de nature à rien changer, ni qu'il y eût des divergences de politiques réellement inconciliables. Je me rendais compte que les communistes et les libéraux se refusaient à laisser progresser la révolution ; je ne me rendais pas compte qu'ils pouvaient être capables de la faire *régresser*.

Il y avait à cela une bonne raison. Pendant tout ce temps-là j'étais au front, et au front l'atmosphère sociale et politique ne changea pas. J'avais quitté Barcelone au début de janvier et je ne suis allé en permission que fin avril ; durant toute cette période — et même plus longtemps encore — dans la bande du secteur d'Aragon tenue par les troupes des anarchistes et du P.O.U.M., les conditions restèrent les mêmes, extérieurement tout au moins. L'atmosphère révolutionnaire demeura telle que je l'avais connue au début. Le général et le simple soldat, le paysan et le milicien continuaient à s'aborder en égaux, tous touchaient la même solde, étaient vêtus et nourris de même, s'appelaient « camarades » et se tutoyaient. Il n'y avait pas de classe de patrons ni de classe de domestiques, il n'y avait plus de mendiants, de prostituées, d'hommes de loi, de prêtres, de lécheurs de bottes, plus de saluts militaires obligatoires. Je respirais l'air de l'égalité, et j'étais assez naïf pour m'imaginer qu'il en allait de même dans toute l'Espagne gouvernementale. Je ne me rendais pas compte que, plus ou moins par hasard, je m'étais trouvé isolé dans la fraction la plus révolutionnaire de la classe ouvrière espagnole.

Aussi, quand mes camarades mieux instruits de la politique me disaient que dans cette guerre on ne pouvait pas prendre une attitude purement militaire, que le choix était entre révolution et fascisme, j'étais porté à me moquer d'eux. Somme toute, j'acceptais le point de vue communiste qui se réduisait à ceci : « Nous ne pouvons pas parler de révolution avant d'avoir gagné la guerre », et non le point de vue du P.O.U.M. qui se réduisait à ceci : « Nous devons avancer si nous ne voulons pas revenir en arrière. » Lorsque, par la suite, j'ai estimé que le P.O.U.M. avait raison, ou, en tout cas, davantage raison que les communistes, ce ne fut pas tout à fait en me plaçant sur le terrain de la théorie. Sur le papier, le raisonnement des communistes tenait debout ; le hic, c'était que leurs agissements réels ne permettaient pas de croire qu'ils le proposaient de bonne foi. Le mot d'ordre si souvent répété : « la guerre d'abord, la révolution après », pouvait bien être pieusement tenu pour article de foi par le milicien moyen du P.S.U.C., celui-ci pouvant penser en toute bonne foi que la révolution pourrait se poursuivre une fois la guerre terminée, ce mot d'ordre n'en était pas moins de la poudre jetée aux yeux. Ce à quoi travaillaient les communistes, ce n'était pas à ajourner la révolution espagnole jusqu'à un moment plus propice, mais à prendre toutes dispositions pour qu'elle n'ait jamais lieu. Cela devenait de plus en plus évident au fur et à mesure que le temps passait, que de plus en plus le pouvoir était arraché des mains de la classe ouvrière, et que de plus en plus de révolutionnaires de toutes nuances étaient jetés en prison. Tout se faisait au nom de la nécessité militaire, parce que c'était là un prétexte pour ainsi dire « tout fait », qui permettait de ramener les ouvriers en arrière, d'une position avantageuse à une position d'où, la guerre finie, il leur serait impossible d'opposer de la résistance à la réintroduction du capitalisme. Comprenez bien, je vous en prie, qu'en parlant ainsi, ce n'est pas contre les communistes de la base, et encore moins contre les milliers de communistes qui moururent héroïquement pour la défense de Madrid, que j'en ai. Mais ce n'était pas eux qui dirigeaient la politique de leur parti. Quant aux communistes haut placés, comment croire qu'ils ne savaient pas ce qu'ils faisaient !

Restait tout de même qu'il valait la peine de gagner la guerre, même si la révolution devait être perdue. Mais en dernier lieu et à la longue j'en vins à douter que la politique communiste menât à la victoire. Il semble que peu de gens aient réfléchi qu'il convient d'appliquer à chacune des différentes phases de la guerre une politique différente et appropriée. Vraisemblablement les anarchistes ont sauvé la situation pendant les deux premiers mois, mais ils étaient incapables, au-delà d'un certain point, d'une résistance organisée. Vraisemblablement les communistes ont sauvé la situation d'octobre à décembre, mais quant à gagner complètement la guerre, c'était une tout autre histoire ! En Angleterre, la politique de guerre des communistes a été acceptée sans discussion, parce qu'on n'a autorisé la publication que de bien peu de critiques à son endroit, et parce que sa ligne générale — en finir avec le chaos révolutionnaire, accélérer la production, militariser l'armée — faisait l'effet d'être réaliste et efficace. Il vaut donc d'en souligner la faiblesse inhérente.

Afin d'entraver toute tendance révolutionnaire et de rendre la guerre aussi semblable que possible à une guerre ordinaire, il leur fallut forcément laisser se perdre des occasions stratégiques qui existaient. J'ai décrit notre armement, ou plutôt notre manque d'armement, sur le front d'Aragon. Il ne fait guère de doute que les communistes retinrent délibérément les armes de crainte qu'il n'en allât trop aux mains des anarchistes qui, ultérieurement, s'en serviraient pour atteindre un but révolutionnaire ; en conséquence la grande offensive d'Aragon qui eût obligé Franco à se retirer de Bilbao, et peut-être de Madrid, ne fut jamais déclenchée. Mais cela était, relativement, de peu d'importance. Ce qui fut beaucoup plus grave, c'est qu'une fois la guerre rétrécie aux limites d'une « guerre pour la démocratie », il devenait impossible de faire aucun appel sur une vaste échelle à l'aide de la classe ouvrière des autres pays. Si nous regardons les faits en face, il nous faut avouer que la classe ouvrière mondiale a considéré la guerre d'Espagne avec détachement. A titre individuel, des dizaines de milliers d'hommes sont venus combattre, mais les dizaines de millions qui étaient derrière eux restèrent indifférents. On a calculé que durant la première année de la guerre, pour l'ensemble du peuple anglais, il a été souscrit aux divers fonds de l'« Aide à l'Espagne » pour environ 250 000 livres — moitié moins, vraisemblablement, que ce qui a été dépensé en une seule semaine à aller au cinéma. C'est par l'action économique — grèves et boycottages — que les ouvriers, dans les pays démocratiques, eussent pu aider efficacement leurs camarades espagnols. Mais rien dans ce sens ne fut même tenté. Partout les leaders travaillistes et communistes déclarèrent qu'il n'y fallait pas songer ; et ils avaient évidemment raison, aussi longtemps qu'ils criaient également de toutes leurs forces que l'Espagne « rouge » n'était pas « rouge ».

Depuis 1914-1918, cela sonne sinistrement : « guerre pour la démocratie ». Des années durant, les communistes venaient eux-mêmes d'enseigner dans tous les pays aux militants ouvriers que « démocratie » n'était qu'un nom poli donné au capitalisme. Commencer par dire : « La démocratie est une escroquerie », et venir dire maintenant : « Battez-vous pour la démocratie », ce n'est pas une bonne tactique. Si, ayant derrière eux l'immense prestige de la Russie soviétique, ils avaient fait appel aux ouvriers de tous les pays, non pas au nom de l' « Espagne démocratique », mais au nom de l' « Espagne révolutionnaire », comment croire qu'ils n'eussent pas été entendus ?

Mais ce qu'il y eut encore de plus grave, c'est qu'avec cette politique non révolutionnaire, il était difficile, sinon impossible, de frapper à l'arrière de Franco. A l'été de 1937, Franco tenait sous sa domination une population plus importante que le gouvernement — beaucoup plus importante, si l'on compte les colonies —, et cela avec des effectifs militaires à peu près équivalents. Comme tout le monde le sait, si l'on a une population hostile dans le dos, il est impossible de maintenir l'armée sur le champ de bataille à moins d'avoir une autre armée tout aussi nombreuse pour garder les voies de communication, empêcher les sabotages, etc. Il est donc clair qu'il ne se produisit à l'arrière de Franco aucun véritable mouvement populaire. Il n'était cependant pas croyable que sur son territoire le peuple, les ouvriers des villes et les paysans les plus pauvres en tout cas, aimaient et voulaient Franco ; seulement, à chacun des glissements du gouvernement vers la droite, les raisons de le préférer devenaient moins évidentes. C'est irréfutable, le cas du Maroc suffit à le montrer. Pourquoi n'y eut-il pas de soulèvement au Maroc ? Franco tentait d'y établir une dictature odieuse, et les Maures l'auraient réellement préféré au gouvernement de Front populaire ! La vérité manifeste, c'est qu'aucun effort ne fut tenté pour fomenter un soulèvement au Maroc, car c'eût été greffer une réalisation révolutionnaire sur la guerre. La première chose qu'il eût fallu faire pour convaincre les Maures de la bonne foi du gouvernement, c'était proclamer aussitôt la libération du Maroc. Et nous pouvons imaginer si c'eût été agréable à la France ! La meilleure occasion stratégique de la guerre fut donc négligée dans le vain espoir d'apaiser le capitalisme français et britannique. La politique communiste tendit toute à restreindre la guerre à la mesure d'une guerre ordinaire, non révolutionnaire, guerre pour laquelle le gouvernement se trouvait sérieusement handicapé. Car une guerre de cette sorte exige d'être gagnée par des moyens matériels ; autrement dit, en fin de compte, par une fourniture illimitée d'armes ; or, le principal fournisseur d'armes du gouvernement, l'U.R.S.S., était, géographiquement, très désavantagé par rapport à l'Italie et à l'Allemagne. Peut-être le mot d'ordre du P.O.U.M. et des anarchistes, « la guerre et la révolution ne doivent pas être séparées », était-il moins le fait d'un songe-creux qu'il ne le paraissait tout d'abord.

J'ai indiqué mes raisons de penser que la politique anti-révolutionnaire des communistes était une erreur ; mais, dans la mesure même où de cette politique dépend l'issue de la guerre, je souhaite ardemment de me tromper. Oui, puissé-je me tromper ! Par quelque voie qu'elle soit obtenue, je souhaite la victoire dans cette guerre. Il n'est naturellement pas possible de prédire actuellement ce qui arrivera. Il est de l'ordre des choses possibles que le gouvernement opère de nouveau une conversion vers la gauche, que les Maures se soulèvent de leur propre initiative, que l'Angleterre décide d'acheter le retrait de l'Italie, que la guerre soit gagnée par des moyens uniquement militaires — comment savoir ! J'ai exprimé mon opinion ; le temps se chargera de montrer jusqu'à quel point j'étais dans la vérité ou dans l'erreur.

Mais en février 1937 je ne voyais pas les choses tout à fait sous ce jour. J'étais malade d'inaction sur le front d'Aragon, et j'avais conscience surtout de n'avoir pas pris suffisamment part au combat. Je songeais souvent à cette affiche de recrutement à Barcelone qui interrogeait les passants d'une manière accusatrice : « Qu'avez-vous fait, *vous,* pour la démocratie ? » et je sentais que tout ce que j'aurais pu répondre, c'était : « J'ai touché mes rations. » En m'engageant dans les milices je m'étais promis de tuer un fasciste — après tout, si seulement chacun de nous en tuait un, la race en serait vite éteinte — et je n'en avais encore tué aucun, c'est à peine si j'en avais eu l'occasion. Et naturellement, je souhaitais d'aller à Madrid. Personne dans l'armée, quelle que fût son opinion politique, qui ne souhaitât d'être sur le front de Madrid. Pour cela il serait probablement nécessaire de passer dans les Brigades internationales, car le P.O.U.M. n'avait à présent que très peu de troupes à Madrid et les anarchistes moins qu'au début.

Pour le moment, naturellement, je devais rester là où j'étais sur le front, mais j'annonçai à tous mon intention, lorsque nous irions en permission, de demander à être muté, si possible, dans les Brigades internationales. Ce serait me placer sous la direction des communistes. Aussi plusieurs de mes camarades essayèrent de m'en dissuader, mais personne ne tenta d'intervenir. C'est une justice à rendre que de dire qu'on ne faisait guère la chasse à l'hérétique dans le P.O.U.M., trop peu peut-être, étant donné les circonstances ; à condition de n'être pas pro-fasciste, personne n'était inquiété pour soutenir des opinions hétérodoxes. J'ai passé une bonne partie de mon temps dans les milices à critiquer énergiquement la « ligne » du P.O.U.M. sans que cela m'ait jamais causé d'ennuis. On n'exerçait même pas de pression d'aucune sorte sur quelqu'un pour le faire devenir membre politique du parti ; ce qu'étaient pourtant, je crois, la plupart des miliciens. Je n'ai, quant à moi, jamais adhéré au parti — j'en ai d'ailleurs éprouvé du regret plus tard, lors de la suppression du P.O.U.M.

APPENDICE II

CE QUE FURENT LES TROUBLES DE MAI A BARCELONE

Si la controverse politique ne vous intéresse pas, non plus que cette foule de partis et sous-partis aux noms embrouillants (à peu près comme ceux des généraux dans une guerre chinoise), alors, je vous en prie, dispensez-vous de lire ce qui va suivre. Cela répugne d'avoir à entrer dans tous les détails de la polémique entre les partis ; c'est comme si l'on plongeait dans un puisard d'aisances. Mais il est nécessaire d'essayer d'établir la vérité, dans toute la mesure du possible. Cette sordide bagarre dans une ville lointaine a plus d'importance qu'il ne pourrait sembler à première vue.

Il ne sera jamais possible de donner un compte rendu des combats de Barcelone absolument exact et impartial, parce que les documents nécessaires font défaut. Les historiens futurs n'auront rien sur quoi s'appuyer, à part une masse d'écrits de propagande et d'attaques partisanes. J'ai moi-même peu de données, en dehors de ce que j'ai vu de mes propres yeux et de ce que m'ont appris d'autres témoins oculaires que je crois dignes de foi. Il m'est cependant possible de réfuter quelques-uns des mensonges les plus flagrants et d'aider à tirer les choses au clair.

Premièrement, que se passa-t-il réellement ?

Depuis un certain temps déjà la situation était tendue dans toute la Catalogne. J'ai renseigné le lecteur (dans l'Appendice I) sur le conflit entre les communistes et les anarchistes. Aux environs de mai 1937 les choses en étaient arrivées au point qu'une issue violente paraissait inévitable. La cause directe de la friction fut l'ordre donné par le gouvernement de rendre toutes les armes privées, dans le temps même où il décidait la création d'une force de police « non politique » et puissamment armée, dont devraient être exclus les membres des syndicats. Tout le monde comprit clairement la signification de telles mesures et que, de toute évidence, le prochain coup consisterait à prendre possession de quelques-unes des industries de base contrôlées par la C.N.T. Ajoutez à cela le ressentiment accumulé dans la classe ouvrière du fait du contraste croissant de richesse et de pauvreté, et le vague sentiment général que la révolution avait été sabotée. Beaucoup de gens furent agréablement surpris que le 1er mai se fût passé sans émeutes. Le 3 mai, le gouvernement décida de prendre possession du Central téléphonique dont le fonctionnement avait été assuré depuis le début de la guerre principalement par des travailleurs membres de la C.N.T. ; on allégua qu'il marchait mal et que des communications officielles étaient interceptées. Salas, le chef de la police (en cela dépassa-t-il ou non ses instructions ?) envoya trois camions de gardes civils armés saisir le Central, tandis que des policiers également armés, mais en civil, faisaient dégager les rues avoisinantes. A peu près à la même heure, des détachements de gardes civils s'emparèrent d'autres immeubles situés en des points stratégiques. Quelle qu'ait pu être l'intention véritable, tout le monde crut que c'était là le signal d'une attaque générale de la C.N.T. par les gardes civils et le P.S.U.C. (communistes et socialistes). Le bruit courut dans toute la ville qu'on attaquait les locaux de la classe ouvrière, des anarchistes armés descendirent dans la rue, le travail s'arrêta et la lutte s'engagea immédiatement. Cette nuit-là et le lendemain matin l'on construisit par toute la ville des barricades, et la lutte se poursuivit sans trêve jusqu'au matin du 6 mai. Toutefois ce fut une lutte, de part et d'autre, surtout défensive. Des locaux furent assiégés, mais, autant que je sache, aucun ne fut pris d'assaut et l'on n'employa pas d'artillerie. En gros, les forces de la C.N.T., de la F.A.I. et du P.O.U.M. tenaient les faubourgs ouvriers tandis que les forces de police armées et le P.S.U.C. tenaient la partie centrale et résidentielle de la ville. Le 6 mai il y eut un armistice, mais on ne tarda pas à reprendre la lutte, probablement à cause des tentatives prématurées de gardes civils pour désarmer les ouvriers de la C.N.T. Le lendemain matin, cependant, les gens commencèrent à quitter les barricades de leur propre mouvement. A peu près jusqu'à la nuit du 5 mai, la C.N.T. avait eu le dessus et un grand nombre de gardes civils s'étaient rendus. Mais il n'y avait ni direction générale acceptée, ni plan bien déterminé — à la vérité, autant qu'on en pouvait juger, pas de plan du tout, seulement une vague résolution de résistance aux gardes civils. Les leaders officiels de la C.N.T. se joignirent à ceux de l'U.G.T. pour demander instamment à tout le monde de reprendre le travail ; une chose primait tout : les vivres allaient manquer. Dans de telles conditions, personne n'était suffisamment sûr de l'issue pour continuer la lutte. Dans l'après-midi du 7 mai la situation était presque normale. Ce soir-là, six mille gardes d'assaut, envoyés par mer de Valence, arrivèrent pour réprimer le soulèvement. Le gouvernement donna l'ordre de rendre toutes les armes, à l'exception de celles détenues par les forces régulières, et durant les quelques jours suivants un grand nombre d'armes furent saisies. D'après l'évaluation officielle, il y aurait eu au cours des combats quatre cents morts et un millier de blessés. Quatre cents morts, c'est peut-être une exagération, mais, comme il n'y a pas moyen de vérifier, il faut bien accepter ce nombre pour exact.

Deuxièmement, quelles furent les conséquences des troubles ?

Évidemment, il est impossible de rien avancer avec certitude à ce sujet. Aucune preuve n'existe que les troubles eurent un effet direct sur le cours de la guerre, mais, se fussent-ils prolongés seulement quelques jours de plus, ils n'auraient pu manquer d'en avoir. Ils servirent de prétexte à placer la Catalogne sous l'autorité directe de Valence, à hâter la dissolution des milices et à supprimer le P.O.U.M., et indubitablement ils ont été aussi pour quelque chose dans le renversement du ministère Caballero. Toutefois nous pouvons être assurés que tout cela aurait eu lieu de toute manière. La question réelle est de savoir si les travailleurs de la C.N.T. qui descendirent dans la rue ont gagné ou perdu à résister en cette circonstance. Ce n'est de ma part que simple conjecture, mais je pense qu'ils ont gagné plus qu'ils n'ont perdu. La saisie du Central téléphonique ne fut qu'un épisode dans tout un processus. Depuis l'année précédente on avait manœuvré pour retirer graduellement aux syndicats leur pouvoir direct, et un mouvement continu de transfert se poursuivait pour passer du contrôle de la classe ouvrière à un contrôle centralisé conduisant à un capitalisme d'État, ou, chose possible, à une réintroduction du capitalisme privé. Le fait qu'il y ait eu alors résistance a probablement ralenti l'évolution. Un an après le déclenchement de la guerre les ouvriers de Catalogne avaient perdu une grande partie de leur pouvoir, mais ils étaient encore dans une situation relativement favorable. Elle eût pu l'être moins, s'ils s'étaient montrés disposés à subir passivement toute espèce de provocation. Il est des cas où il vaut mieux être vaincu après avoir lutté que de ne pas lutter du tout.

Troisièmement, quel dessein — à supposer qu'il y en eût un — cachait cette émeute ? S'est-il agi d'une sorte de coup d'État ou de tentative révolutionnaire ? Et le but était-il précisément de renverser le gouvernement ? Et cela fut-il concerté d'avance ?

A mon avis, la lutte fut concertée d'avance en ce sens seulement que tout le monde s'attendait à ce qu'il y en eût une. Mais rien ne montra qu'il y eût un plan arrêté, ni d'un côté ni de l'autre. Du côté des anarchistes, presque certainement l'action fut spontanée, car elle fut l'affaire surtout des simples membres. Les gens du peuple descendirent dans la rue et leurs leaders politiques suivirent à contrecœur, ou ne suivirent pas du tout. Les seuls même à *parler* en révolutionnaires, ce furent les Amis de Durruti, petit groupement extrémiste faisant partie de la F.A.I., et le P.O.U.M. Mais je le répète, ils ne faisaient que suivre, ils ne menaient pas. Les Amis de Durruti diffusèrent une sorte de tract révolutionnaire, mais seulement le 5 mai ; on ne peut donc prétendre que ce tract fut à l'origine des troubles, qui s'étaient déclenchés d'eux-mêmes deux jours auparavant. Les leaders officiels de la C.N.T. désavouèrent dès le début toute l'affaire. Il y avait à cela bien des raisons. D'abord, du fait que la C.N.T. était toujours représentée dans le gouvernement et dans la Généralité, on pouvait être sûr que ses leaders se montreraient plus conservateurs que leurs partisans. En second lieu, le but principal des leaders de la C.N.T. était de parvenir à une alliance avec l'U.G.T. ; or la lutte ne pouvait manquer d'élargir le fossé entre la C.N.T. et l'U.G.T., tout au moins pour un temps. En troisième lieu — mais ceci on ne l'a généralement pas su au moment —, les leaders anarchistes craignirent, si les choses allaient au-delà d'un certain point et si les ouvriers s'emparaient de la ville, comme ils étaient peut-être en mesure de le faire le 5 mai, qu'il se produisît une intervention étrangère. Un croiseur et deux torpilleurs britanniques avaient cerné le port, et sans aucun doute il y avait d'autres navires de guerre non loin. Les journaux anglais révélèrent que ces navires se dirigeaient sur Barcelone « pour protéger les intérêts britanniques », mais en fait ils s'abstinrent de faire quoi que ce soit : ils ne débarquèrent pas d'hommes et ne recueillirent à bord aucun réfugié. Il ne peut pas y avoir de certitude à ce sujet, mais il était pour le moins probable, parce que dans la nature des choses, que le gouvernement britannique, qui n'avait pas remué le petit doigt pour sauver de Franco le gouvernement espagnol, ne manquerait pas d'intervenir à temps pour le sauver de sa propre classe ouvrière.

Les leaders du P.O.U.M. ne désavouèrent pas la résistance ; en fait ils incitèrent leurs partisans à rester sur les barricades et même donnèrent leur approbation (dans *La Batalla* du 6 mai) au tract extrémiste diffusé par les Amis de Durruti. Il demeure une grande incertitude au sujet de ce tract dont aujourd'hui personne ne semble en mesure de produire un exemplaire. Dans certains journaux étrangers on en parla comme d'une « affiche incendiaire » dont tous les murs de la ville furent « tapissés ». Il n'y eut certainement pas d'affiche de ce genre. A force de recoupements j'ai pu déterminer que le tract réclamait : 1) la formation d'un conseil révolutionnaire (junte) ; 2) l'exécution de ceux qui étaient responsables de l'attaque du Central téléphonique ; 3) le désarmement des gardes civils. On ne sait pas non plus très précisément jusqu'à quel point *La Batalla* exprima son accord avec le tract. Personnellement, je n'ai vu ni le tract ni *La Batalla* de ce jour-là.

Le seul prospectus que j'aie vu pendant les troubles fut celui qui fut tiré par un tout petit groupement de trotskystes (« bolcheviks-léninistes ») le 4 mai, et qui se bornait à dire : « Tout le monde aux barricades, grève générale dans toutes les industries, sauf dans les industries de guerre ». Autrement dit, il réclamait que l'on fît ce que l'on était déjà en train de faire. Mais en réalité les leaders du P.O.U.M. eurent une attitude pleine d'hésitation. Ils n'avaient jamais été pour une insurrection tant que ne serait pas gagnée la guerre contre Franco ; mais d'autre part, les ouvriers étant descendus dans la rue, les leaders du P.O.U.M. adoptèrent, de façon assez pédantesque, la ligne de conduite marxiste qui veut que, lorsque les ouvriers descendent dans la rue, ce soit le devoir des partis révolutionnaires d'être à leurs côtés. De là vient que, tout en lançant des mots d'ordre révolutionnaires, sur « le réveil de l'esprit du 19 juillet », etc., ils firent tout leur possible pour limiter l'action des ouvriers à la défensive. Ils ne donnèrent jamais, par exemple, l'ordre d'attaquer aucun local ; ils commandèrent simplement à leurs partisans de rester vigilants et (comme je l'ai indiqué dans le chapitre IX) d'éviter autant que possible de tirer. *La Batalla* également publia des instructions d'après lesquelles il n'était permis à aucune troupe de quitter le front *. Autant qu'on en peut juger, je dirai que la responsabilité du P.O.U.M. se borne à avoir engagé tout le monde à rester sur les barricades, et probablement à avoir persuadé un certain nombre de gens d'y rester plus longtemps qu'ils ne l'eussent fait sans cela. Ceux qui furent en contact personnel avec les leaders du P.O.U.M. à cette date (je ne le fus pas moi-même) m'ont dit qu'à la vérité ceux-ci étaient consternés par toute l'affaire, mais qu'ils avaient le sentiment qu'ils devaient y prendre part. Après coup, naturellement, on tira comme toujours parti de tout cela politiquement. Gorkin, l'un des leaders du P.O.U.M., alla même jusqu'à parler, un peu plus tard, des « jours glorieux de mai ». Du point de vue de la propagande, cela a peut-être été une bonne chose ;

* Dans un récent numéro, *Inprecor* affirme le contraire : il prétend que *La Batalla* donna aux troupes du P.O.U.M. l'ordre de quitter le front ! Il est facile d'éclaircir ce point : il n'y a qu'à se reporter à *La Batalla* de la date en question.

il est certain que les effectifs du P.O.U.M. s'accrurent durant ce peu de temps qui s'écoula entre les événements de mai et sa suppression. Mais au point de vue tactique, ce fut probablement une erreur d'appuyer le tract des Amis de Durruti, de ce groupement très restreint et normalement hostile au P.O.U.M. Vu la surexcitation générale et tout ce que l'on disait dans l'un et l'autre camp, ce tract ne voulait rien dire de plus, en réalité, que « restez aux barricades » ; mais en semblant l'approuver, tandis que *Solidaridad Obrera,* le journal anarchiste, le désavouait, les leaders du P.O.U.M. facilitèrent la tâche à la presse communiste pour prétendre par la suite que les troubles avaient été une sorte d'insurrection fomentée uniquement par le P.O.U.M. Toutefois nous pouvons être persuadés que la presse communiste aurait, de toute manière, trouvé moyen de le prétendre. Ce n'était rien en comparaison des accusations qui furent lancées, et avant et après, sur de plus faibles apparences. Les leaders de la C.N.T. ne gagnèrent pas grand chose par leur attitude plus prudente ; on les loua de leur loyalisme, mais, dès que l'occasion s'en présenta, on les évinça du gouvernement et de la Généralité.

Autant qu'on en peut juger d'après ce que disaient les gens sur le moment, il n'y eut nulle part un véritable dessein révolutionnaire. On trouvait derrière les barricades surtout de simples travailleurs de la C.N.T. et, parmi eux, probablement quelques travailleurs de l'U.G.T. ; et ce qu'ils cherchaient ce n'était pas à renverser le gouvernement, mais à résister à ce qu'ils considéraient, à tort ou à raison, comme une attaque de la police. Ce fut une action essentiellement défensive que la leur et je doute fort qu'on soit en droit de la dépeindre, ainsi que l'ont fait presque tous les journaux étrangers, comme une « insurrection ». Car une « insurrection » implique une action agressive et un plan précis. A plus exactement parler, ce fut une émeute — une émeute très sanglante parce que dans les deux camps on avait des armes à feu en main et qu'on était disposé à s'en servir.

Mais sur le chapitre des intentions, que faut-il penser de l'autre camp ? S'il ne s'est pas agi d'un coup d'État anarchiste, s'est-il agi peut-être d'un coup d'État communiste — d'un effort concerté pour écraser d'un seul coup le pouvoir de la C.N.T. ?

Je ne le crois pas, bien que certains faits pourraient amener à pareil soupçon. Il est significatif que quelque chose de tout à fait semblable (la saisie du Central téléphonique par la police armée agissant d'après des ordres reçus de Barcelone) se soit produit à Tarragone deux jours plus tard. Et à Barcelone le raid sur le Central téléphonique ne fut pas un acte isolé. En différentes parties de la ville des détachements de gardes civils et de membres du P.S.U.C. s'emparèrent de locaux situés en des points stratégiques, sinon exactement juste avant le déclenchement des troubles, en tout cas avec une surprenante promptitude. Mais ce qu'il ne faut pas oublier, c'est que cela s'est passé en Espagne, et non en Angleterre. Barcelone est une ville ayant dans son histoire un long passé de guerres de rues. En de tels endroits les choses vont vite, les factions sont toutes constituées, chacun connaît la géographie politique locale, et dès que partent les premiers coups de feu les gens sont aussitôt en place presque comme dans des exercices de sauvetage. Probablement les responsables de la saisie du Central téléphonique s'attendaient-ils à des troubles — quoique peut-être pas sur une échelle si vaste — et avaient-ils pris des dispositions pour y faire face. Mais il ne s'ensuit pas qu'ils projetaient une attaque générale contre la C.N.T. Pour deux raisons, je ne crois pas que d'aucun côté on ait fait des préparatifs en vue d'une lutte généralisée :

1) Aucun des deux camps n'avait amené de troupes à Barcelone auparavant. Le combat se livra seulement entre ceux qui étaient déjà précédemment à Barcelone, et surtout entre les civils et la police.

2) Les vivres manquèrent presque immédiatement. Or tous ceux qui ont servi en Espagne savent que l'unique activité de guerre à laquelle les Espagnols excellent réellement est le ravitaillement de leurs troupes. Il est fort improbable que si l'un des adversaires avait envisagé une ou deux semaines de guerre de rues et une grève générale, il n'eût pas auparavant constitué des réserves de vivres.

Venons-en enfin à la question du juste et de l'injuste en cette affaire.

On a fait un terrible raffut dans la presse à l'étranger, mais, comme d'habitude, un seul son de cloche a pu se faire entendre. Si bien que les troubles de Barcelone ont été présentés comme une insurrection des anarchistes et des trotskystes déloyaux qui « poignardaient le gouvernement espagnol dans le dos », et ainsi de suite. Ce qui s'était passé n'était pas tout à fait aussi simple que cela. Il est hors de doute que, lorsque vous êtes en guerre avec votre ennemi mortel, il est préférable de ne pas commencer par vous battre entre vous dans votre propre camp ; mais il convient de ne pas oublier qu'il faut être deux pour une querelle et que les gens ne se mettent pas à construire des barricades sans que l'on se soit livré à leur égard à des actes qu'ils considèrent comme une provocation.

La source des troubles, ce fut l'ordre donné par le gouvernement aux anarchistes de rendre leurs armes. Ce qui, dans la presse anglaise traduit en termes anglais, donna ceci : on avait un extrême besoin d'armes sur le front d'Aragon où l'on ne pouvait pas en envoyer parce que les anarchistes mauvais patriotes les retenaient à l'arrière. Présenter ainsi les choses c'est feindre d'ignorer l'état réel des choses en Espagne. Tout le monde savait que les anarchistes et le P.S.U.C., les uns aussi bien que les autres, amassaient des armes ; et quand les troubles éclatèrent à Barcelone, cela devint encore plus manifeste ; dans l'un et l'autre camp on exhiba des armes en abondance. Les anarchistes savaient fort bien que même s'ils consentaient, pour leur propre part, à rendre leurs armes, le P.S.U.C., le parti politiquement le plus puissant en Catalogne, n'en conserverait pas moins, lui, les siennes ; et c'est en effet ce qui se passa, lorsque les combats eurent pris fin. En attendant, dans les rues l'on voyait des quantités d'armes, qui eussent été les bienvenues sur le front d'Aragon, et qui étaient retenues à l'arrière pour les forces de la police « non politique ». Et sous tout cela il y avait l'inconciliable différend entre communistes et anarchistes, qui devait fatalement conduire, tôt ou tard, à quelque conflit. Depuis le début de la guerre le parti communiste espagnol s'était énormément accru en nombre et avait accaparé la majeure partie du pouvoir politique ; de plus, des milliers de communistes étrangers étaient venus en Espagne et bon nombre d'entre eux déclaraient ouvertement leur intention de « liquider » l'anarchisme aussitôt qu'on aurait gagné la guerre contre Franco. Dans de telles circonstances l'on pouvait difficilement s'attendre à ce que les anarchistes rendissent les armes dont ils avaient pris possession dans l'été de 1936.

La saisie du Central téléphonique ne fut que l'étincelle qui mit le feu à une bombe qui n'attendait que cela pour exploser. On peut tout juste admettre que les responsables s'imaginèrent peut-être qu'il n'en résulterait pas d'émeute. Companys, le président catalan, aurait déclaré en riant, peu de jours auparavant, que les anarchistes encaisseraient tout *. Mais ce n'était assurément pas un acte sage. Depuis des mois les échauffourées sanglantes entre communistes et anarchistes se succédaient. La Catalogne, et particulièrement Barcelone, était dans un état de tension qui avait déjà donné lieu à des bagarres dans les rues, à des assassinats, etc. Et voilà que soudain le bruit courut dans toute la ville que des hommes armés étaient en train d'attaquer les locaux dont les ouvriers s'étaient emparés au cours des combats de juillet et à la possession desquels ils attachaient une grande importance sentimentale. Il faut se rappeler que les gardes civils n'étaient pas aimés de la population ouvrière. Depuis des générations *la guardia* avait tout simplement été un apanage du grand propriétaire terrien et du patron ; et les gardes civils étaient doublement haïs parce qu'on soupçonnait, et fort justement, leurs sentiments antifascistes d'être des plus douteux **. Il est probable que ce qui fit descendre le peuple dans la rue dans les premières heures, ce fut une émotion toute semblable à celle qui l'avait poussé à résister aux généraux rebelles au début de la guerre. Bien sûr, on peut soutenir que les travailleurs de la C.N.T. eussent dû remettre le Central téléphonique sans protester. Sur ce sujet l'opinion de chacun dépend de la position prise en face de la question : gouvernement centralisé ou contrôle ouvrier ? On pourrait arguer avec plus de pertinence : « Oui, la C.N.T. avait très probablement une excuse. Mais, tout de même, l'on était en guerre et ils n'avaient pas le droit d'entamer une lutte à l'arrière du

* *New Statesman* (14 mai).

** Au début de la guerre, les gardes civils s'étaient partout rangés du côté du plus fort. Dans la suite, en plusieurs occasions, à Santander, par exemple, les gardes civils de l'endroit passèrent en masse aux fascistes.

front. » Là, je suis parfaitement d'accord. Tout désordre intérieur dut probablement aider Franco. Mais qu'est-ce qui, au fait, déclencha la lutte ? Que le gouvernement ait eu ou non le droit de saisir le Central téléphonique, il n'en reste pas moins vrai, et c'est là l'important, qu'étant donné les circonstances c'était une mesure qui devait fatalement déclencher le conflit. C'était un acte de provocation, un geste qui signifiait en réalité, et qui était vraisemblablement accompli pour signifier : « C'en est fini de votre pouvoir... c'est nous, à présent, qui sommes les maîtres ». Il n'y avait pas de bon sens à s'attendre à autre chose qu'à de la résistance. Si l'on garde un souci d'équité, on ne peut pas ne pas se rendre compte que la faute n'était pas — ne pouvait pas être, dans une affaire de cette sorte — toute du même côté. Si l'on a communément accepté une version des événements qui ne fait état que d'un seul son de cloche, c'est tout simplement que les partis révolutionnaires espagnols n'ont pas pied dans la presse étrangère. Dans la presse anglaise, en particulier, il vous faudrait longtemps chercher avant de découvrir, pour n'importe quelle période de la guerre, quelque allusion favorable aux anarchistes espagnols. Ils ont été systématiquement dénigrés et, je le sais par ma propre expérience, il est presque impossible d'obtenir l'impression d'un écrit pour leur défense.

J'ai tâché de parler des troubles de Barcelone objectivement, mais, évidemment, personne ne peut être absolument objectif à propos d'une question de ce genre. On est pratiquement obligé de prendre parti, et il doit apparaître assez clairement de quel côté je suis. En outre, je dois inévitablement avoir commis des erreurs sur les faits, non seulement dans cet Appendice, mais en d'autres parties de ce récit. Il est très difficile d'écrire avec exactitude sur la guerre d'Espagne, car l'on manque de documents qui soient autre chose que de la propagande. Je mets donc en garde tous mes lecteurs contre ma partialité et contre mes erreurs. Toutefois j'ai fait tout mon possible pour être honnête. Et l'on verra que mon compte rendu diffère totalement de celui qu'a donné la presse étrangère, spécialement la presse communiste. Il est nécessaire d'examiner la version communiste parce qu'elle a été publiée dans le monde entier, parce qu'elle n'a pas cessé depuis d'être très fréquemment complétée, et parce qu'elle est probablement la plus généralement acceptée.

Dans la presse communiste et pro-communiste, toute la responsabilité des troubles de Barcelone fut rejetée sur le P.O.U.M. L'affaire fut présentée non comme une émeute spontanée, mais comme une insurrection préméditée et préparée contre le gouvernement, et fomentée uniquement par le P.O.U.M. avec l'aide d'un petit nombre d' « incontrôlables » abusés. Qui plus est, ce fut finalement un complot fasciste, mis à exécution d'après des ordres fascistes, et destiné à déclencher à l'arrière une guerre civile et à paralyser ainsi le gouvernement. Le P.O.U.M. était la « cinquième colonne de Franco » — une organisation « trotskyste » travaillant en accord avec les fascistes. Selon le *Daily Worker* du 11 mai :

« Les agents allemands et italiens qui affluèrent à Barcelone, sous prétexte de " préparer " le fameux " congrès de la IVe Internationale ", n'avaient qu'une seule grande tâche. A savoir :

« Ils devaient — avec le concours des trotskystes de l'endroit — préparer en provoquant désordres et effusions de sang un état de choses tel qu'il permît aux Allemands et aux Italiens de déclarer qu'il leur était " impossible d'exercer le contrôle naval des côtes catalanes du fait des troubles régnant à Barcelone ", et par conséquent qu'il leur était " impossible de faire autrement que de débarquer des troupes à Barcelone ".

« Autrement dit, ce qu'ils préparaient c'était une situation pouvant servir de prétexte aux gouvernements allemand et italien à faire débarquer tout à fait ouvertement sur les côtes catalanes des troupes de terre ou de l'infanterie de marine, en déclarant qu'ils ne le faisaient que " pour rétablir l'ordre "...

« Pour cela, les gouvernements allemand et italien avaient un instrument tout prêt en l'espèce, l'organisation trotskyste connue sous le nom de P.O.U.M.

« Le P.O.U.M., agissant avec le concours d'éléments criminels bien connus et d'un certain nombre de fourvoyés appartenant aux organisations anarchistes, conçut le plan, organisa et mena l'attaque sur l'arrière, de façon à la faire exactement coïncider avec l'attaque sur le front à Bilbao », etc.

Dans la suite de l'article, les troubles de Barcelone deviennent l' « attaque du P.O.U.M. » et, dans un autre article de ce même numéro de journal, on affirme que « c'est au P.O.U.M. indiscutablement qu'il faut imputer la responsabilité du sang versé en Catalogne ». *Inprecor* du 29 mai déclare que les barricades élevées à Barcelone le furent « uniquement par des membres du P.O.U.M., organisés par ce parti en vue de cette tâche ».

Je pourrais faire encore un grand nombre de citations, mais tout cela est suffisamment clair : le P.O.U.M. était entièrement responsable et le P.O.U.M. agissait d'après les ordres des fascistes. Je donnerai tout à l'heure encore quelques traits des comptes rendus parus dans la presse communiste ; on verra qu'ils se contredisent entre eux à tel point qu'ils en perdent absolument toute valeur. Mais il convient auparavant d'attirer l'attention sur plusieurs raisons *a priori* qui font que la version des troubles de mai, insurrection fasciste menée par le P.O.U.M., est autant dire incroyable :

1) Le P.O.U.M. n'avait ni l'importance numérique ni l'influence nécessaire pour provoquer des désordres d'une telle ampleur. Encore moins avait-il le pouvoir d'ordonner la grève générale. Le P.O.U.M. était une organisation politique sans base véritable dans les syndicats et il n'eût guère été plus capable d'organiser une grève à Barcelone que, disons par exemple, le parti communiste anglais le serait de déclencher la grève générale à Glasgow. Comme je l'ai déjà dit, les leaders du P.O.U.M. ont pu par leur attitude contribuer quelque peu à prolonger la lutte ; mais, même l'eussent-ils voulu qu'ils n'auraient pas pu en être les promoteurs.

2) Le prétendu complot fasciste se fonde sur une simple affirmation, que tous les faits démentent. On nous dit que le plan était de permettre aux gouvernements allemand et italien de débarquer des troupes en Catalogne : mais aucun transport de troupes allemand ou italien n'approcha de la côte. Quant au « congrès de la IVe Internationale », et aux « agents allemands et italiens », c'est un pur mythe !

Autant que je sache, il n'avait même jamais été question d'un congrès de la IVe Internationale. On avait fait vaguement le projet d'un congrès du P.O.U.M. et de ses partis-frères (I.L.P. anglais, S.A.P. allemand, etc.) ; on en avait approximativement fixé l'époque dans le courant de juillet — deux mois plus tard — et pas un seul délégué n'était encore arrivé. Les « agents allemands et italiens » n'ont pas d'existence en dehors des colonnes du *Daily Worker*. Tous ceux qui ont passé la frontière à cette époque savent qu'il n'était pas si facile que cela d' « affluer » en Espagne, et pas plus facile, du reste, d'en sortir.

3) Il ne se passa rien, ni à Lérida, la principale place forte du P.O.U.M., ni sur le front. Il saute aux yeux que si les leaders du P.O.U.M. avaient voulu aider les fascistes, ils auraient donné l'ordre à leurs milices de quitter le front et de laisser les fascistes passer. Or ils ne firent ni ne suggérèrent rien de semblable. Et on ne ramena pas d'hommes du front les jours précédents, quoiqu'il eût été assez facile de faire revenir clandestinement à Barcelone, sous divers prétextes, disons un ou deux milliers de miliciens. Et il n'y eut aucune tentative, même indirecte, de sabotage du front : aucun arrêt dans les transports de vivres, de munitions, etc. Je puis l'affirmer, car j'ai, par la suite, fait une enquête à ce sujet. Et enfin surtout, une insurrection concertée, du genre de celle que l'on nous peint, eût nécessité des mois de préparation, une propagande subversive dans les milices, etc. Or nul signe, nul bruit de tout cela. Le fait que les milices au front ne prirent aucune part à l' « insurrection » devrait paraître, à lui seul, concluant. Si le P.O.U.M. avait réellement préparé un coup d'État, il est inconcevable qu'il ne se fût pas servi des dix milliers environ d'hommes armés qui constituaient la seule force qu'il eût.

De ce qui précède il ressort assez clairement que la thèse communiste d'une « insurrection » du P.O.U.M. selon des ordres fascistes repose sur moins que rien. Je vais encore vous communiquer quelques extraits de la presse communiste. Les comptes rendus communistes de l'incident-point de départ, de l'attaque du Central téléphonique, sont de nature à ouvrir les yeux ; ils ne s'accordent entre eux sur aucun point sauf sur celui de rejeter toute la responsabilité sur les adversaires politiques. Il est à remarquer que dans les journaux communistes anglais, la responsabilité a d'abord été rejetée sur les anarchistes, et seulement plus tard sur le P.O.U.M. Il y a une raison bien évidente à cela. Tout le monde en Angleterre n'a pas entendu parler de « trotskysme », tandis que toute personne de langue anglaise frissonne au mot « anarchiste ». Qu'on fasse donc d'abord savoir que ce sont les anarchistes qui sont impliqués dans cette affaire et l'atmosphère de prévention souhaitée sera créée ; après quoi il ne restera plus qu'à tranquillement faire passer la responsabilité sur le dos des « trotskystes » ! Le *Daily Worker* du 6 mai commence ainsi :

« Une bande d'anarchistes minoritaires a, au cours des journées de lundi et mardi, saisi et tenté de conserver le bureau central des téléphones et télégraphes, et ils se sont mis à tirer des coups de feu dans les rues. »

Rien de tel pour commencer qu'un renversement des rôles ! Les gardes civils attaquent un local occupé par la C.N.T., et voilà que c'est la C.N.T. que l'on représente comme donnant l'assaut à son propre local — s'attaquant elle-même en fait ! D'autre part le *Daily Worker* du 11 mai déclare :

« Le ministre de la Sécurité publique, Aiguade, Catalan de gauche, et le commissaire général à l'Ordre public, Rodrigue Salas, des socialistes unifiés, envoyèrent la police armée de la République au Central téléphonique pour en désarmer les employés, membres pour la plupart des syndicats de la C.N.T. »

Voilà qui ne semble pas s'accorder très bien avec la précédente affirmation ; néanmoins le *Daily Worker* ne fit pas paraître la moindre insertion pour reconnaître qu'il s'était trompé la première fois. Le *Daily Worker* du 11 mai affirme que les tracts des Amis de Durruti, qui furent désavoués par la C.N.T., parurent les 4 et 5 mai, durant les combats. *Inprecor* (22 mai) déclare qu'ils parurent le 3 mai, *avant* les combats, et ajoute que, « en présence de ces faits » (la parution de différents tracts) :

« La police, avec à sa tête le préfet de police en personne, occupa le Central téléphonique au cours de l'après-midi du 3 mai. Des coups de feu furent tirés sur la police dans l'exercice de ses fonctions. Ce fut le signal pour les provocateurs qui se mirent à tirer par toute la ville pour déclencher des échauffourées. »

Et voici ce que dit *Inprecor* du 29 mai :

« A trois heures de l'après-midi le commissaire à la Sécurité publique, le camarade Salas, se rendit au Central téléphonique qui avait été occupé la nuit précédente par cinquante membres du P.O.U.M. et divers éléments incontrolâbles. »

Voilà qui paraît plutôt curieux ! L'occupation du Central téléphonique par cinquante membres du P.O.U.M. est ce que l'on peut appeler un détail pittoresque et on se serait attendu à ce que quelqu'un l'eût remarqué au moment même. Or il apparaît qu'on ne l'a découvert que trois ou quatre semaines plus tard ! Dans un autre numéro d'*Inprecor* les cinquante membres du P.O.U.M. deviennent cinquante miliciens du P.O.U.M. Il serait difficile de rassembler à propos d'un même fait plus de contradictions que n'en contiennent ces quelques courts extraits. Une fois ce sont les membres de la C.N.T. qui attaquent le Central, une autre fois ce sont eux qui y sont attaqués ; tour à tour on prétend qu'un tract paraît avant la saisie du Central téléphonique et qu'il est cause de celle-ci, ou qu'il paraît après cette saisie et qu'il en est la conséquence ; tantôt les occupants du Central sont des membres de la C.N.T., et tantôt ce sont des membres du P.O.U.M. — et ainsi de suite. Et dans un numéro ultérieur du *Daily Worker* (celui du 3 juin), M. J.-R. Campbell nous informe que le gouvernement n'a fait saisir le Central téléphonique que parce qu'on avait déjà élevé des barricades !

Faute de place, je n'ai fait ici état que des comptes rendus se rapportant à un seul incident, mais les mêmes contradictions entre les récits se retrouvent à travers toute la presse communiste. En outre maintes relations de faits sont de toute évidence des histoires inventées à plaisir. Voici, par exemple, ce que rapporte le *Daily Worker* (7 mai) et qui aurait été dit à l'ambassade d'Espagne à Paris :

« L'un des traits les plus significatifs du soulèvement fut qu'au balcon de plusieurs maisons de Barcelone on fit flotter le vieux drapeau monarchiste, dans la conviction certainement que les agents du soulèvement s'étaient rendus maîtres de la situation. »

Le *Daily Worker* a très probablement reproduit en toute bonne foi cette déclaration, mais ceux qui, à l'ambassade d'Espagne, en sont les auteurs ne peuvent qu'avoir menti délibérément. On ne me fera pas croire qu'aucun Espagnol puisse être aussi mal au courant de la situation intérieure ! Un drapeau monarchiste à Barcelone ! Mais c'eût été la seule chose capable d'unir en un rien de temps les factions rivales ! Même les communistes sur place n'ont dû pouvoir s'empêcher de sourire en lisant cela ! Et il en va de même pour les récits publiés dans les divers journaux communistes au sujet des armes dont le P.O.U.M. est censé s'être servi pendant l' « insurrection ». Ne peuvent y croire que ceux qui ont tout ignoré des faits réels. Dans le *Daily Worker* du 17 mai, M. Frank Pitcairn déclare :

« Ils se servirent effectivement de toutes sortes d'armes pour leur attentat. De celles que depuis des mois ils volaient et cachaient, et même de tanks qu'ils volèrent dans les casernes tout au début de l'insurrection. Il est évident que des vingtaines de mitrailleuses et plusieurs milliers de fusils sont encore en leur possession. »

Inprecor du 29 mai déclare également :

« Le 3 mai le P.O.U.M. avait à sa disposition quelques douzaines de mitrailleuses et plusieurs milliers de fusils... Sur la place d'Espagne, les trotskystes mirent en action des batteries de canons de 75 qui étaient destinées au front d'Aragon et que les milices avaient soigneusement cachées sur place dans leurs locaux. »

M. Pitcairn ne nous dit pas comment et quand il devint évident que le P.O.U.M. possédait des vingtaines de mitrailleuses et plusieurs milliers de fusils. J'ai fait le dénombrement des armes que contenaient trois des principaux locaux du P.O.U.M. — environ quatre-vingt fusils, quelques bombes, aucune mitrailleuse, autrement dit, tout juste ce qui était nécessaire pour armer les gardes qu'à cette époque tous les partis politiques plaçaient dans leurs locaux. Il paraît curieux que, ensuite, lorsque le P.O.U.M. eut été supprimé et tous ses locaux saisis, ces milliers d'armes n'aient jamais été découvertes, en particulier les tanks et les canons qui ne sont pas précisément le genre de choses qui se peuvent cacher dans une cheminée ! Mais ce qui est révélateur dans les deux déclarations ci-dessus, c'est la totale ignorance des conditions locales dont elles témoignent. Selon M. Pitcairn, le P.O.U.M. vola des tanks « dans les casernes ». Il ne nous dit pas dans quelles casernes. Les miliciens du P.O.U.M. qui se trouvaient à Barcelone — relativement en petit nombre à cette époque, car l'on avait cessé de recruter directement pour les milices de partis — partageaient la caserne Lénine avec des troupes de l'armée populaire considérablement plus nombreuses. M. Pitcairn nous demande de croire, par conséquent, que le P.O.U.M. fut, pour voler ces tanks, de connivence avec l'armée populaire ! Même remarque au sujet des « locaux » dans lesquels furent cachés des canons de 75. Aucune indication pour nous apprendre où se trouvaient ces locaux. De nombreux journaux ont parlé de ces batteries de canons qui auraient été mises en action sur la place d'Espagne, mais je crois que nous pouvons dire avec certitude qu'elles n'ont jamais existé. Comme je l'ai déjà relaté, je n'ai entendu moi-même aucun tir d'artillerie durant les troubles, et pourtant je n'étais guère qu'à un mille de la place d'Espagne. Quelques jours plus tard j'ai examiné la place d'Espagne et n'ai pu trouver sur aucun immeuble la moindre trace d'éclats d'obus. Et un témoin oculaire qui était dans le voisinage pendant toute la durée des troubles déclare formellement qu'on n'y a jamais vu paraître aucun canon. (Soit dit en passant, cette histoire de canons volés pourrait bien avoir eu pour auteur le consul général russe, Antonov-Ovseenko. C'est lui, en tout cas, qui la communiqua à un journaliste anglais bien connu qui, ensuite, la répéta en toute bonne foi dans un hebdomadaire. Depuis, Antonov-Ovseenko a été « épuré ». Dans quelle mesure cela porte atteinte à sa crédibilité, je ne sais.) La vérité, bien entendu, c'est que ces contes à propos de tanks, canons de campagne et le reste ont été inventés pour les besoins de la cause, car sinon il eût été bien difficile de concilier dans la version officielle des événements l'ampleur des troubles de Barcelone avec la faiblesse numérique du P.O.U.M. Or, s'il était nécessaire de crier bien haut que le P.O.U.M. était entièrement responsable des troubles, il était non moins nécessaire de crier non moins haut que c'était un parti insignifiant, sans base, et, selon *Inprecor,* « ne comptant que quelques milliers de membres ». Le seul espoir de rendre croyables à la fois les deux assertions c'était de prétendre que le P.O.U.M. possédait tout l'armement d'une armée moderne motorisée.

Il est impossible, quand on parcourt tous les comptes rendus dans la presse communiste, de ne pas s'apercevoir qu'ils ont été sciemment fabriqués à l'adresse d'un public ignorant des faits, et qu'ils n'ont d'autre but que de créer une prévention. De là, par exemple, des affirmations telles que celles de M. Pitcairn qui, dans le *Daily Worker* du 11 mai, prétend que l'« insurrection » fut réprimée par l'armée populaire. L'intention, ici, c'est de donner à l'étranger l'impression que la Catalogne tout entière s'est vigoureusement dressée contre les « trotskystes ». En réalité, l'armée populaire resta neutre pendant toute la durée des troubles ; tout le monde à Barcelone le savait et il est difficile de croire que M. Pitcairn a été le seul à ne pas le savoir. De là aussi, dans la presse communiste, les tours de passe-passe avec les statistiques des tués et des blessés, dans le but de donner une idée exagérée de l'échelle des désordres. A en croire Diaz, le secrétaire général du parti communiste espagnol, que la presse communiste cite abondamment, le nombre des morts aurait été de neuf cents et celui des blessés de deux mille cinq cents. Selon le ministre de la Propagande, un Catalan, il y eut (et il n'est guère probable qu'il sous-évalue) quatre cents morts et mille cinq cents blessés. Le parti communiste double la mise et ajoute encore quelques centaines à tout hasard.

Les journaux capitalistes à l'étranger rejetèrent en général la responsabilité des troubles sur les anarchistes ; quelques-uns cependant adoptèrent la « ligne » communiste. L'un de ceux-ci fut le journal anglais *News Chronicle,* dont le correspondant, M. John Langdon Davies, se trouvait à Barcelone à l'époque. Voici des extraits de son article :

UNE SÉDITION TROTSKYSTE

« ... Non, il ne s'est pas agi d'un soulèvement anarchiste ; mais bien d'un *putsch,* heureusement déjoué, du P.O.U.M. " trotskyste " ayant pour agents d'exécution les organisations qu'il contrôle : les Amis de Durruti et la Jeunesse libertaire... La tragédie commença le lundi après-midi, lorsque le gouvernement envoya de la police armée au Central téléphonique pour en désarmer les employés, hommes pour la plupart de la C.N.T. De graves irrégularités dans le service y faisaient depuis un certain temps scandale. Une grande foule se rassembla à l'extérieur du Central, sur la place d'Espagne, cependant que les hommes de la C.N.T. résistaient, se retirant d'étage en étage jusqu'en haut de l'immeuble... Ce n'était qu'un obscur incident, mais le bruit courut que le gouvernement était sur pied contre les anarchistes. Les rues se remplirent d'hommes armés... A la tombée de la nuit, tous les centres ouvriers et tous les immeubles du gouvernement étaient barricadés, et à dix heures les premiers coups de feu éclatèrent, et les premières ambulances commencèrent à sillonner les rues en se frayant passage à coups de sirène. A l'aube la fusillade avait gagné tout Barcelone. Vers la fin du jour, et alors que le nombre des morts dépassait la centaine, on commença à saisir ce qui se passait. La C.N.T. anarchiste et l'U.G.T. socialiste n'étaient pas précisément, au sens technique de l'expression, " descendues dans la rue ". Tant qu'elles restèrent derrière les barricades, elles s'en tinrent à une attitude d'attente vigilante, attitude qui n'excluait pas le droit de tirer sur tout passant armé... Les fusillades qui se déclenchaient un peu partout furent immanquablement aggravées par des *pacos* — des individus isolés, cachés, des fascistes en général, qui tiraient du haut des toits sans viser rien en particulier, mais dans le but d'accroître autant qu'ils le pouvaient la panique générale. Mais le mercredi soir, on commença à comprendre quels étaient les instigateurs de cette sédition. Tous les murs avaient été tapissés d'une affiche incendiaire, appelant à la révolution immédiate et réclamant l'exécution des chefs républicains et socialistes. Elle portait la signature des " Amis de Durruti ". Le jeudi matin le quotidien anarchiste nia toute connivence de sa part au sujet de cette affiche, déclarant n'en avoir pas eu connaissance et la désapprouver, mais *La Batalla,* le journal du P.O.U.M., en reproduisit le texte, avec force éloges. Ainsi Barcelone, la première ville d'Espagne, fut jetée au carnage par des agents provocateurs se servant de cette organisation subversive ! »

Tout cela ne s'accorde guère avec les versions communistes que j'ai précédemment citées, mais on va voir que même en ne considérant que ce texte, on y trouve des contradictions. L'affaire est tout d'abord dépeinte comme une « sédition trotskyste », puis présentée comme résultant du raid sur le Central téléphonique et de la croyance générale que le gouvernement « était sur pied contre les anarchistes ». La ville se couvre de barricades et derrière ces barricades se trouvent à la fois la C.N.T. et l'U.G.T. ; deux jours après paraît l'affiche incendiaire (un tract en réalité), et l'on y veut voir par implication le point de départ de toute l'affaire — un effet précédant la cause, quoi ! Mais voici, en fait de présentation erronée des faits, quelque chose de très grave : M. Langdon Davies parle des Amis de Durruti et des Jeunesses libertaires comme d' « organisations contrôlées » par le P.O.U.M. Or elles étaient, l'une et l'autre, des organisations anarchistes et n'avaient aucun lien avec le P.O.U.M. Les Jeunesses libertaires, c'était, au sein des anarchistes, l'Union des Jeunes ; elle était aux anarchistes ce qu'étaient, par exemple, au P.S.U.C., les J.S.U. Quant aux Amis de Durruti, c'était un petit groupement à l'intérieur de la F.A.I., et qui était généralement animé à l'égard du P.O.U.M. d'une âpre hostilité. Je n'ai jamais vu ni entendu dire que personne fît à la fois partie des deux organisations. Il ne serait guère plus faux de prétendre qu'en Angleterre l'Union socialiste est une organisation « contrôlée » par le parti libéral ! Est-ce qu'il y a là de la part de M. Langdon Davies ignorance ? Dans ce cas, il eût au moins dû faire preuve d'un peu plus de prudence en abordant ce sujet très complexe.

Je n'accuse pas M. Langdon Davies de mauvaise foi ; mais, il ne s'en cache pas, il quitta Barcelone aussitôt après la fin des troubles, c'est-à-dire précisément au moment où il eût pu commencer une enquête sérieuse ; et à travers tout son récit il apparaît de façon indiscutable qu'il a accepté la version officielle d'une « sédition trotskyste » sans suffisante vérification. Cela crève les yeux, même en s'en tenant au passage que j'ai cité : « A la tombée de la nuit les barricades étaient élevées », dit-il, et « à dix heures » les premiers coups de feu éclatent. Voilà ce que n'eût certes pu dire un témoin oculaire ! D'après cela, nous devrions en conclure que c'est l'habitude d'attendre que son adversaire ait construit des barricades pour commencer à lui tirer dessus. De ce passage on retire l'impression qu'il s'est écoulé quelques heures entre le moment où l'on a élevé les barricades et le début de la fusillade — alors que, naturellement, c'est l'inverse qui a eu lieu. J'ai été témoin avec beaucoup d'autres des premiers coups de feu échangés, c'était de bonne heure dans l'après-midi. Et de même pour ce qui est de ces « individus isolés », « des fascistes en général » qui tiraient du haut des toits, M. Langdon Davies ne nous dit pas comment il put savoir que ces hommes étaient des fascistes. Il est probable qu'il n'a pas grimpé sur les toits pour le leur demander. Tout simplement il a répété ce qu'on lui a dit, et, comme cela cadre avec la version officielle, il ne le met pas en doute. A vrai dire, au début de son article, une allusion imprudente au ministre de la Propagande trahit l'une des sources probables de la plupart de ses informations. En Espagne les journalistes étrangers furent immanquablement manœuvrés par le ministère de la Propagande ; on pourrait pourtant croire que le nom même de ce ministère devrait suffire à rendre méfiant. Il va sans dire que le ministère de la Propagande était aussi désigné pour fournir des informations objectives sur les troubles de Barcelone que, disons, le défunt Lord Carson aurait pu l'être pour donner un compte rendu objectif du soulèvement de Dublin en 1916.

J'ai indiqué quelles raisons l'on a de ne pouvoir prendre au sérieux la version communiste des troubles de Barcelone. Je dois en outre ajouter quelque chose au sujet de l'accusation générale portée contre le P.O.U.M. d'être une organisation fasciste secrète à la solde de Franco et de Hitler.

Cette accusation a été mille et mille fois répétée dans la presse communiste, surtout à partir du début de 1937. Cela faisait partie de la chasse mondiale que le parti communiste officiel menait contre le « trotskysme », dont le P.O.U.M., à l'en croire, était censé être le représentant en Espagne. Le « trotskysme », selon *Frente Rojo* (le journal communiste de Valence), « n'est pas une doctrine politique. Le trotskysme est une organisation capitaliste officielle, une bande de terroristes fascistes s'occupant de crimes et de sabotages contre le peuple ». Le P.O.U.M. était une organisation alliée aux fascistes en faisant partie de la « cinquième colonne de Franco ». Ce qui est à remarquer dès le début, c'est qu'aucune preuve ne fut jamais fournie à l'appui de cette accusation ; on se contenta d'affirmer la chose sur un ton d'autorité. Et l'attaque fut menée tant qu'on put à coups de diffamations personnelles, et avec une totale insouciance des répercussions que cela pourrait avoir sur le cours de la guerre. Beaucoup d'écrivains communistes paraissent avoir estimé sans importance, comparée à la tâche de diffamer le P.O.U.M., la trahison de secrets militaires. Dans un numéro de février du *Daily Worker,* par exemple, on permit à un écrivain (Winifred Bates) de déclarer que le P.O.U.M. n'avait, dans son secteur au front, pas même la moitié des troupes qu'il prétendait avoir. Ce qui n'était pas vrai ; mais vraisemblablement cet écrivain croyait dire vrai. Elle-même et le *Daily Worker* ont donc de leur plein gré publié cette déclaration, sachant que ce faisant ils passaient à l'ennemi l'une des plus importantes informations qui peuvent être communiquées par le moyen d'un journal. Dans le *New Republic,* M. Ralph Bates déclara que les troupes du P.O.U.M. « jouaient au football avec les fascistes dans le *no man's land* », et cela en un temps où, en fait, les troupes du P.O.U.M. subissaient de lourdes pertes, où personnellement j'eus un grand nombre d'amis tués et blessés. Et puis il y eut ce dessin injurieux, que l'on fit circuler partout, d'abord à Madrid, puis plus tard à Barcelone, qui représentait le P.O.U.M. sous l'aspect d'un homme qui, ôtant un masque décoré du marteau et de la faucille, découvre un visage marqué de la croix gammée. Si le gouvernement n'avait pas été en réalité dominé par les communistes, il n'aurait jamais permis que l'on fît circuler une chose de ce genre en temps de guerre. C'était porter délibérément un coup au moral non seulement des milices du P.O.U.M., mais à celui de toutes les troupes qui venaient à s'en trouver voisines ; car cela est peu propre à donner du courage que d'apprendre que les hommes qui sont à côté de vous sur le front sont des traîtres. Je ne crois pas, il est vrai, que les injures qu'on leur prodigua à l'arrière démoralisèrent vraiment les milices du P.O.U.M. Mais ce qui est certain, c'est qu'elles étaient calculées pour les démoraliser et que l'on doit tenir ceux qui en furent les auteurs pour des gens qui ont fait passer l'animosité politique avant le souci de l'unité antifasciste.

L'accusation portée contre le P.O.U.M. revenait à dire ceci : qu'un groupement de plusieurs vingtaines de milliers de personnes, appartenant presque toutes à la classe ouvrière, et en outre de nombreux auxiliaires et sympathisants étrangers, pour la plupart réfugiés de pays fascistes, et enfin des milliers de miliciens, étaient purement et simplement une vaste organisation d'espionnage à la solde des fascistes. Ça n'avait pas de sens commun et l'histoire passée du P.O.U.M. suffisait à rendre la chose incroyable. Les leaders du P.O.U.M. avaient tous derrière eux un passé révolutionnaire. Certains avaient pris part au soulèvement de 1934 et la plupart d'entre eux avaient été emprisonnés pour leurs activités socialistes sous le gouvernement Lerroux ou sous la monarchie. En 1936, le leader du P.O.U.M. à cette époque, Joaquín Maurín, avait été l'un des députés qui, aux Cortès, avertirent de la rébellion imminente de Franco. Peu de temps après le déclenchement de la guerre, il fut fait prisonnier par les fascistes alors qu'il tentait d'organiser la résistance à l'arrière de Franco. Quand la rébellion éclata, le P.O.U.M. joua un rôle marquant dans la résistance, et à Madrid, en particulier, un grand nombre de ses membres furent tués dans les combats de rues. Il fut l'un des premiers groupements à former des colonnes de miliciens en Catalogne et à Madrid. Comment serait-il possible d'expliquer tout cela comme les actes d'un parti à la solde des fascistes ! Un parti à la solde des fascistes eût tout simplement rejoint l'autre camp.

Et il n'y eut aucun signe d'activités pro-fascistes durant la guerre. On pouvait soutenir — mais en définitive je ne suis pas de cet avis — qu'en réclamant avec insistance une politique plus révolutionnaire le P.O.U.M. divisait les forces du gouvernement et aidait les fascistes ; je pense que n'importe quel gouvernement de type réformiste serait fondé à considérer un parti tel que le P.O.U.M. comme une peste. Mais il s'agit là de tout autre chose que de trahison ! Il n'y a pas moyen d'expliquer pourquoi, si le P.O.U.M. était réellement un groupement fasciste, ses milices restèrent loyales. Voilà huit ou dix mille hommes tenant d'importants secteurs du front dans les conditions terribles de l'hiver 1936-1937. Beaucoup d'entre eux restèrent dans les tranchées quatre ou cinq mois d'affilée. On n'arrive pas à comprendre pourquoi ils ne quittèrent pas tout bonnement le front ou ne passèrent pas à l'ennemi. Il fut toujours en leur pouvoir de le faire, et à certains moments cela eût pu avoir une conséquence décisive. Cependant ils continuèrent à se battre ; bien plus, ce fut après la suppression du P.O.U.M. en tant que parti politique, et alors que chacun avait encore le souvenir tout frais de cet événement, que les milices — non encore réparties dans l'armée populaire — prirent part à l'offensive meurtrière à l'est de Huesca dans laquelle, en un jour ou deux, plusieurs milliers d'hommes trouvèrent la mort. On se serait pour le moins attendu à des fraternisations avec l'ennemi et à de continuelles désertions. Or, comme je l'ai déjà indiqué, celles-ci furent en nombre exceptionnellement faible. Et on se serait aussi attendu à une propagande pro-fasciste, à du « défaitisme », etc. Cependant, rien de tout cela ne se produisit. Il doit évidemment y avoir eu dans le P.O.U.M. des espions fascistes et des agents provocateurs ; il y en avait dans tous les partis de gauche, mais rien n'autorise à penser qu'il y en ait eu davantage dans le P.O.U.M. qu'ailleurs.

Il est vrai que, dans certaines de ses attaques, la presse communiste a dit, avec assez de mauvaise grâce, que seuls les leaders du P.O.U.M. étaient à la solde des fascistes, non les simples membres. Mais ce n'était là qu'une tentative pour détacher de leurs dirigeants les membres du P.O.U.M. La nature même de l'accusation impliquait la participation de tous au complot. Celle des simples membres et des miliciens aussi bien que celle des leaders ; car, de toute évidence, si Nin, Gorkin et les autres dirigeants du P.O.U.M. étaient réellement à la solde des fascistes, il était plus que probable que leurs partisans, qui étaient en contact avec eux, devaient être les premiers à le savoir, plutôt que les journalistes de Londres, de Paris ou de New York. Et, en tout cas, au moment de la suppression du P.O.U.M., la police clandestine contrôlée par les communistes agit conformément à l'hypothèse que tous fussent pareillement coupables, et elle arrêta tous ceux, ayant quelque lien avec le P.O.U.M., sur qui elle put mettre la main, y compris les blessés, les infirmières, les femmes des membres du P.O.U.M. et, dans quelques cas, les enfants.

Finalement, les 15 et 16 juin, le P.O.U.M. fut supprimé et proclamé organisation illégale. Ce fut l'un des premiers actes du gouvernement Negrín qui prit le pouvoir en mai. Une fois le comité exécutif du P.O.U.M. jeté en prison, la presse communiste fabriqua ce qui fut donné comme étant la découverte d'un complot fasciste monstre. Pendant un temps la presse communiste du monde entier publia de façon flamboyante des communications du genre de celle-ci (*Daily Worker* du 21 juin), résumé sommaire de plusieurs journaux communistes espagnols :

LES TROTSKYSTES ESPAGNOLS CONSPIRENT AVEC FRANCO

« A la suite de l'arrestation d'un grand nombre de dirigeants trotskystes à Barcelone et ailleurs... on a appris à la fin de la semaine les détails d'une des plus abominables affaires d'espionnage qui se soient jamais vues en temps de guerre, et eu révélation de la plus vile trahison trotskyste jusqu'à ce jour... Les documents qui sont en la possession de la police, ainsi que les aveux complets de pas moins de deux cents personnes mises en état d'arrestation, prouvent, » etc.

Ce que « prouvaient » ces révélations, c'était que les leaders du P.O.U.M. communiquaient par radio au général Franco des secrets militaires, qu'ils étaient en rapports avec Berlin et agissaient en collaboration avec l'organisation fasciste clandestine à Madrid. On donnait en outre des détails sensationnels sur des messages secrets écrits à l'encre sympathique et sur un mystérieux document signé de la lettre N (mise pour Nin, disait-on), etc.

Et finalement tout cela se réduit à ceci : six mois après l'événement, au moment où j'écris ces pages, la plupart des leaders du P.O.U.M. sont toujours en prison, mais n'ont jamais passé en jugement, et les accusations d'avoir communiqué par radio avec Franco, etc., n'ont même jamais été officiellement formulées. S'ils avaient été véritablement coupables d'espionnage, ils eussent été jugés et fusillés en l'espace d'une semaine, comme tant d'espions fascistes l'avaient déjà été. Mais on ne produisit jamais la moindre preuve ; il n'y eut jamais que les affirmations, non confirmées, de la presse communiste. Quant aux « deux cents aveux complets » qui, s'ils avaient existé, eussent suffi à convaincre tout le monde, on n'en a jamais plus entendu parler. Ce fut, en vérité, deux cents produits de l'imagination de quelqu'un !

Qui plus est, la plupart des membres du gouvernement espagnol se sont refusés à ajouter foi aux accusations portées contre le P.O.U.M. Récemment le Cabinet s'est prononcé par cinq voix contre deux en faveur de l'élargissement des prisonniers politiques antifascistes ; les deux voix opposées étant celles des ministres communistes. En août, une délégation internationale conduite par James Maxton, membre du Parlement, se rendit en Espagne pour enquêter au sujet des accusations lancées contre le P.O.U.M. et de la disparition d'Andrés Nin. Prieto, ministre de la Défense nationale, Irujo, ministre de la Justice, Zugazagoitia, ministre de l'Intérieur, Ortega y Gasset, procureur général, Prat García, et d'autres encore, répondirent tous qu'ils se refusaient absolument à croire que les leaders du P.O.U.M. fussent coupables d'espionnage. Irujo ajouta qu'il avait parcouru le dossier de l'affaire, qu'aucune desdites preuves ne supportait l'examen, et que le document que l'on prétendait avoir été signé par Nin était « sans valeur » — autrement dit, un faux. Personnellement Prieto tenait les leaders du P.O.U.M. pour responsables des troubles de mai à Barcelone, mais écartait l'idée qu'ils fussent des espions fascistes. « Ce qui est très grave, ajouta-t-il, c'est que l'arrestation des leaders du P.O.U.M. n'a pas été décidée par le gouvernement, c'est de sa propre autorité que la police a procédé à ces arrestations. Les responsables ne sont pas ceux qui sont à la tête de la police, mais leur entourage que, selon leur tactique habituelle, les communistes ont noyauté. » Et il cita d'autres cas d'arrestations illégales par la police. Irujo, de même, déclara que la police était devenue « quasi indépendante » et qu'elle était en réalité sous le contrôle d'éléments communistes étrangers. Prieto, à mots couverts, mais suffisamment clairs, fit comprendre à la délégation que le gouvernement ne pouvait se permettre de mécontenter le parti communiste au moment où les Russes fournissaient des armes. Quand une autre délégation, conduite par John McGovern, membre du Parlement, alla en Espagne en décembre, elle reçut la même réponse, et Zugazagoitia, le ministre de l'Intérieur, donna à entendre la même chose, en termes plus nets encore : « Nous avons reçu l'aide de la Russie et nous avons dû permettre certains actes qui ne nous plaisaient pas. » A titre d'exemple de cette autonomie de la police, voici un fait à connaître : même en montrant un ordre signé du directeur des prisons et du ministre de la Justice, McGovern et les autres ne purent obtenir de pénétrer dans une des « prisons clandestines » entretenues à Barcelone par le parti communiste *.

Je crois que cela suffit, qu'à présent l'affaire est claire. L'accusation d'espionnage lancée contre le P.O.U.M. n'a jamais eu d'autre fondement que les articles parus dans la presse communiste et que l'activité déployée par la police secrète aux ordres des communistes. Les dirigeants du P.O.U.M. et des centaines ou des milliers de leurs partisans sont toujours en prison et depuis six mois la presse communiste n'a cessé de réclamer l'exécution des « traîtres ». Mais Negrín et les autres n'ont pas cédé et ont refusé d'organiser une tuerie en masse de « trotskystes ». Vu la pression qu'on a exercée sur eux, cela leur fait grand honneur. Et en face de toutes les déclarations que j'ai ci-dessus rapportées, il devient très difficile de croire que le P.O.U.M. était réellement une organisation fasciste d'espionnage, à moins de croire du même coup que Maxton, McGovern, Prieto, Irujo, Zugazagoitia et les autres sont tous à la solde des fascistes.

Venons-en enfin à l'accusation de « trotskysme » portée contre le P.O.U.M. On prodigue à présent ce terme avec de plus en plus de facilité et il est employé d'une manière qui est extrêmement trompeuse, et qui souvent vise à tromper. Cela vaut donc la peine de prendre le temps de le définir. On emploie le terme trotskyste pour signifier trois choses distinctes :

---

* Pour les comptes rendus au sujet des deux délégations, voir *Le Populaire* (7 septembre), *La Flèche* (18 septembre), le « Rapport sur la délégation de Maxton », publié par *Independent News* (219, rue Saint-Denis, Paris) et la brochure de McGovern intitulée *Terror in Spain* (Terreur en Espagne).

1) Quelqu'un qui, comme Trotsky, préconise la « révolution mondiale » et qui est contre le « socialisme dans un seul pays ». En termes moins précis : un révolutionnaire extrémiste.

2) Un membre de l'organisation effective dont Trotsky est le dirigeant.

3) Un fasciste déguisé se donnant pour un révolutionnaire, et dont l'action consiste spécialement à faire du sabotage en U.R.S.S., mais, en général, à diviser et miner les forces de gauche.

Au sens 1) le P.O.U.M. peut probablement être considéré comme trotskyste. Tout comme l'I.L.P. d'Angleterre, le S.A.P. d'Allemagne, la gauche révolutionnaire du parti socialiste de France, etc. Mais le P.O.U.M. n'avait aucun lien ni avec Trotsky ni avec l'organisation trotskyste (« bolchevik-léniniste »).

Quand la guerre éclata, les trotskystes étrangers qui vinrent en Espagne (au nombre de quinze à vingt) militèrent d'abord avec le P.O.U.M., parce que c'était le parti le plus rapproché de leur propre point de vue, mais sans en devenir membres ; par la suite Trotsky ordonna à ses partisans d'attaquer la politique du P.O.U.M. qui, alors, épura ses bureaux des trotskystes qui s'y trouvaient, mais quelques-uns cependant restèrent dans les milices. Nin, qui devint le leader du P.O.U.M. après que Maurín eût été fait prisonnier par les fascistes, avait été dans le temps secrétaire de Trotsky, mais il y avait plusieurs années qu'il l'avait quitté ; il avait ensuite formé le P.O.U.M. par le fusionnement de divers communistes oppositionnels avec un parti déjà existant, le Bloc ouvrier et paysan. Le fait que Nin avait autrefois fréquenté Trotsky fut exploité par la presse communiste pour démontrer que le P.O.U.M. était en réalité trotskyste. En employant un argument de cette sorte, on pourrait démontrer que le parti communiste anglais est en réalité une organisation fasciste parce que M. John Strachey a dans le temps fréquenté Sir Oswald Mosley !

Au sens 2) — le seul qui soit tout à fait précis — le P.O.U.M. n'était certainement pas trotskyste. Il importe d'établir cette distinction, parce que les communistes sont pour le plus grand nombre persuadés qu'un trotskyste au sens 2 est immanquablement un trotskyste au sens 3 —

autrement dit, que l'organisation trotskyste tout entière n'est qu'un vaste appareil d'espionnage fasciste. Le mot trotskysme n'attira l'attention du public qu'à l'époque des procès de sabotage en Russie ; aussi qualifier quelqu'un de trotskyste revient, ou peu s'en faut, à le qualifier d'assassin, d'agent provocateur, etc. Mais en même temps quiconque critique la politique communiste d'un point de vue de gauche court le risque d'être traité de trotskyste. Mais alors, soutient-on que quiconque professe l'extrémisme révolutionnaire est à la solde des fascistes ?

Dans la pratique, tantôt on le soutient, et tantôt non, suivant que cela est ou non opportun étant donné la situation locale. Lorsque Maxton alla en Espagne avec la délégation dont j'ai parlé précédemment, *Verdad, Frente Rojo* et d'autres journaux communistes espagnols le traitèrent immédiatement de « trotskyste-fasciste », d'espion de la Gestapo, etc. Mais les communistes anglais se gardèrent bien de répéter cette accusation. Dans la presse communiste anglaise, Maxton devint seulement un « ennemi réactionnaire de la classe ouvrière », ce qui est d'un vague commode. Et cela pour la bonne raison que plusieurs leçons cuisantes ont inspiré à la presse communiste anglaise une crainte salutaire de la loi sur la diffamation ! Le fait que cette accusation ne fut pas répétée dans le pays où l'on eût pu avoir à en prouver le bien-fondé est un suffisant aveu de sa fausseté.

Peut-être trouvera-t-on que j'ai parlé des accusations portées contre le P.O.U.M. plus longuement qu'il n'était nécessaire. Comparée aux grandes souffrances d'une guerre civile, cette sorte de querelle intestine entre partis, avec ses injustices inévitables et ses fausses accusations, peut paraître sans importance. Mais en réalité elle ne l'est pas. Je crois que les écrits diffamatoires et les campagnes de presse de ce genre, et la tournure d'esprit que cela dénote, sont de nature à faire le plus grand tort à la cause antifasciste.

Quiconque a donné un instant d'attention à la question sait que cette tactique des communistes à l'égard des opposants politiques, qui consiste à utiliser des accusations forgées de toutes pièces, n'est pas une nouveauté. Aujourd'hui, le mot-clé est « trotskyste-fasciste » ; il était hier « social-fasciste ». Il y a à peine six ou sept ans, les grands procès d'État russes « prouvaient » que les dirigeants de la IIe Internationale, y compris, par exemple, Léon Blum et des membres éminents du parti travailliste anglais, ourdissaient un complot monstre en vue de l'invasion militaire de l'U.R.S.S. Ce qui n'empêche pas aujourd'hui les communistes français de ne pas demander mieux que d'avoir Léon Blum pour leader, et les communistes anglais de remuer ciel et terre pour entrer dans le parti travailliste. Je doute que le jeu en vaille la chandelle, même d'un point de vue sectaire. Tandis qu'on ne peut douter de la haine et de la dissension qu'engendre l'accusation de « trotskysme-fascisme ». Partout on lance les membres du parti communiste dans une absurde chasse à l'hérétique contre les « trotskystes » et l'on ramène ainsi les partis du type du P.O.U.M. à la position déplorablement stérile de n'être plus que des partis anticommunistes. Déjà s'annonce une dangereuse scission dans le mouvement ouvrier mondial. Quelques écrits diffamatoires de plus contre des socialistes qui l'ont été toute leur vie, quelques coups montés de plus du genre des accusations lancées contre le P.O.U.M., et ce sera la scission sans possibilités de réconciliation. Le seul espoir est de maintenir la controverse politique sur un plan où une discussion approfondie est possible. Entre les communistes et ceux qui sont, ou se targuent d'être, plus à gauche qu'eux, il y a une différence réelle. Les communistes soutiennent que l'on peut battre le fascisme en s'alliant avec des fractions de la classe capitaliste (cela s'appelle Front populaire) ; leurs opposants soutiennent que cette manœuvre n'aboutit qu'à fournir au fascisme de nouveaux terrains où croître. La question avait à être posée ; car prendre la mauvaise voie peut nous valoir des siècles de demi-esclavage. Mais tant qu'en guise d'arguments on ne saura que crier « Trotsky-fasciste », la discussion ne peut même pas commencer. Il me serait impossible, par exemple, d'examiner la question des droits et des torts dans les troubles de Barcelone avec un membre du parti communiste, parce qu'aucun communiste — j'entends communiste « bien-pensant » — ne pourrait admettre que j'ai présenté un compte rendu véridique des faits. S'il suivait consciencieusement la « ligne » de son parti, il aurait le devoir de me déclarer que je mens, ou, au mieux, que je me suis lamentablement fourvoyé, et que quiconque a seulement jeté un coup d'œil sur les en-têtes du *Daily Worker* à mille kilomètres du théâtre des événements sait mieux que moi ce qui s'est passé à Barcelone. Dans de telles conditions, il n'y a pas de discussion possible, le minimum d'accord indispensable ne peut être obtenu. Quel but poursuit-on en disant que des hommes comme Maxton sont à la solde des fascistes ? Uniquement celui de rendre impossible toute discussion sérieuse. C'est comme si au milieu d'un tournoi d'échecs l'un des compétiteurs se mettait soudain à crier que l'autre est coupable de crime d'incendie ou de bigamie. Le point qui est véritablement en litige reste inabordé. La diffamation ne tranche pas la question.

Si vous désirez être régulièrement tenu au courant de nos publications, merci de bien vouloir remplir ce questionnaire et nous le retourner :

Éditions 10/18
c/o 10 Mailing
35, rue du Sergent Bauchat
75012 Paris

NOM : ------------------------

PRENOM : ------------------------

ADRESSE : ------------------------

CODE POSTAL : ------------------------

VILLE : ------------------------

PAYS : ------------------------

AGE : ------------------------

PROFESSION : ------------------------

TITRE de l'ouvrage dans lequel est insérée cette page :

Hommage à la Catalogne, n° 3147

IMPRIMÉ EN FRANCE PAR BRODARD ET TAUPIN
2440 - La Flèche (Sarthe)

N° d'édition : 3098
Dépôt légal : janvier 2000
Nouveau tirage : mai 2000